外語外經貿研究

Foreign Language Foreign Trade and Economic Cooperation Research

楊繼瑞 主編

吾將上下而求索

四川外國語大學成都學院黨委書記、院長　尹大家

　　萬木競榮，桃杏新熟。經歷了春的呢喃、夏的蔥蘢、秋的豐盈、冬的醞蘊，在四川外國語大學成都學院建校15週年之際，《外語外經貿研究》在西南財大出版社的大力支持下，正式出版發行了。實可謂一份耕耘，一份收穫，令人十分欣慰。

　　四川外國語大學成都學院作為按新機制、新模式舉辦的本科層次的普通高校，作為教育投入體制多元化和高等學校辦學模式多樣化改革的產物，作為中國特色社會主義大學體系中的重要組成部分和高等教育的一支生力軍，當前正處於內涵式發展的關鍵時期，能否適應教育改革的新要求，其中一個重要的考量標準就是學術研究。我早在《四川外語學院成都學院十週年校慶論文集》一書的序言中就說過：學術是高校的大腦，高校的學術水平就是高校的智庫水平。我們的學術研究要彰顯我校外語及相關學科國際化特色鮮明的辦學優勢，緊密圍繞培養應用型人才這個總目標來進行。可喜的是，《外語外經貿研究》作為四川外國語大學成都學院主辦的學術類讀物，它不但將學術研究之根植於學院的人才培養、科學研究、社會服務、文化傳承與創新的實踐中，透析了學院內涵式發展的歷程，向外展示了學院濃厚的學術氛圍和教學科研水準，更重要的在於將由此構建一個與同行和學術界交流溝通的平臺。

　　"春色滿園關不住，一枝紅杏出牆來。"我預祝且堅信，《外語外經貿研究》這朵由我院培育的學術研究之花，必定在百花園裡展露出自己獨特的高雅與純真。

　　《外語外經貿研究》大致包含外語及國際貿易、國際金融、經濟學等內容，每一輯有25~30篇文章。儘管本輯文章選題不同、文採存異、仁智各見，但為培養社會主義事業建設者和接班人的高度自覺和赤誠拳拳之心，躍然紙上。相信《外語外經貿研究》在今後各輯的內容編輯上必將繼續堅持緊密結合我校的辦學特色，分類分欄不斷推出有價值的學術研究文論，以期與天南地北的各教學科研者和學術研究者商榷切磋，互促互助，共享資源，共同提高。因此，真誠期待有關專家、學者不吝指點，熱忱歡迎有關專家、學者賜稿交流。誠如是，幸甚至哉！

　　"路漫漫其修遠兮，吾將上下而求索。"黨的十八大以來，習近平總書記發表了一系列重要講話，為我們在新的歷史起點上實現新的奮鬥目標提供了科學指南和基本準則，這對於高校學術研究的發展具有深刻的現實意義和深遠的歷史意義。因此，在《外語外經貿研究》首輯出版發行之際，我特將屈原這兩句詩送給編者、送給著者、送給讀者、也送給我自己，以勵在無涯的學海中、在實現中國夢的偉大歷史進程中不斷開拓、不斷創新、不斷貢獻、奮力前行。

　　是為寄語。

目錄

專家論壇

"外語+"的學科思維與創新路徑 …………………………………… 楊繼瑞　薛　曉（1）

文學研究

彼特拉克《歌集》中十四行詩的複雜隱喻形象建構 ………………………… 周　偉（8）
"有意味的形式"
　　——淺析穆時英小說《上海的狐步舞》的文體創新 ……………………… 韓　旭（14）

語言研究

從理念到實踐
　　——外語對話教學模式構建探微 ………………………………………… 江名國（21）
淺談英語報刊標題的象似性
　　——以 2015 年《紐約時報》為例 ……………………………………… 李　涵（28）
淺析日語否定形式「ではない」與否定疑問形式「ではないか」的區分方法 ……… 楊淨宇（34）

翻譯研究

從功能對等看"死亡"委婉語的英漢互譯策略 …………………………… 莊小燕（43）
英語經濟新聞中模糊語的功能與翻譯 ……………………………………… 唐　瑩（50）
互聯網條件下對獨立學院翻譯人才培養定位的思考 …………………… 何　萍（57）
俄漢翻譯中對文化差異的處理方法 ………………………………………… 楊　洋（63）

教育教學研究

關於工程技術法語測評的幾個原則 ………………………………………… 沈光臨（70）

淺析俄語電視廣告隱含信息的言語作用 ·················· 朱加寧（77）
獨立學院英語專業學生入學語音現狀及教學策略研究
　　——以四川省學生為例 ···················· 王　會　陳　思　黃　娟（86）
淺談獨立學院外語課堂雙重任務型教學法 ·················· 金　星（94）
英語"去領土化"下的英語寫作教學思考 ················ 王沁叢（99）
論大學德語口語教學課堂設計的原則和方法 ················ 湯靜雯（105）
"翻轉課堂熱"在獨立學院英語專業泛讀教學中的冷思考 ········ 劉　鷹（111）
《高等學校英語專業英語教學大綱》指導下的本科英語專業畢業論文多元化設計
　　·· 譚　瑤（118）
高校法語基礎階段詞彙教學的方法與實踐 ·············· 袁乙榛（125）
獨立學院外語專業聽力課程教學改革探索 ················ 張　穎（131）

對外經貿研究

從美國政局第三條道路的出現看個人主義的演變 ············ 張　偉（137）
基於生態視角的傳統出版業轉型與發展探索 ········ 李月起　丁　亮（142）
新型城鎮化：推進路徑的思考與探討 ·············· 白佳飛　馬永坤（149）
淺議新常態下的保障性住房投資機制 ···················· 耿頫強（158）
隨機需求狀態的旅遊景區門票定價模型及應用 ·············· 呂旭峰（167）
草地流轉對草原畜牧業影響的分析研究
　　——以四川省阿壩藏族羌族自治州為例 ················ 周　莉（175）

其　他

傳統紙媒在媒體融合之路上的坎坷
　　——以某媒體重大突發新聞生產過程為例 ·············· 張小元（183）
獨立學院實踐育人重要環節的創新實踐研究 ········ 黃華憲　朱素一（190）

書　評

獨立學院必須走內涵式發展道路
　　——評尹大家教授主編《內涵式發展中奮進的獨立學院》 ···· 劉振天（197）
《工程技術法語教程》評讀 ···························· 羅順江（199）

專家論壇

"外語+"的學科思維與創新路徑

四川外國語大學成都學院　楊繼瑞[①]

西南財經大學成渝經濟區發展研究院　薛　曉[②]

> 【摘　要】在全球化進程下，學科交叉與融合趨勢愈發明顯。外語作為一門科學與工具，自身處於不斷豐富發展中，高校特別是外語類高校應充分利用外語學科特性，通過將外語學科與其他學科交叉來適應當前學科融合的規律。鑒於此，為進一步發揮外語在促進其他學科國際化進程中的作用，高校應做好學科國際化規劃、國際化師資隊伍建設、加大與國外高校協同創新、進行交叉學科建設、加強雙語課程建設和改進語言教育模式等工作。
>
> 【關鍵詞】外語+；學科思維；創新路徑

在知識經濟和互聯網時代，學科之間的交叉與融合趨勢愈發明顯。特別是中國加大對外開放力度和實施"一帶一路"戰略的背景下，對於學貫中西的高水平人才需求不斷提升。同時，外語作為一門科學與工具，自身處於不斷豐富發展中，高校特別是外語類高校應充分利用外語學科的特性，通過將外語學科與其他學科交叉來適應當前學科融合的規律，以培養適應全球化進程的各類人才。

[①] 楊繼瑞，男，1954年10月生，四川井研縣人，經濟學博士，經濟學院教授（國家二級），博士生導師，任四川外國語大學成都學院常務副院長，西南財經大學成渝經濟區發展研究院院長，四川大學房地產策劃與研究中心主任，重慶工商大學成渝經濟區城市群產業發展協同創新中心主任，成都市社科聯主席。主要研究方向為中國經濟改革與發展，房地產經濟，土地資源管理和農村經濟等。

[②] 薛曉，男，1985年10月生，重慶永川區人，西南財經大學經濟學院博士生。主要研究方向為養老產業，中國經濟改革與發展，房地產經濟等。

一、"外語+"：科學與工具的雙重屬性

語言是伴隨著人類社會的產生而產生的，作為表達思想和溝通情感的工具，語言一直以來被視為一門科學來研究。早在1980年，中國當代著名語言學家伍鐵平就確定了"語言學是一門領先的科學"；語言學家吳世雄在梳理語言科學的研究史時則指出，語言學因為在歐美最早從屬於神學、宗教學、文學、歷史學等學科，對其本身的研究並沒有受到重視，屬於冷門學科。一直到19世紀上半葉，語言學才真正作為一門獨立的學科得到研究。1969年法國著名語言學家杜布瓦（Dubolis）指出："正是由於結構主義的興起並為語言學的研究提供了最為完善的方法，才使得語言學的研究擁有了科學的範式，使得其他人文社科研究有了一種方法清晰而又嚴密的語言學理論，一種揭示並解決問題的辦法。正是由於結構主義產生的巨大影響，語言學科成為了人文學科中的帶頭學科。"20世紀最偉大的理論語言學家喬姆斯基於20世紀50年代提出"生成語法"理論以來，"語言科學"這一說法得到了絕大多數語言學家的認同。美國著名華裔語言學家寧春岩認為應該把形式語言學作為一種類似於自然科學的"純科學"進行研究。語言學家徐大明認為從20世紀後半葉開始，語言學研究進入了科學化的發展階段，語言研究在研究方式、理論構建、邏輯表述方面都取得了重要的進步。因此綜上看來，包含在語言學研究之內的外語學就是一門社會領域的科學。

同時，語言也是一門傳情達意的工具，是人際溝通的媒介，是記錄文化的載體，是對客觀實在的一種反應。古希臘哲學家亞里士多德曾說過："說非者是，或是者非，即為假；說是者是，或非者非，即為真"，筆者以為，語言實質上是一種對客觀實在的正確或虛假話語體現。換言之，語言必須首先滿足客觀實在，其次是語言性本身。哲學家羅素在其《數學原理》等著作中從邏輯的角度闡述了語言的工具性。他探索了用一套數學語言和邏輯語言來取代自然語言的可能性，著重保留了語言的功能性。中國學者也有類似的思想，中國古人關於"名"與"實"的辯證關係，就很好地佐證了"語言工具論"。也就是說，"名"更多地是指語言符號，"實"更多地是指客觀現實。隨著歷史的演進，集人類思想之大成的馬克思、恩格斯及其後繼者更是明確提出了："語言是人類最重要的交際工具。"因此，外語也是一種重要的溝通交流工具。

正是因為外語既是一門科學，同時又是一種工具，我們在對外語進行學科研究時，就必須注意外語的幾個特點：一是多樣化。對於外語科學的研究，我們應該在研究方法、研究領域、研究思維和研究手段等方面都具備開放型、多樣化思維。二是多角度。各語種目前發展日新月異，每從一個新的角度研究，就會得到新的看法，新的理論觀點，並在此基礎上建立新的交叉衍生學科。三是創新性。目前中國的外語學科研究還需要大力加強創新意識，大力倡導原創精神，對於原創性的成果應該給予高度重視。四是現實性。外語最重要的功能是要表現人性，即通過對語言的研

究來認識人和人類。外語研究應將外語與使用該外語的民族以及該語言賴以生存的社會環境和文化背景緊密結合起來，與文學、經濟學、社會學、民族學、民俗學、歷史學、藝術等其他人文科學結合起來，使外語研究深入到社會生活和其他學術研究的層面，進一步發揮其作用。

二、"外語+"：促進自身與時俱進的發展

從人類文化發展史中不難看出，語言文字在記錄社會發展進程上起到了決定性的作用；反過來社會的發展進程也促進了語言的不斷創新以適應社會的需要。任何一種能適應社會發展的語言都是隨著社會的不斷前進、時代的不斷進步而變化。特別是在 20 世紀 50 年代後，隨著歐美發達國家在政治、經濟、社會、科技等諸多方面的飛速變化，英語和其他語種得到了飛躍性的發展。

縱觀全球數以千計的語言種類，英語的創造力和包容性是首屈一指的。英語自其誕生之日起就不斷地吸收各種外來語言，其自身也在不斷地創造新詞彙，結果就是目前英語的詞彙量已經超過了一百萬之多。正如同推動人類發展的動力多種多樣，推動語言發展的動力也是來自各個學科領域。僅僅以"face"一詞為例就可略見一斑，在英語的演變過程中，"face"從其最早的"臉"這一個意義逐步發展到擁有了幾十個意義的語義家族。如 accept the face of sb.：偏愛/偏袒某人；blow up sb.'s face：突然結束/失敗；faceless person：冷酷的人等，其意義不一而足。工業革命的興起，改變了人類的生產生活方式，傳統的手工業逐漸被機械規模化批量生產取代，源源不斷的產品進入了人們的生活，大規模生產的產品需要有廣闊的市場和大量的消費者，如何擴大產品知名度便成為了每一個商家的當務之急。有促銷人員想到了邀請明星為自己的產品打廣告，由此產生了一個關於"face"的新詞——public face：產品代言人。而另外一個關於"face"的新詞則來自於互聯網科技。在電話、電報誕生之前，人們的長距離交流主要靠書信，交通手段的不發達使得書信交流耗費的時間很長，這種書信交流方式就得到了一個稱謂：snail mail（蝸牛郵件）。網絡的出現使得遠隔千山萬水的人們也能在幾秒鐘之內通過 e-mail（電子郵件）進行聯絡，但對於重要的商務交流或是處於熱戀中的情侶來說，再多的 e-mail 也比不上一次 face-mail（面談）有用。face-mail 這個詞就是隨著網絡文化的興起而出現的。又如在經濟學領域，在 20 世紀 80 年代美國出現了高通貨膨脹和高失業率並存的局面，英文中為描述這種從來沒有出現過的情況，就將通貨膨脹（inflation）和經濟停滯（stagnation）兩個單詞組合起來，形成滯漲（stagflation）。

語言源於社會生活，生活隨著時代的前進而不斷發展變化，語言也隨之千變萬化。以英語為例來看，從 20 世紀中期以來，英語的詞彙量隨社會發展不斷增加，不管是新詞被創造、舊詞意義擴展、還是外來詞彙的加入，都使得英語在詞彙、結構和實際語用上有了巨大的變化。這豐富了英語語言本身，發掘了其表達潛力，滿足了英語日益增長的對外交流需要。同時英語在發展中還不斷吸收其他民族語言的特色，這不僅更有利於英語在政治、經濟、社會、文化等方面得到更

廣泛的使用,還為英語逐步成為世界使用範圍最廣的語言打下堅實的基礎。

三、"外語+":在專業領域中彰顯特色和促進相關學科的國際化

近代一段時間,學科分化曾經是學科發展的主流。學科分化使單一學科越來越細、越來越專門化。學科的分化是否徹底、是否充分,已經成為了學科發展程度的重要指標。但近幾十年來,學科分化風潮逐步轉向,學科融合趨勢越來越明顯。而且不再是盲目地將學科進行細分,而是傾向於將不同的學科進行整合,形成各種交叉學科,學科整合的顯著標誌就是交叉學科時代的到來。國際上20世紀70年代,新興的交叉學科就不斷地湧現,這不僅改變了學科的總體結構,也具體涉及政治、經濟、文化、教育等領域,更對人類的思維方式產生了影響。學科交叉不僅僅限於兩門學科之間的融合,還體現在以多學科為背景的交叉學科群的整體湧現。學科交叉這種趨勢深刻影響著科技、教育、社會、經濟、文化等各個領域,比如生態學涉及物理、化學、生理學、氣象學、統計學等各個學科;管理學涉及經濟學、社會學、心理學、運籌學、決策學等學科的大門類;20世紀誕生的系統科學已經發展成為了大科學群體,其思想滲透到自然科學和人文科學的各門科學當中,成為標誌性的現代交叉學科。當今科學發展的一大特徵就是交叉學科的不斷湧現,各個學科的發展越來越依賴多種學科的融合、滲透和相互促進。交叉學科的發展有利於產生創新的思想,是學術創新的重要方式,能融合各方學術內容,解決一些重大學術問題。

在當前學科融合背景下,如何將外語融入其他學科中並促進其他學科國際化,是值得我們深思的問題。在高校特別是外語類高校的學科體系中,外語學科往往是強勢學科、傳統學科和主幹學科,非外語學科占比不高。在進入到多學科發展軌道後,外語學科若想繼續保持其創新力和強勢地位,必須借助於非外語學科的支撐,才能煥發新的科學活力。同時,若非外語學科不能與外語學科有效融合形成交叉學科,其在外語院校學科體系中的地位就會日漸低下,失去了存在的合理性,在與其他高校同類型學科的競爭中敗下陣來。

目前,國內大部分高校在對待外語專業和非外語專業時,往往採取隔絕和割裂的態度,這直接導致學科群的綜合效應無法體現出來,學科之間協同融合的多學科發展往往變為學科單獨發展。從具體學科來看,外語專業主要學科包括了語言學、外國文學、外國文化、外語教學、翻譯學和跨文化交際學等。實質上就是在外語學科之內這些學科都是非常獨立的,其他學科往往很少介入。而外語院校中的非外語學科一般為管理學、經濟學、法學等,少數院校還設置了工學、理學等學科。非外語院校的這些專業往往加上"國際"二字以凸顯自身經過了國際化建設,但實質上能夠利用本校外語資源與本校非外語資源進行融合與交叉的學校很少。外語學科與非外語學科由於強調本學科的正統性往往互相並不涉及,甚至兩類學科在學校內部爭奪資源而不是資源共享。對於一些外語類高校的專業比如"旅遊管理""新聞傳播""國際金融"等,這些學科在建設中如果不

能進入到外語類高校的學科體系中，就不能夠分得更多的資源，不能獲得本校和其他高校的學術認可，最終因為沒有特色，與其他綜合性大學相關專業比較沒有優勢而被學校和市場淘汰。從外語學科的工具屬性角度看，充分利用外語的工具性特徵將其融合於其他學科是進行"外語+"創新的根本路徑。外語院校和外語專業教師在進行外語邊緣專業研究時，並不需要改變原有的外語專業身分，他們可以在與外語鄰近學科的互動中、在進行一些更接地氣的涉外實踐活動中拓展自身學科範圍，從而增加外語學科的發展活力，使外語學科的發展更具有時代性、職業性、複合性和實用性。同時，隨著對鄰近學科的瞭解越來越深入，交叉學科也就逐漸形成。交叉學科可以更加充分地發揮外語學科的優勢，進一步拓展外語學科的學科空間與內涵，同時也將外語學科的涉外特點賦予非外語學科，大大提高了非外語學科的競爭力。

因此，為充分適應學科融合的趨勢和規律，高校應充分借助外語優勢，大力推進學科國際化建設。

第一，做好學科國際化建設規劃。高校應從國際化特色辦學入手，在發展中與相關高校比較，明晰自身定位，逐步形成國際化發展戰略。應對國際化發展戰略進行頂層設計，認清自身高校在國際化辦學中的比較優勢和學科特色，主動將人才培養、科學研究、師資隊伍建設、管理體制等高校管理機制融入國際化教育戰略中。設定具體的國際化教育行動步驟與重大項目，積極與國外相關高校聯絡，確保學校與學科的發展方向穩定正確、人才國際化培養模式緊跟世界先進水平、高水平人才引進充分。高校還應積極參與國際教育合作，倡導區域國際教育合作，為自身的國際化發展構造堅實的平臺。

第二，全面規劃國際化師資隊伍。高線應在現有師資隊伍基礎上，結合自身學科分佈和專業特點，進一步加大具備海外留學背景的高水平師資引進力度，借此加強重要主幹學科的話語權建設。嘗試、探索非外語類專業海外歸國教師以外語進行專業教學。加強青年教師隊伍建設，形成競爭機制完善的學術梯隊並努力將其打造成為具備相當教學科研能力的團隊。進一步加強海外知名專家學者長短期聘用工作，通過引進的高水平師資帶動本校學術水平提高，開拓本校師資隊伍國際視野。還應注意提升外教水平，注重外教資質、國籍、社會文化背景、專業知識是否多元化等，並積極吸收外教加入到本校教師的教學和科研課題工作中。

第三，以科研創新為目標，加大與國外院校在科研領域的協同創新。在高校已有的國際交流和合作基礎上，高校特別是外語類高校應深化與加大同海外著名高校寬領域深層次合作，在頂層設計層面全面規劃科研國際合作與協同創新方向，有目的、有步驟地為一線的科研骨幹創造與國外交流院校和科研機構的合作機會，共同解決相關領域的科研問題，不斷提升高校的國際科研合作能力和國際學術話語權。

第四，外語類院校應著重進行交叉學科建設，全面培養複合型外語人才。外語類院校由於其專業型特徵，學科設置較為單一，學生知識結構、人文素養和通識累積都不夠，特別是因為學科內容較窄使得學生的學術視野沒有一般綜合性大學廣闊，學術能力較難得到鍛煉，個性化發展受到一定影響，不符合全面發展的教學理念。社會的全面發展需要知識基礎雄厚、適應性強、創新能力高、能夠滿足不同部門工作要求的畢業生，這就需要高校特別是外語類高校在進行人才培養時，必須打破學科之間的藩籬，通過交叉學科建設和相近學科融合來實現。外語院校在培養國際化複合型人才中責無旁貸。外語院校應從適應本學科發展和社會要求的角度逐步調整人才培養目標與模式，在保證本學科教學質量的情況下，逐步在外語專業課程設置中增加經、管、法類專業課程，以培養複合型人才。只有在學科融合和交叉學科的背景下，外語類高校學生才能突破原有課程設置單一、學術視野狹窄的束縛，向全方位複合型人才轉變。

第五，加強英漢雙語課程建設，促進學科融合。首先應適應本校學生特點，選擇公共課和專業必修課進行試點。其次是大力培養雙語教學師資。教師是雙語教學順利實施的關鍵，需要採取有力措施，強化培訓雙語授課教師的力度，擴大培訓人員的數量。再次是聘請外籍教師對雙語課程做具體指導。組織一批已經在本校工作的外國專家或者專門聘請外籍教授，採用聽課、座談、示範等方式，使外國專家對學校已經開設的英漢雙語課程實施一些具體指導，這必將對教學質量的提高起到推動作用。最後是建立雙語課程激勵機制。適當提高雙語教學課時換算係數，這樣，才能更好地體現按勞分配的精神，更好地推動英漢雙語教學改革進程。

第六，積極面對全球化對語言教育提出的全新課題與挑戰，堅持國際視野與本土情懷並重。外語類高校應進一步發揮其學科優勢，重視外語教育中的人文素養關懷。一是在加強專業外語教育的基礎上，開展外語培養模式改革，在學生所選外語語種基礎上，加入其他外語語種的培養，努力培養比如英法、葡西複合語種的復語型人才，以外語類高校文科為基礎，培養學生的跨文化、跨語種交流能力；二是在進行語言教育中，將區域問題、國際關係、國際法、國際貿易、國際金融等問題與外語結合進行培養，增加學生語言應用能力，強化其綜合素質。還應以孔子學院為平臺，提升漢語國際教育學科水平，將中華文化與外語目的語國家進行交流，促進學科的國際化進程。

參考文獻

[1] 伍鐵平. 語言學是一門領先的科學 [M]. 北京：北京語言學院出版社，1994.

[2] 吳世雄. 語言學是一門領先的科學 [J]. 解放軍外國語學院學報，1995（06）：1-5.

[3] 肖翠雲. 從工具論到本體論——新時期文學語言研究的視域轉變 [J]. 閩江學院學報，2012，33（01）：79-84.

[4] 寧春岩. 形式語言學的純科學精神 [J]. 現代外語，2000（02）：203-209.

[5] 徐大明. 語言研究的科學化 [J]. 語言教學與研究，2003（1）：17-28.

[6] 黃華新. 邏輯與自然語言理解 [M]. 長春：吉林人民出版社，2000.

[7] 列寧. 列寧選集：第二卷 [M]. 北京：人民出版社，1995.

[8] 李慧. 語言工具論與外語教學 [J]. 解放軍外國語學院學報，2001（07）：64-67.

The Subject Thought and Inovation Path of "Foreign Language +"

Yang Jirui

(*Chengdu Institute Sichuan International Studies University, Chengdu, Sichuan, 611844*)

Xue Xiao

(*SWUFE's Research Institute of Development of "Chengdu-Chongqing Economic Area", Chengdu, Sichuan, 611130*)

【Abstract】 In the period of globalization, the trend of subject crossover and communication is clearer and clearer. Foreign language, as a science and tool, is developing itself all the time. Universities especially foreign language universities should make full use of the characteristics of foreign language. According to intercrossing foreign language course and other courses, we can accommodate the discipline of courses communication. Therefore, in order to bring the function of foreign language accelerating other courses into globalization, universities should lay out the globalization plan, construct the international teachers' group, corperatate with foreign universities, construct the intercrossing courses, construct bilingual courses and develop the pattern of language education.

【Key words】 foreign language +; subject thought; inovation path

文學研究

彼特拉克《歌集》中十四行詩的複雜隱喻形象建構[①]

四川外國語大學成都學院外事管理系　周　偉[②]

【摘　要】 隱喻是建構詩歌的有效策略，在詩歌中有具象功能，能把抽象概念轉為具體生動的意象。隱喻既體現了詩人的情感體驗和思維過程，也建構了詩歌的蘊意，本體和喻體的相互映射實現了詩歌形式和內容上的統一。彼特拉克《歌集》中的十四行詩就運用了複雜隱喻建構起了詩人豐富而形象的內心世界，解讀出這些意象對於我們瞭解詩人創作前的思維活動和詩篇內涵有重要作用。

【關鍵詞】 複雜隱喻；彼特拉克；《歌集》；十四行詩

一、隱喻對詩歌的建構作用以及複雜隱喻

　　Lakoff 認為，隱喻不是一種語言學分化現象，而是一種認知工具，人類以此來概念化世界，由此形成概念體系。隱喻的核心是通過其他相對來說比較具體的形象結構構建進而理解抽象概念。因此，經過此過程，抽象概念就可以通過其他概念進行定義和理解。一般來說，隱喻理論總是強調其在詩歌中的修辭功能。欣賞詩歌時，讀者都去探究隱喻帶來的審美效果，而對隱喻在詩歌的構建和解釋中的認知功能卻不甚注意。當詩人構思一首詩時，隱喻主要充當一種認知工具。換句話說，詩人在無意識中使用或借用隱喻的認知機制來對詩歌構建。詩歌是被隱喻化的文學類型，

[①] 本文為2014年度省級科研立項課題《複雜隱喻對十四行詩體的形象建構》的階段性成果，編號為14SB0525。
[②] 周偉，男，碩士，四川外國語大學成都學院講師。研究方向為比較文學、翻譯。

詩人借此表達自己的思想和情感。詩人為了表達自己的想法，會構建一個或幾個概念，其中貫通著自己的情感和思想。詩人不採用直白的形式，而用曲折委婉的形式，讓自己的想法和情感不那麼容易被輕易捕捉，或者為了讓作品更加的形象，詩人會主動採用其他的概念來構建想要表達的東西。從這個意義上講，詩歌構建的過程就是使用隱喻的過程，詩歌是通過隱喻這種認知工具來構建的。使用隱喻認知工具的結果就是詩歌充滿了隱喻，或者說整個詩歌就是隱喻。

複雜隱喻，顧名思義，指形式和喻義均頗為複雜，此類隱喻可再分為擴展型隱喻（extended metaphor）、包孕型隱喻（inclusive metaphor）和輻射型隱喻（divergent metaphor）。擴展型隱喻是指有時作者順著一個隱喻自然巧妙地擴充、延展下去，以便淋灘盡致地表達思想內容或生動逼真地創造人物形象。包孕型隱喻是指在連續出現的一組隱喻句中，前一隱喻句的本體和喻體分別包含後一隱喻句的本體和喻體。輻射型隱喻是由一個本體、多個喻體構成的隱喻。這種隱喻以一個本體為中心，借助相似點這個媒介向不同的喻體輻射出去。

二、彼特拉克《歌集》中十四行詩的複雜隱喻形象建構

十四行詩是一種形式工整、韻律嚴格、題材豐富的詩歌形式，其發源之初就因為以豐富的隱喻形象來表達詩人細膩的情感而受到詩人的青睞。弗蘭齊斯克·彼特拉克（Francesco Petrarca，1304—1374）在其《歌集》的十四行詩中就善於運用複雜隱喻，後世稱為"彼特拉克比喻"（Petrarchan conceit），其特點是以細膩、精巧以及總是誇張的對比手法描繪情人之秀美嬌媚和冷酷無情，同時表現失戀的情人所經受的折磨和絕望。複雜隱喻是彼特拉克體的精髓，是其詩歌形成的必要條件，從某種程度上說，沒有複雜隱喻，他的十四行詩的內容就非常空洞。只有通過複雜隱喻，詩人才能傳達自己的複雜的情感和思想。因此，要對詩人和其十四行詩進行全面深入的瞭解，讀者必須先瞭解其中複雜的隱喻意象。

詩人主要是想用詩歌來宣洩自己豐富細膩的情感，表達對心上人狂熱的愛戀。1327年4月6日，23歲的彼特拉克在法國南部阿維尼翁（當時教皇所在地）的聖克萊爾教堂遇到一位名叫勞拉的美麗少婦，她是一位騎士的妻子。她的聖潔與仁愛，使詩人感到了有生以來"第一次甜蜜的憂鬱"，並對她一見傾心。赤誠之愛從此成為他精神世界的支柱、創作的源泉和生活的動力，他開始寫詩讚頌勞拉婀娜多姿的體態、崇高的精神品質，表現自己對她的繾綣深情。1348年4月6日，橫掃歐洲的黑死病奪去了勞拉的生命，詩人聞訊後不勝悲慟，他對勞拉有無限的哀悼和無盡的思念，但是這種哀悼之傷和思念之痛並不容易為外人所理解，他對勞拉的愛不只是一種空靈的縹緲的經驗，通過空洞的吶喊並不能得到淋灘盡致的宣洩，因此詩人把這種曾經有過的熾熱的愛戀通過一個個我們熟悉的複雜隱喻形象傳達出來，使我們感同身受。

《歌集》中最著名的複雜隱喻莫過於將求愛者比作一只在海上被狂風暴雨侵襲的船只，然後擴

展出這只生命之船所處的險惡環境的隱喻。如第189首："我的生命如同一條船，在黑夜環境，在波濤翻滾的大海裡，在暴風雨中，渡過一道鬼門關，愛神站在舵前，它是我的主宰，又是我的敵手和克星。每一條槳都在玩世不恭，似乎在把滔天的巨浪嘲弄，狂暴的風不停地喘著粗氣，懷著希望，帶著慾望在搖撼船艇；苦澀的雨水，傲慢的霧氣重重，打濕了繩索，鎖住了錨釘，錯誤和無知交織在一體之中。兩顆明亮的星星被遮擋住，聰慧和理性被巨浪吞噬，我開始懷疑駛不到港口泊停。"表達艱難險阻的意象有"波濤翻滾的大海""暴風雨""滔天的巨浪""狂暴的風""苦澀的雨水""傲慢的霧氣"，甚至"愛神"本身也是"敵手和克星"。《歌集》中還有不少十四行詩用到"暴風雨中的船隻"這個意象，如第235首中"機敏的水手總是十分小心，生怕讓滿載貨物的船只碰上礁隱，但這又哪能比得上我戰戰兢兢的生命之船，躲避勞拉對我的傲氣和無視無聞"，看起來是個比較，但是同樣包含了一個複雜的包孕式隱喻。"船"喻指作者，"水手"喻指內心，"貨物"喻指我的愛戀，"礁"隱喻指勞拉對我的傲氣和無視無聞。但是無論我怎麼躲避，"我的生命之船"還是在"風雨沉沉的海上""失去了雙槳和重心"，"被大浪吞沒"了，這裡"風雨""大海""大浪"都喻指絕望之境，"雙槳"和"重心"喻指愛的方向，"失去"意味著變得盲目。第272首結尾則是："數不清的災難一起向我的航船襲掠，停泊的港灣風雨大作，水手疲憊，繩索丟盡，桅桿斷裂"。"航船"喻指作者自己，"港灣"喻指精神寄托的地方，"風雨"等災難喻指一種無助和絕望的境地，"水手""繩索""桅桿"等喻指作者的精神狀態。這是典型的擴展型隱喻，由"我"是一艘"航船"逐漸擴充延展下去，用生動的圖像展現了勞拉死後詩人精神頹靡的狀態。

彼特拉克的《歌集》寫的是現世的愛情。他用十四行詩的形式寫內心活動，進入心靈深處，發掘隱密的情感，在愛情主題中找出無窮微妙的變奏，這些變奏全部通過形象生動的隱喻意象表達了詩人對愛情的渴望和追求，抒發對愛情的種種感受，甜蜜、痛苦、憧憬、思念、渴望等。因此，在《歌集》中，其中一個複雜隱喻的本體就是詩人心中對勞拉的愛戀，然後用不同的意象來表達愛戀和失戀的感受，如"泉水""泉源""愛河""沙漠""荒無人蹤的路"等，用擴展式和輻射式隱喻相結合的方式構建其不同的形象，書寫愛情。如第24首，"為此，在我失去了痴情熱愛之物以後，我怒火難耐，即使驕陽下的非洲沙漠，也不及我胸中的烈焰熾熱和巨大。去找一處平靜冷寂的泉水吧，因為我心中的泉源已經枯竭，只留下了痛苦，創痕和傷疤。"在遭到勞拉的無視之後，詩人很憤怒，"驕陽下的非洲沙漠"喻指求愛被拒絕後的精神狀態，"胸中的烈焰"喻指憤怒之情，"平靜冷寂的泉水"喻指愛戀最後的寄托和希望，"心中的泉源"喻指愛戀。如第25首，"如果你還去愛戀心上人，卻又避開了感情的舟筏，那就很難邁過愛河的阻隔和困煞。"詩人認為當人陷入愛河，就不能逃避自己真實的感情以及心上人給自己設下的難題，這裡"感情的舟筏"就是指自己的熾熱的愛戀就是達到目的的手段，"愛河"指的是愛情面前的艱難險阻。如第35首，"我獨自一人，憂心忡忡，在荒無人蹤的路上緩緩而行，我小心翼翼，躲躲閃閃，遠離人群，遠離市塵之聲。""我無法尋求一條孤寂、艱難之路，以便拋開愛神的糾纏，因為它總跟我竊竊私語，相伴而行。"整首詩就是一個隱喻畫面，"荒無人蹤的路"喻指愛戀的心路，然後由這個意象擴展開去，表明這種愛戀是無助的，是孤獨的，甚至是偷偷摸摸的，但我又不孤獨，因為有愛情相伴（"愛神的糾纏"）。如第36首，"無情的弓弦向我射出最後一支箭矢，它浸透了我的鮮血和不幸。"這首詩幾乎全部充當喻體，喻指絕望的愛戀給自己帶來的欲罷不能的傷害。如第39首，"我現在開始再沒有什麼困難，可以阻擋我的意志向峰巔攀登，為了躲避無望的願望和希求，我的心變得如同石頭一般冰冷。如果我回來得遲了，那是為了逃避感情的折騰，也許這個理由並不足以說明。我還要說，回到藏身之所，我的心就會產生無盡的恐慌，這也許才是我忠誠的有力鑒證。"詩人的單相思讓自己矛盾困惑，一方面是狂熱的愛，一方面是逃避的痛。"向峰巔攀登"喻指去狂熱的追求，"無望的願望和希求"指對自己的愛情被接納不抱希望。後面兩節用"回到藏身之所"來喻指心裡保持寧靜的狀態，也是用的擴展隱喻，"回來遲了"是喻指只顧著去逃避自己的真實情感而無暇顧及其他，"回到藏身之所"喻指迴歸到心無雜念的狀態，但是後者會讓詩人"產生無盡的恐慌"，說明他根本不想進入這種平和狀態。

　　詩人在十四行詩裡大量的運用"愛神"這個意象來建構起作者的內心世界。在第151首詩裡，他描繪出了愛神的具體形象，"他微睜雙眼，斜挎箭袋，全身赤裸，只有飄帶遮住怕羞的地方，那不是畫上的形體，而儼然是一個孩童。"愛神喻指自己對勞拉的迷戀，而說愛神是一個全身赤裸的孩童，表明自己的愛純潔無瑕、坦誠真摯，然後詩人用這個意象展開想像，時而把他當成一個傾訴的對象，時而表達出詩人對他的憎恨，因為對詩人來說，正是有愛神降臨，他才有機會碰到自己的心上人，並瘋狂地愛上她，但也正因為愛神不肯離去，在得不到心上人回應後，自己的愛戀並沒有減弱，因而留下的只有撕心裂肺的痛苦。如第25首，"我與愛神同在，它哭我也哭，從未離開過愛神，離開過它。而你們不是這樣，遇到愛情挫折時，就輕易地解開了愛神結下的疙瘩。"這裡"愛神"指對勞拉的愛，"解開愛神結下的疙瘩"是指在愛情挫折面前知難而退。如第76首，"愛神用甜情蜜意、花言巧語，將我投進了舊日戀情的監牢，並把監獄的鑰匙交給我的冤家對頭，而這個冤家至今還讓我神魂顛倒。""監牢"指對愛人的痴戀，"鑰匙"指對愛的回應，"冤家對頭"顯然就指自己的愛人。從"愛神"擴展出來的隱喻表達了詩人甘願受愛人所縛的感受。如第87首，"愛神一旦將箭射出弓弦，它就立即能夠作出判斷：哪一支射不中目標，哪一支能將靶底射穿"。喻指"我"就是被愛神追逐的對象，成為了最好的箭靶。如第133首，"愛神將我當成射箭的靶垛，我如同火中蠟，風吹霧，日曬雪"，"你的感情是箭，你的慾望是火，你的姣容是光，你——愛神啊，卻用它們扎我，刺我，焚燒我。"由於得不到愛人的回應，"我"的狂熱帶給"我"的只有傷害，一連串的暗喻形象——"靶垛""火中蠟""風吹霧""日曬雪"表明詩人受到感情傷害的脆弱，"箭""火""光"會"扎我，刺我，焚燒我"喻指詩人的迷戀讓自己深受其害。如第171首，"愛神用美麗而又無情的雙臂將我抱緊，我幾乎窒息而死，如果我發出呻吟，它就加倍地折磨我，為此，我只好像平時那樣摯愛而又無聲地向死亡逼近。""將我抱緊"喻指"我"沉迷已深，"加倍地折磨"喻指讓"我"越陷越深。又如第181首，"愛神在草地上扯起漂亮的掛網", "愛神使那明亮的眼睛勝過太陽, 周圍全是光芒, 網繩就纏在她的手上, 白皙的手臂賽過象牙和雪霜。" 這裡 "掛網" 喻指愛情, "網繩" 喻指自己心上人對愛情的控制。如第197首, "從天而降的微風吹動著油綠的樹葉, 在那裡愛神的箭矢射中了阿波羅; 它又在我的脖頸上套上枷鎖, 我想到自由時, 那時機已經錯過。" "微風" 喻指一種不易察覺的狀態, 阿波羅本是戰神, 這裡喻指詩人反抗的勇氣, "枷鎖" 喻指陷入愛情, 整體上是一個擴展隱喻, 表達了詩人在不知不覺中愛上了勞拉, 想要退出, 卻身不由己深陷其中了。愛神這個形象在整個《歌集》中佔有相當大的比重, 詩人常常是用自己和愛神對話的方式來展現自己的內心世界, 自己的生命也與愛神捆綁, 愛神糾纏自己的方式詩人在很多地方都有提及, 那就是通過勞拉的眼睛（目光）射出箭矢, 把詩人射中。如第86首, "我永遠憎恨那雙迷人的目光, 愛神正是通過它用箭把我射傷, 它永遠放射著含情脈脈的光芒, 時時讓我感到幸福得就要死亡。" 如第87首, "你知道, 夫人, 那金光閃閃的箭從你的眼裡射出, 直奔我的心間, 我的淚水也將從我心靈的創口無休無止地湧流不斷。" 如第174首, "冷酷的夫人為了開心舒暢, 用她的眼和愛神的箭射中了我的胸膛, 啊, 愛神, 我責備你用這樣的武器將我射傷, 又為我治療痛創。" 勞拉對詩人、對愛神都是不屑一顧的, 毫無顧忌。但詩人作為她的俘虜一如既往地愛煞這個冤家。詩人對勞拉既愛又恨, 這種恨是美人對他的拒絕、對他的冷漠、對他的傲慢所致。

詩人在十四行詩中所表達的愛情不是一種縹緲的遠離人類生活的事物, 而是為世人所讚頌的、為世人所追求的美好的事物。而這個世界與渺遠的抽象的天國世界大相徑庭。因為要表達這樣抽象概念並不容易, 所以詩人採用了複雜多變的隱喻、豐富多彩的意象, 抒發了自己 "剎那之間的歡樂和悲哀", 把人的精神美、女性的形體美和大自然的純真美糅合描繪, 並融入自己的摯情篤愛, 使勞拉既成為栩栩如生、呼之欲出的美麗凡女, 又成為理想中的美與道德的化身, 充分表現了愛情的聖潔與崇高, 而詩人的喜怒哀樂在詩歌的字裡行間也展露無遺。在詩歌構建中, 除了前面提到的一些隱喻形象外, 詩人運用天馬行空的想像力和無窮無盡的創造力, 呈現出其他更多印象深刻的意象, 表人的精神的如 "死神" "鳳凰" 等, 表愛人形體的如 "眼睛（目光）" "足" "頭髮" 等, 表大自然的如 "綠樹" "森林" "巨浪" "太陽" 等。這些隱喻形象描寫既展現出他對勞拉世俗的慾望之愛, 也有對勞拉幾近神聖的宗教性崇拜, 並且對自己內心世界也做了深刻而真實的剖析, 充分展現了詩人在創作前的思維動向和精神原力。

三、結論

隱喻不僅是一種修辭手段, 更是一種思維和認知的途徑, 隱喻的喻體通常是具體的、熟悉的, 本體則通常是抽象的、陌生的, 而認知的基礎是兩事物之間存在的相似性, 借助於這種相似性, 人們才得以把陌生和熟悉的事物作不尋常的並列, 從而加深了我們對它們的認識和理解。同樣,在詩歌中，隱喻手段可以實現抽象和具象之間的互通。一首優秀的詩歌，能成功地通過隱喻來認知世界，表露思想。彼特拉克《歌集》中的十四行詩就是通過複雜的隱喻作為構建工具把詩人對勞拉抽象的痴戀轉化為一個個鮮活的形象，幾乎每首都確立了一個中心隱喻，整首詩都圍繞這一個中心隱喻展開，甚至每首詩所用的複雜隱喻之間也不是相互獨立的，而是互相聯繫的，實現了內容和形式上的統一。

參考文獻

［1］Lakoff G，Johnson M. Metaphors We Live By［M］. Chicago and London：the University of Chicago Press，1980.

［2］Petrarca Francesco. Canzoniere［M］. Indiana University Press，1996.

［3］Aristotle. Rhetoric and Poetics［M］. New York：Random House Modern Library，1954.

［4］Briggs J，Monaco R. Metaphor：the logic of poetry［M］. New York：Pace University Press，2002.

［5］譚衛國. 英語隱喻的分類、理解與翻譯［J］. 中國翻譯，2007，（6）：42-46.

［6］［意］弗蘭齊斯克·彼特拉克. 歌集［M］. 李國慶，王行人，譯. 廣州：花城出版社，2001.

［7］［瑞士］雅各布·布克哈特. 義大利文藝復興時期的文化［M］. 何新，譯. 北京：商務印書館，1997.

The Construction of the Complex Metaphoric Imageries in Petrarca's Sonnets in Canzoniere

Zhou Wei

(*English Department of Foreign Affairs*, *CISISU*, *Chengdu*, *Sichuan*, 611844)

【Abstract】 Metaphorization is the most effective strategy to construct a poem and can transform the abstract conceptions into the concrete imageries. It not only reflects the poet's emotional experience and thinking course, but constructs the implications of poems. And the mapping between source domain and target domain results in the unity of form and content. Francesco Petrarca's sonnets in Canzoniere employ rich complex metaphor to construct his inner sentimental world. It is of great importance for us to take on these imageries that help to learn about the poet's thoughts before writing sonnets and their implications.

【Key words】 complex metaphor; Petrarca; Canzoniere; sonnets

"有意味的形式"
——淺析穆時英小說《上海的狐步舞》的文體創新

四川西南航空專修學院空乘學院　韓　旭[①]

【摘　要】 英國美學家克萊夫·貝爾認為藝術的本質在於"有意味的形式",當此結論移植於文學時,則體現為文體與主旨密不可分的關係。中國現代文學中的"新感覺派"通過生動形象化的表現手法來刻畫的都市中國可謂入木三分。"新感覺派聖手"穆時英的小說文體與貝爾的理論有異曲同工之效,而其小說《上海的狐步舞》在這方面有最為出色的表現。

【關鍵詞】 中國現代文學;穆時英;上海的狐步舞;文體創新

在中國現代文學史上,"新感覺派"及其小說創作可謂是20世紀30年代都市文學中一道獨特的風景線。與之前"鴛鴦蝴蝶派"不同的是,他們從文體和創作技法上借鑑了日本的"新感覺主義":不再單純地描寫外部現實,極力把主觀捕捉到的感覺印象投註到客體中;刻畫光怪陸離的生活百態時,更著重揭示都市人病態畸形的兩性關係及心理障礙;而其最大的特點,則是在形式技巧上追求花樣翻新,各種"新、奇、怪"的表現手法往往被誇張到荒誕、畸形和非理性程度。"新感覺派小說"在當時備受爭議,常被穿鑿附會者冠以"低級媚俗""享樂空虛"甚至"腐化頹廢"的名銜,然文體的標新立異並非魚質龍文。"新感覺派聖手"穆時英的短篇小說《上海的狐步舞》,正是借文體創新才使都市中國躍然紙上。前人對於穆時英作品的種種誤解,來源於沒有找到恰當的切入口。文體之於小說正如形式之於藝術,用"有意味的形式"來剖析,則別有一番收穫。

[①] 韓旭,女,畢業於四川外國語大學,現於四川西南航空專修學院擔任英語教師。碩士研究方向為比較文學與世界文學。

一、"有意味的形式"

英國美學家克萊夫·貝爾認為"線條、色彩以某種特殊方式組成某種形式或形式間的關係，激起我們的審美感情"，並將這種形式稱之為"有意味的形式"。而藝術家的工作在他眼裡，就是按這種規律去排列、組合出能夠"感動我們的形式"。學者李澤厚在其《美的歷程》中對此解釋道："正因為似乎是純形式的幾何線條，實際是從寫實的形象演化而來，其內容（意義）已積澱（溶化）在其中，於是，才不同於一般的形式、線條。"美國學者蘇珊·朗格也從符號學角度把貝爾的概念具體化，她分析指出："它並不是一種抽象的結構，而是一種幻象"，"所表現出來的富有活力的感覺和情緒是直接融合在形式之中的。"由此，"有意味的形式"這個最初以結構關係來表現審美情感的極度抽象的概念，在後人的闡發下轉向具體，旨在說明藝術作品的情感和形式是渾然一體、相輔相成的。

當然，此概念的核心問題在於形式，即"意味"由"形式"產生。任何形式都並非與生俱來，它既是藝術家對美的獨特感悟，也是其獨特創造。貝爾的藝術概念對研究"新感覺派小說"有借鑑之處，也在於此。然而僅是形式新穎最終可能會導致內容空洞，所以有"意味"則成為其必要前提。"言意之辨"在中國文史上由來已久，不論是唐代司空圖的"味外之旨""象外之象"，宋代嚴羽的"言有盡而意無窮"，還是清末王國維提出"境界"說，傳統詩學都在追求"意在言外"，而"言"即指"形式"。作品的深層意蘊超越形式束縛而存在，此基礎上的形式創新能反之提升內在的美學境界，如馬致遠的《天淨沙·秋思》和卞之琳的《斷章》。因此"新感覺派小說"也是有"言外之意"的，但由於"有意味的形式"重在"形式"，在解讀時須"以形取意"，而非"得意忘形"。

二、小說文體的創新之處

穆氏小說中充斥著古怪的字詞，繼而無端組合成既無詩意又無哲理的語句，又以繁復顛倒等方式構建起整座輪廓詭異的文字大廈。在《上海的狐步舞》中，景色被描寫為："淺灰的原野，鋪上銀灰的月光，再嵌著深灰的樹影和村莊的一大堆一大堆的影子"，"鐵道交通門前，交錯著汽車的弧燈的光線，管交通門的倒拿著紅綠旗，拉開了那白臉紅嘴唇，帶了紅寶石耳墜子的交通門，馬上，汽車就跟著門飛了過去，一長串"。這類句子在整篇小說裡屢見不鮮，不僅結構怪異，語法也不通順，而極度直觀的描寫視角又與電影手法相類。從開篇到最後，依次展現了行路人突然被攔劫暗殺、富豪太太與富豪前妻之子在舞場上調情、富豪在飯店裡賭博嫖妓、搬運工被木柱砸死、老婦在巷口為兒媳拉皮條以求活命，以及外國水兵坐黃包車拒不給錢等都市生活片段——這一系列互不相關的畫面以剪輯組合的方式連接起來，使小說更像一部昏黃沉鬱的舊式電影，而這部"電影"讓人回味無窮的"有意味的形式"，便在於特立獨行的語言、結構和寫作視角。

(一) 語言的"陌生化"

整篇小說的語言是零碎、冷峻、麻木且充滿黑色幽默的。穆時英常採用乍看之下莫名其妙、細品時卻發人深省的類比來描畫現代都市的熱鬧繁華。在其筆下，充滿情欲意味的女性大腿竟可與毫無生氣的樹木電杆對等起來形成排比，同樣的白漆色顯現著他們共有特性：麻木、無意識且做作矯飾。舞女們的生存意義僅在於機械地陳列開來供人玩賞——她們在那些縱情酒色的顧客眼裡，除會為謀取鈔票而搔首弄姿，實在與樹木與電線杆等無異——這真是一出僅在大都市才上演的、充滿黑色幽默的 Revue（諷刺時事的滑稽劇）。舞女也就罷了，普通市民竟退化為"沒腦袋的蒼蠅"，在情色、鈔票、名譽和權利等的誘惑下頻現不知廉恥的媚態，為追逐虛榮浮華的生活而捨棄尊嚴，甘做行屍走肉。冷漠無情的上班族被命運傀儡般操縱也無動於衷，而那些有血有肉、極力謀生的勞動者縱使拚命掙扎也無法逃脫連連噩運，死神"一視同仁"地跟大都市裡的每個人開著最為血腥慘烈的玩笑。

小說裡建築工人慘死於工地，可其生命消逝對於整個都市的喧囂與騷動來說，是不足掛齒的。在不斷壯大的病態社會冷眼旁觀窮人的不幸時，充滿生機的自然萬物竟被其同化了："月亮叫天狗吃了，月亮沒有了。"被郭沫若的《天狗》歌頌的那位除舊迎新、無畏死生的"新人"象徵，在宇宙中肆意"飛跑狂叫"時是受人敬仰的英雄，可到上海後，竟與為非作歹、麻木不仁的暴徒流民沉瀣一氣，即使它還是吞吃掉了月亮，卻由"天狗"降級為"走狗"，張著血盆大口饕餮整個都市。在老舍的《月牙兒》中，主人翁終究還有一彎鈎月做伴，她能向掛在天上的那個自己的象徵傾訴內心的孤單無助。而在本篇小說中，卻連照應之物也全然不在，被"狂飆而起"的天狗吃掉。所以都市人的孤單，是真正完整的孤單，即使有驕奢淫逸的物質生活，無所依靠的"心"死了，獨立自主的"精神"死了，則無有"生命"可言。所以，小說裡的都市人習慣了被拋棄後的悲哀無奈：富人酒肉穿腸、窮人饑寒交迫，沒有人真正融入生活，都只徘徊在生死邊緣；"生活"對於都市人來說，著實是個陌生的概念。

現實中貧富死生之間的隔閡轉化為小說行文之間的那份刻薄駭人的疏遠感，作者用極端陌生化、毫無情感色彩的語言揭露現代都市的浮華淫奢與冷峻殘忍。當他明目張膽地將充滿情色意味的畫面盡展無遺時，讀者卻不因四處洋溢的誘惑而浮想聯翩；當他一針見血地將殘暴血腥的社會黑暗用直觀類比逐一披露時，讀者卻不因小說中看似無所褒貶的立場而與"都市人"一樣冷酷無情，心中反被激起憤怒與憎恨。小說用"低吟"換以讀者的"呐喊"，用"理性"的"置身事外"取得讀者"感性"的"移情相溶"——"距離"產生了"美"，語言的"陌生化"造就了小說的"意味"。

(二)"框形"牢籠的結構

"上海,造在地獄上面的天堂!"

就是這麼一個單獨成段的簡單句,以其對比強烈的反語修辭憑藉"陌生化"效果讓讀者明白,這就是作者對於"都市"的評價,也是全文主旨所在,即上海是"天堂"外衣下的人間"地獄",都市人在浮華偽裝中越陷越深,也不放棄窮奢極欲的生活。可作者的創新並不止於語言。這句話在小說首尾兩度出現,則標誌著文體創新由語言"陌生化"過渡到更高階的結構改造上。

很多作家會在寫作時偶爾採用重複呼應的手段來強化主題、加重風格,而在穆氏小說裡,這種手段被用出神入化的程度——既有首尾呼應所形成的"框",也有語句重複往回、顛倒錯亂所編織的"籠"。這些框和籠就像"都市"這個讓人神往卻又窒息的生存空間一樣,籠罩四野,以物欲橫流的糖衣炮彈來麻痺世人,使其心甘情願地鑽進一個又一個的"圈套"——正如讀者在作者的精心設計下層層深入文本,破解接連而來的"結構陷阱",讀到最後一句,驚嘆"上海"竟與小說起始處無異——便終於發現自己仍身處在"地獄"中,"天堂"只是虛幻縹緲的海市蜃樓。而小說題目中的"狐步舞"(一種劃圈回旋的舞蹈)早已暗示出,流光溢彩與歌舞升平的都市萬象,不論怎樣變幻,無形中都回到原點、重蹈覆轍。

首尾重複的大框將作者預想描述的都市紛雜一齊框進文本中,形成一個大而嚴密的牢籠,而大框套小框、小籠進大籠的例子,在小說中更是比比皆是。例如,每個小故事都呈現明顯的分割局勢:同一句話前後呼應出現,各個故事就被裝進"框"中,又很自然地以過渡句轉換場景,並連接成完整的作品。然而,首尾重複也有例外:描述繼母繼子亂倫調情的場景中,首段用五句話速寫了舞廳的意亂情迷,而在場景末尾,五句話更依次倒序呈現,造成了文本結構的多維重複。這種特殊的框形結構,以顛覆句次影射違逆綱常的亂倫,鞭笞風月都市的荒唐糜爛。

小說結構就像裝著"套環"的"中國盒子",閱讀之時讀者便被帶進敘事的迷宮中,小說"意味"被隱約地"框"進"形式",無處不滲透著都市的"牢籠"本質:都市人在"造在地獄上面的天堂"裡執迷不悟地跳著"狐步舞",殊不知縱有鐘鳴鼎食、酒池肉林,到頭來只是黃粱一夢。

(三)"入不其內、出不其外"的寫作視角

穆時英認為都市生活就是"人間的歡樂,悲哀,煩惱,幻想,希望……全萬花筒似地聚散起來"。異彩紛呈的花花世界固然誘人,可只有真正品嘗"梨子"的人才對它的味道心知肚明。《圍城》中"城外的人想衝進去,城裡的人想逃出來",本作卻更顯無奈——城外人"入不其內"、城內人"出不其外"。錢權名利的磚石砌成"陌生化"城牆,讓城裡城外的人世代為敵、水火不容,卻絲毫不能阻止人們頻頻陷落"圈套",永遠被囚禁在"牢籠"中。在都市這座名副其實的"圍城"外,逆來順受的外鄉人搖首踟躕、窮困潦倒,像卡夫卡筆下的K,永遠被排擠壓榨;而"圍

城"內恃強凌弱的都市人卻鶯歌燕舞、腰纏萬貫。可不論如何，人們都耽於現狀，從未想要也無力去改變。

雖然穆時英以作家的身分也不能改變眼前的渾濁不堪，但手中之筆卻可極盡諷嘲斥責之能，以"陌生化"語言構架框形"牢籠"，視角有別於"圍城"內外之人，刻畫出最真實客觀的都市。王國維在《人間詞話》中倡導"對宇宙人生，須入乎其內，又須出乎其外"，即文人寫作，須既得其內，又得其外，相輔相成，才得全貌；若太過沉浸，則情感泛濫、不能自已，若太過隔閡，則又虛情假意、難以信服。為全面表現"入不其內、出不其外"的都市尷尬，作者就必須清晰、直觀地呈現自己的所見所聞，不能夾帶任何"自我"成分，否則無法淋漓盡致地進行鞭撻。

老婦在巷口為兒媳拉皮條的情節裡，在敘述年輕作家被鴇母尾隨時，居然驚現他的大段心理描寫，為了與前文區別開來，作者還特意用括號強調"（作家心裡想:）"；而後面年輕作家被帶到路燈下見到小媳婦，仍沉浸在自己的思考中，於是作者又用括號將他的思想活動標示出來。再看看小說最後，寫到外國水手沒給錢就踏進酒店後的那段，所有景物都在極具空間感的敘述中直接浮現在眼前，讀者與作者的視線重合了，仿佛沒有主客你我之分，一時間弄不清到底身處"圍城"哪端。心理描寫原可寫成"他想……"的形式，可穆時英偏加以括號，其用意仿佛是告知讀者：他的思想模糊隱現，既不能被認為是由全知視角的"我"發出的，也不能被確定為年輕作家"他"的專屬——作者和讀者結合一體，"初次"接觸到周圍情景。因而穆時英被"剝奪"了作為"自我"的主觀看法，只能以讀者的"你"去感知完全陌生的"都市"。是"你"親自見到了街道巷口和酒樓舞廳，是"你"親自聽到了竊竊私語和鼎沸笙歌，也是"你"親自想到了《東方雜誌》和諾貝爾獎……可即使無須質疑感知的真實性，"你"卻仍還是孤零零地只身面對這個未知迷離的大都市——終於，"你"體會到都市人"入不其內、出不其外"的痛苦滋味。這番強烈的直觀感受，只有集視聽與空間轉換於一身的電影藝術才能做到。那麼《上海的狐步舞》可視為一部情節零落的電影，採用不標鏡頭的分鏡頭腳本，其每一段落都可視為一個鏡頭或系列畫面。穆時英並非唯一採用這種視角的人，因為新感覺派成員都是影迷，是都市娛樂活動的積極參與者，既然對電影情有獨鐘，那麼寫作時便也潛移默化地受其影響，也更好地表達了"新感覺"的"意味"。

小說的寫作視角在"電影"魔術中散發獨特魅力，以"忘我"的身分引導讀者"你"去親自感知都市，體驗都市人的兩難境地。視角創新被染上濃厚的"陌生化"色彩，可讓讀者以千差萬別的"意味"透過鏡頭的"形式"，直觀地去窺視、品味上海這座不夜城。

三、結語

　　現代文學史上，"新感覺派小說"第一次使都市成為獨立的審美對象，作品以描繪都市的繁華喧囂和都市人的生存狀態為主題，可因寫作方式和表現手法的單一陳舊，直到穆時英出現以前，"新感覺派"中都沒有一位獨領風騷的代表人物。難怪20世紀30年代杜衡指出，正是穆時英避免了描寫中國卻"非中國"，即"非現實"的缺點。穆氏小說正是以其特立獨行的文體創新，開闢了描寫都市的康莊大道。

　　上海這座燈火通明、萎靡奢華的大都市正是30年代舊中國的象徵——在西方資本主義殖民經濟衝擊下，整個中國就像上海，遠望是座迅速崛起、榮華昌盛的大都市，可近看卻是餓殍遍地、貧富不均的難民營和淫亂墮落、骯髒猙獰的銷金窟。

　　"要認識一個城市，人們必須在它的街道上行走；然而，要'看見'一個城市，人們只有站在外面方可觀其全貌"。穆氏小說不僅把讀者領進胡同、豪宅、舞廳和酒店去全面感知車水馬龍、通宵達旦的世俗"天堂"，也讓讀者站在外面遠遠觀望封鎖森嚴、血腥殘酷的人間"地獄"。回想30年代的都市，燈紅酒綠、舞榭歌臺、百般嫵媚、千萬誘惑；縱觀海派文學中的上海，在那個虛情假笑面具之下的臉龐，竟有著不為人知的恐怖與殘忍。穆時英並不是奸邪的同謀者，而是"身臨其境"與"置之度外"雙向觀察現實的揭發人，要品讀他的小說，必須先找到"有意味的形式"所在。《上海的狐步舞》的特立獨行，在於"陌生化"語言、框形"牢籠"結構和電影鏡頭寫作視角，而正是在這種文體創新下，他帶領讀者感知都市人的"入不其中、出不其外"，在無奈與哀傷中再現其時真實而完整的都市中國。

參考文獻

[1] [美] 克萊夫·貝爾. 藝術 [M]. 周金環，馬鐘元，譯. 北京：中國文聯出版社，1984.
[2] 李澤厚. 美的歷程 [M]. 北京：文物出版社，1981.
[3] 朱立元，張德興，等. 二十世紀美學（上）[M]. 上海：上海文藝出版社，1999.
[4] 王嘉良，顏敏. 中國現當代文學作品選讀（上）[M]. 上海：上海教育出版社，2004.
[5] 穆時英. 穆時英小說全集 [M]. 北京：中國文聯出版公司，1996.
[6] 杜衡. 關於穆時英的創作 [J]. 現代出版界，1933（9）.
[7] [美] 丹尼爾·貝爾. 資本主義文化矛盾 [M]. 趙一凡，蒲隆，任曉晉，譯. 北京：生活·讀書·新知三聯書店，1989.

"The Significant Form"
—The Analysis of the Stylistic Innovation of *the Foxtrot in Shanghai* by Mu Shiying

Han Xu

(Sichuan Southwest College of Civil Aviation, Chengdu, Sichuan, 610400)

【Abstract】 The British aesthetician Clive Bell thought that the essence of art lies in "the significant form", which could also be used to describe the inseparable relationship between the style and the theme. The authors from Chinese New Sensation School were skilled in revealing the metropolis of Shanghai vividly and profoundly. This article is to discuss how Mu Shiying, "The master of Chinese New Sensation School", fully manifested "the significant form" in his short novel *the Foxtrot in Shanghai*.

【Key words】 Modern Chinese Literature; Mu Shiying; *the Foxtrot in Shanghai*; stylistic innovation

語言研究

從理念到實踐
——外語對話教學模式構建探微

四川外國語大學成都學院英語旅遊系　江名國[①]

【摘　要】 外語教學歷經了語法翻譯模式、聽說模式、情景交際模式的變革，當面臨信息時代的衝擊、人才需求走高、課堂失語等問題的挑戰時，外語教學需要再次從理念到實踐的更新。對話教學有著廣泛的哲學社會根基和歷史淵源，能為外語教學提供全新的思維視角。現代外語教學應該重拾這一中外教育史的思想精華，為校園文化乃至課堂內外的教學實踐構建具有當代特色的對話教學模式。

【關鍵詞】 課堂失語；對話教學；校園文化；教學實踐

一、引言

從語法翻譯教學模式到聽說領先教學模式再到情景交際教學模式，外語教學不斷地更新著理念與時代接軌，而當前我們正面臨信息時代的衝擊、人才需求走高、課堂失語等問題的挑戰，外語教學需要再次從理念到實踐進行更新。對話教學有著廣泛的哲學社會根基和歷史淵源，中西方古代聖人、偉大的教育家蘇格拉底和孔子所倡導的對話教育理念被視為閃耀著智慧和人性光芒的教育思想，並流傳和影響著後人，現代外語教學應該重拾這一中外教育史的思想精華。本文希望通過梳理對話教學思想的哲學歷史淵源，分析當前外語教學所面臨的時代和專業的挑戰，提出從校園文化到課堂內外的教學實踐應構建具有當代特色的對話教學模式。

[①]　江名國，男，碩士，副教授。研究方向為二語習得，英語語音學，詞彙學。

二、對話教學的含義及哲學淵源

"對話"（Dialogue）一詞源於希臘語的"Dialogos"。"Dia"這個前綴表示"2"的意思，同時還有"通過、跨越"（trans）的含義；"logos"不僅僅有"詞"的意思，還有"思想""理性""判斷"的意義。"Dialogos"含有"思想的跨越"的意思，即意義在個體之間流動，這種流動因為思想的碰撞而產生新的觀點，從而在團體中形成某種"共享的意義"，作為保持群體或社會團結一致的黏合劑。

對話不僅僅是人類交往的一種最基本的形式，也是哲學範疇之一。最早提出對話哲學的德國猶太哲學家馬丁・布伯認為個體與個體之間，個體與世界之間發生關係可以用兩種方式來表述，即"我—它"與"我—你"。在"我—它"關係中，"它（客體）"只是"我（主體）"認識、利用的對象。在這種對立而不是一種交融的關係中，"我"不能發現自身的意義；而"我—你"關係則是人類應有的真正的基本關係。"你"即是絕對在者，是世界。當"我"與"你"相遇時，我以我的整個存在，我的全部生命和我的真本自性來接近"你"，"你"不再是我的經驗物、利用物。"我不是為了滿足我的任何需要，哪怕是最高尚的需要（如所謂'愛的需要'）而與其建立'關係'。""我—你"關係被布伯稱為真正的"對話"關係，"我—你"是一種親密無間、相互對等、彼此信賴的關係。

三、對話教學的古代哲思和現實意義

對話教學不是現代教育發展的產物，東西方古代教育實踐就已經萌發出對話教學的原型，東西方文明發展史上的兩位偉大的思想家和教育家孔子和蘇格拉底在他們的教育過程中都使用了對話式教育。孔子和蘇格拉底在他們的教學理論和實踐中均採用了對話式教育。孔子通過與弟子的對話，循循善誘地引導學生觀察生活，並對現實世界進行思辨，開啓了中國教育史上啓發式對話教學和因材施教範式的先例，其與學生的對話記錄在對中國後世影響深遠的論著《論語》之中。而蘇格拉底的教學對話與孔子略有不同，它採用連續發問的形式，讓學生在反覆的詰問之中進行嚴密的邏輯推導思維，老師則在學生的回答之後提出暗示，以獲取破解問題的方法。

對話教學理論對師生關係和師生行為方式的角色界定與教育的本真有著高度的契合，是教育文明發展至今一種高級形式的體現，對當代教育有著強烈的現實意義。巴西著名對話教育思想家保羅・弗萊雷在《被壓迫者教育學》一書中指出"知識是靜態的"觀念致使教育成為"存儲行為"，即將知識和真理"儲存"進學習者的頭腦，形成了"教師越是往容器裡裝得完全徹底，就越是好教師；學生越是溫順地讓自己被灌輸，就越是好學生"的觀念。對話教學理論主張最有價值的教學絕非是使學生通過機械的方式累積知識，而是使個體形成建設性的批判思維；亦非使學生收集和記住信息，而是要對已接受的零散數據整合，經過權衡和認可使之轉化為個人精神整體的一部分。這種教學是"民主的、平等的教學"，"是溝通的、合作的教學"，"是互動的、交往的教學"，"是創造的、生成的教學"，"是以人為目的的教學"，"是追求人性化和創造性質的教學"。

四、當前外語課堂教學所面臨的挑戰

（一）互聯網信息時代對學習模式的衝擊

互聯網信息時代的到來改變了傳統的信息獲取模式。學生獲取信息的途徑已經發生了根本性的變革，知識的網絡化使得浩瀚如菸的知識可以通過網絡媒介的傳播讓學生在任何時候、任何地點將其獲取。老師不再是知識唯一的佔有者，傳道授業解惑的傳統教師角色觀點正受到前所未有的挑戰，知識也不再是老師賴以生存的核心技能，傳統的獨白式滿堂灌的教學模式已經過時。新時代背景下的教學更多的是對傳統課堂的縱深延展，師生雙方在開放的知識平臺下處於獨立平等的關係，老師所要扮演的角色更多是提供知識縱深解剖的視角和組織學生暢所欲言。

（二）時代需要對話型人才

當今人類正走向交往與對話的時代，對話意味著一種平等，所以在不同的領域，"人人可以自由表達，相互聽說成為解決社會問題的根本手段"。時代對人才的需求是多元複合的，一個能為社會所用的合格人才必須是能善於觀察問題，並能綜合所處的環境和條件，能有效溝通和協調完成工作的各個環節，在這個過程中需要賦予個人的觀察力、創造力和交流能力，在當前這樣一個高度互動的社會裡，對話精神和溝通能力是必不可少的核心個人素養。

（三）外語課堂失語現象嚴重

啞巴英語的現象在當前的外語教學中並沒有根本性的改觀，相反課堂失語現象越發嚴重。一方面是中國大學正經歷精英教育到大眾教育的轉型，學生的水平參差不齊，自我身分認同感差，專業使命感弱，導致與人溝通交流的障礙；另一方面是當前外語教學教師主導課堂的模式並沒有從根本上得以改變，教師講、學生聽的局面也大大限制了師生對話環境的營造。

五、構建外語對話教學模式的策略

（一）營造以對話為內涵的校園文化

對話教學是一種理念，也是一種教育模式。構建對話教學模式需要進行頂層設計，而校園文化則是對話教學的頂層形式。校園文化有著強有力的環境教育力量，它是校園人際關係、課堂文化、課餘文化、主流價值觀、制度和管理等因素的綜合體，要將對話的核心理念植入校園文化的建設中去，營造學生敢於並樂於與老師、與同學、與社會進行知識的對話、精神的對話、道德的對話的和諧氛圍。

1. 學校領導與學生的對話

大學的校領導是大學精神的最佳載體，是校園文化的核心凝聚力，是人文精神塑造的最有效推動力，應該成為對話教學機制的倡導者。建立學院領導與廣大師生的對話機制，能夠迅速提升學院的凝聚力，激活學生的學習熱情，從而為對話教學在課堂一線的實踐奠定基礎。具體的做法可以是形式多樣的，如建立院長信箱、開通校園官方在線公共交流平臺、設定定期領導接待日、學校領導輪流接待來訪學生，與學生就教學、管理、師資、後勤等方面進行對話。

2. 師生之間的對話

在中國的大學裡，學生課上課下尤其是課下十分缺乏跟老師溝通交流的機會。因此可以借鑑國際上非常成熟的做法，即教師"接訪時間（office hours）"制度，教師每週安排固定的辦公時間為學生輔導答疑。作為教學過程中的重要環節和課堂教學的繼續，接訪時間制度是個性化因材施教的重要體現形式。接訪時間制度可以讓老師充分瞭解學生個體的學習實際，為不同的個體提供個性化的學習建議，增強學生學習的目的性和針對性。

3. 學生之間的對話

大學是思想碰撞的理想場所，學習不僅是學生與老師之間的往來，更需要學生群體之間良性的互動，建立學生間的對話平臺和對話機制有助於學生互助學習和協作學習。外語學習不僅僅是外語知識的獲取，更是語言能力的訓練和培養，學生可積極參與對話式的口語角、口語沙龍、演講、辯論、話劇表演等活動，實現思想的自由融通、觀點的激烈碰撞、語言的犀利交鋒，同時可以組織口語社團、辯論社團、話劇社團、廣播社、電視中心等學生組織並通過微博、微電影等電子媒體把學生對話平臺觸伸到學生群體的每一個角落。

（二）構建課堂對話教學的基本要素

對話教學模式是一種思想、一種理念，更是一種教育方法，除了營造自由和諧的對話型校園文化之外，最重要的是在課堂教學中實現對話教學，讓對話教學深入大學教育的核心舞臺即課堂。

重新定位師生關係是關鍵，老師和學生不再是主宰和被動的關係，而是平等、自由、互促的關係。學生是對話教學的主體，老師則在對話教學中扮演了主導作用。對話教學的能否成功實施，老師的情感因素、知識因素、方法因素都起著至關重要的作用，筆者認為建立對話教學模式有以下關鍵要素。

1. 微笑

微笑是對話教學的起點，微笑教學能更好地營造出良好的課堂學習氛圍，在教與學之間架起一座情感交流的橋樑。學生在充滿微笑的激勵中經常保持滿足、快樂、積極、穩定的情緒，增強了對英語的興趣。微笑教學還具有極強的親和力，能幫助學生克服恐懼感，拉近教學雙方的距離，使學生產生一種願意學、樂於學的強烈心理，在愉快的氛圍中完成教學目標和任務。

2. 啓發

啓發遵循認知心理規律，具有很強的情境性。在啓發的過程中教師對學生個體和所教授的知識進行最全面、最深入的分析，充分調動學生學習的積極性和主動性，以高超精湛的技藝適時巧妙地啓迪、誘導學生去學習，幫助他們學會動腦思考和用語言表達。

3. 分享

當今世界正走向分享時代，世界各國也在努力構建分享型社會。而分享型的課堂是對話教學必不可少的一部分，老師的分享可以營造一種民主平等的課堂氛圍，既有知識的分享、學習資源的分享、學習方法的分享，也有世界觀價值觀的分享，實現課堂思想教育和文化教育的雙重功能，學生的共享可以營造富有競爭的班級氛圍，讓老師能近距離觀察學生在語言運用、思維邏輯、情感性格等多方面的優缺點，進而做到因材施教、個性發展。

4. 傾聽

對話是師生知識和心靈的溝通，而傾聽則是有效溝通環節中一項重要的技巧，善於傾聽可以使得溝通更為高效。外語教學中老師的傾聽是對學生精神上的高度認可，是獲取信息的最有效渠道，是一個視覺、聽覺並用的過程，是思想、情感、信息兼收並蓄的過程。有效的傾聽是進行對話教學的前提，是思想碰撞和知識流通的發起點。

5. 鼓勵

鼓勵是在教育教學中，通過教師的語言、情感和恰當的方式，不失時機地給不同層次的學生以充分的肯定、激勵和讚揚，使學生在心理上獲得自信和成功的體驗，進而使學生積極主動地投入學習的一種策略。教師的鼓勵能營造輕鬆活躍的課堂氛圍，有助於激發學習參與者保持嘗試的興趣和探索的熱情，為推動更廣範圍和更深層次的對話奠定良好的心理基礎。

6. 互動

互動是對話教學的核心環節，是對話精神的集中體現。正如伽達默爾（H・G. Gadamer）指出："交談是兩個人理解彼此的過程。因此，真正的交談其特點是彼此坦誠懇切、直露表白，因對方的觀點有借鑑價值而真誠地接受。"課堂教學中的互動既包括老師與學生之間的知識互動，也包括學生與學生之間的互動。老師在互動的過程中幫助學生融通新舊知識，引導學生進行語言輸出訓練，教師通過有目的有意識的課前布置，並通過陳述、提問、討論、展示等教學活動將師生互動和學生互動貫穿於整個課堂，學生之間的互動主要是通過設立學習小組，以團隊合作的形式進一步推動互動式英語教學的實施。鼓勵學生質疑，鼓勵他們在課堂上提出自己的見解。在學生完成作業的基礎上讓其自評、互議，對其中出現的代表性問題採取班級討論的形式，通過學生互改、師生互評等手段加以解決。

7. 反饋

反饋是對話教學模式的重要環節，是師生雙方對課堂教學中彼此的表現進行主、客觀評價的表現形式，是知識傳授環節中老師、學生、文本之間的三角對話，是學生反思教師的知識傳授、教師評估學生的課堂表現的必備環節。通過反饋，學生認識到取得的進步和自身的不足，而教師可以更加理性地反思總結自身的課堂教學。反饋是促進知識傳授方式創新和教學知識融會貫通的有效途徑。

8. 跟進

教學跟進是對話教學的課外延伸，是對話在課堂之外的有益補充。教學的跟進有利於鞏固課堂對話的成果，教學的跟進可充分利用現代社交網絡的便利性，及時關注學生知識的鞏固與更新，深化師生關係。教學跟進也是對老師教學的反促，促使教師的課堂知識向縱深結構發展，有利於形成知識體系。

(三) 建立合理的對話衡量評價機制，確保對話教學效果

外語學科不同於其他人文學科，是知識性和技能性高度結合的產物。為了構建對話互動的教學氛圍，需要引入合理的對話教學衡量評價機制。將口頭陳述或者口頭答辯納入學生課程評價內容則是行之有效的方式。從目前外語小班教學的普遍形式來看，口頭答辯的方式是具有很強的可操作性的，每學期每位學生不得少於三次與老師一對一的對話，對話內容可以是根據課程要求事先擬定，也可以根據具體情況進行無主題的自由交流。老師做好必要的記錄，及時就對話內容和對話效果進行點評，並將這一內容納入課程考核之中，從而減少期末、期中卷面測試的比重。

六、結語

信息互聯網時代的外語教學面臨著很多時代新課題，要打破落伍過時的教學方法，走出具有時代氣息的革新模式，我們可以重拾對話教學這一古老的教育智慧，結合當代的先進技術和人文理念，創造公平、自由、博大的對話精神世界，從理念到實踐上豐富校園主體之間的關係，讓外語教學迴歸本真，讓師生走出外語課堂失語、缺乏創造力、與社會脫節的藩籬，讓語言真正成為

服務人生、服務社會、服務經濟的有用工具。

參考文獻

[1] H G Gadamer. Language as the Medium of Hermeneutical Experience [C] //R Anderson, K N Cissna, R C Arnett. The Reach of Dialogue: Confirmation, Voice, and Community. New Jersey: Hampton Press, 1994.

[2] 米靖. 論基於對話理念的教學關係 [J]. 課程・教材・教法, 2005 (3): 20-24.

[3] [德] 馬丁・布伯. 我與你 [M]. 陳維綱, 譯. 北京: 生活・讀書・新知三聯書店, 2002.

[4] [巴西] 保羅・弗萊雷. 被壓迫者教育學 [M]. 顧建新, 等, 譯. 上海: 華東師範大學出版社, 2001.

[5] 劉慶昌. 對話教學初論 [J]. 教育研究, 2001 (11): 65-69.

[6] 張再林. 對話主義哲學與中國古代哲學 [J]. 世界哲學, 2002 (2): 69-70.

From Concept to Practice
—A Probe into Building Dialogue Mode in Foreign Language Teaching

JIANG Ming-guo

(*English Department of Tourism, CISISU, Chengdu, Sichuan, 611844*)

【Abstract】 Foreign language teaching has gone through changes from grammar translation mode, aural-oral method, and situational communication mode. Now when faced with challenges from the impact of the information age, higher talent demand, and problems as classroom silence, it needs to update concept and practice again. Dialogue teaching has a broad philosophy and social basis and historical origin, providing a new perspective for foreign language teaching. It is necessary to reclaim the essence of Chinese and foreign educational philosophy and build a dialogue teaching mode from campus culture to teaching practice inside and outside the classroom.

【Key words】 classroom silence; dialogue teaching; campus culture; teaching practice

淺談英語報刊標題的象似性
——以 2015 年《紐約時報》為例

四川外國語大學成都學院英語師範系　李　涵[①]

> 【摘　要】認知象似性原則是認知語言學中的重要理論，為分析語言現象提供了重要的思路。作為英語語言國家主流報刊之一，《紐約時報》是讀者瞭解世界的重要窗口，因此，準確理解其語言很重要。本文從距離象似、數量象似、順序象似和標記象似這四大象似性原則對 2015 年《紐約時報》的標題進行分析，從中找出語言符號與意義之間的關係，為讀者理解報刊標題提供新的視角。
>
> 【關鍵詞】認知象似性；距離象似；數量象似；順序象似；標記象似；報刊標題

一、認知象似性概述

　　語言是人類特有的一套符號系統。自從索緒爾在《普通語言學教程》中提出任意性的觀點以來，任意性不僅僅被看成是語言的基本特徵之一，而且成為了語言學研究的基本假設。所謂任意性，就是指語言符號的能指和所指之間的聯繫是任意的。然而，隨著認知科學、功能語言學及心理語言學的發展，人們逐漸認識到，儘管語言符號存在一定的任意性，但在構成上，都表現出明顯的規律性，語言形式與其意義之間有著密切聯繫，是有理據的。這種理據，即象似性，是指語言符號形式與所指物體之間存在自然相似。語言符號象似性與任意性都是語言的重要特徵，兩者互為補充。近半個世紀以來，尤其是近三十年來，越來越多的國內外學者開始致力於語言符號象似性的研究。美國語言學家皮爾斯認為，象似性以映象、擬象和隱喻三種不同形式存在，因此，

[①] 李涵，女，碩士，四川外國語大學成都學院講師。研究方向為語言學，英語教學。

象似性可分為映象象似、擬象象似和隱喻象似。海曼則進一步將擬象象似劃分為距離象似性、數量象似性、順序象似性和標記象似性。作為語言符號的一種，英語報刊標題中也大量運用了象似性原則，本文將主要分析海曼的四大象似性原則在英語報刊標題中的運用。

二、英語報刊標題特點

隨著中國在國際各個領域的交流日益增加，英語報刊越來越成為國人瞭解世界、獲取信息的重要途徑。儘管英語報刊新聞通常由標題、導語和主體三大部分組成，但是人們最先讀到的是標題，它是新聞內容的核心和線索。美國著名傳播學者韋斯特利將報刊標題定義為，置於內容之前的任何一行或多行用以介紹或總結內容的文字。為了使新聞標題簡潔新穎、生動形象，新聞工作者通常在標題中採用許多突出手法。作為世界最強大的報業之一，《紐約時報》擁有大量中外讀者，用象似性原則來分析其新聞標題，能幫助讀者能動地理解其語言特點、文體特徵及其含義。

三、英語報刊標題中的象似性原則

結合新聞標題的語言特點，本文從語言象似性的四個主要方面對《紐約時報》新聞標題的文體進行分析。

（一）距離象似性原則

距離象似性原則是語言結構象似性中最重要的原則之一。海曼將其定義為：語言形式之間的距離與它們所表達概念之間的距離相對應。王寅教授的觀點是，當概念相近，屬於相同的意群或語義場，他們在大腦中則傾向於放在一起。因此，他們的共生是極有可能的，用語言表達時距離通常很靠近。距離象似在新聞標題中主要通過使用一般現在時、省略和標點等方面實現。

1. 一般現在時

雖然新聞一般是對已經發生過的事或將要發生的事進行報導，但是新聞標題基本上都是使用一般現在時。按照英語語法規則，如對過去的事情進行報導，應使用過去時，如對將來的事情進行報導，應使用將來時，而不是一般現在時。但為了顯示新聞的時效性及拉近與讀者之間的距離，新聞標題通常使用一般現在時。例如：

例 1，New York Stock Exchange Resumes Trading After Shutdown（July 9, 2015）

這個標題就是用現在時描述已經發生的事情，紐約證券交易所周三關閉 3 小時，事情發生在新聞報導的前一天，應該用一般過去式，而通過使用現在時 resumes，拉近了與讀者之間的距離，給人以身臨其境的感覺。"從文體上來說，現在時通常給人直接的印象，讀者會覺得所描述的事情就發生在眼前。而過去時可能會產生一種分離感"。

例2，Donna Karan Steps Down as Head of Iconic Brand（July 3，2015）

這個例子是用一般現在時描述將要發生的事情。6月30日，唐娜·卡蘭國際公司的創始人兼首席設計師、66歲的唐娜·卡蘭宣布，她將不再執掌這個以自己的名字命名的時裝公司，新聞發布之日事情還未發生。此標題中一般現在時象似於時間的拉近，讓讀者感覺事情就發生於眼前。

2. 省略"be"或"will"

省略通常不僅僅是節省報刊版面，更重要的是體現出距離象似性：句子成分之間的距離越近，讀者理解句子所需的時間越少。新聞標題中"be"動詞和"will"省略表明了事件的緊迫性。例如：

例3，Apple and Beats Developing Streaming Music Service to Rival Sportify（March 27，2015）

此標題省掉了"be"動詞"is"，縮短了主語"Apple and Beats"與"developing"之間的距離。這表明了兩個公司聯合的急迫性，Apple（蘋果）聯合Beats（魔聲）急切推出新流媒體音樂服務與Sportify（聲破天）這樣的流媒體新貴展開正面較量。

3. 標點

標點，尤其是逗號的使用加大了句子成分之間的距離。逗號通常表明差異或分歧。

例4，Money, Sex and Las Vegas Pool Parties（July 15，2015）拉斯維加斯泳池派對裡的歧視

這則新聞是關於拉斯維加斯泳池派對裡的歧視。Money和Sex之間用逗號隔開表明這兩者之間是不同的。

（二）數量象似性原則

數量象似性原則是分析新聞標題的基本原則。平賀正子認為，語符形式的數量與語符意義數量（強度、程度）之間存在象似關係，即語符形式數量越多，其所表達的概念意義越多。也就是說，相對複雜的形式表達相對複雜的信息，難以預測的信息及重要的信息，而相對簡單的形式則表達相對簡單的信息。人類語言中的名詞單復數，及形容詞比較級和最高級形式最能體現出這一原則。數量象似性原則對《紐約時報》新聞標題的文體具有很強的解釋力。

1. 使用縮略語

新聞工作者通常使用縮略語，不僅是因為節省時間和空間，更是因為他們想用最少的單詞表達最多的意義，這些縮寫詞和縮略語一般涉及組織、人名、熟悉的字或新詞。

例5，South Korean Retailers Pinched by MERS（June 23，2015）

（MERS = Middle East respiratory syndrome）

例6，Ukraine Crisis and Advance of ISIS Dominate Agenda for Group of 7（June 10，2015）

（ISIS = Islamic State of Iraq and al Shams）

從以上標題可看出，MERS 和 ISIS 已是大家熟悉的詞彙，用縮略語不會降低新聞的可靠性，反而會有助於讀者有效抓住新聞的中心思想。

2. 語言形式的長度

例 7，As Human Crisis Takes Priority After Nepal Quake, a Nation's Treasures Become Its Scrap（April 30, 2015）

例 8，A Home for the Headlines（Jan. 25, 2015）

新聞標題的長度可以預測新聞的複雜性。例 7 標題討論的是，災難過後，誰來阻止尼泊爾文物流失。這是一個社會文化問題，不同的人有不同的觀點。標題共有 14 個單詞，其中 8 個單詞是雙音節、三音節詞，此標題似乎暗示該問題的複雜性。而例 8 是描述的是時報大廈的歷史，沒有任何爭議，因此，我們可以推測，該則新聞的內容不會很複雜。從標題的長度來看，例 7 比例 8 長，這就表明標題越長，事件越複雜。

（三）順序象似性原則

句法成分的排列順序映照它們所表達的實際狀態或時間發生的先後順序。順序象似性有兩種：自然順序象似性和語用順序象似性。《紐約時報》在選擇新聞標題時也會遵循順序象似性。

1. 自然順序象似

自然順序象似性是指句子中從句的順序與它們所描述的事件順序一致。王寅教授指出，象似性原則與格賴斯的方式準則有關，自然順序的信息更容易被記住。絕大部分報刊標題運用了自然順序象似原則。

例 9，China Moves to Stabilize Stock Markets; Initial Offerings Halted（July 6, 2015）

此標題中，China 先出現，接著是動詞、狀語等，遵循了事件發生的自然先後順序。

2. 語用順序象似

通常情況下，一個好的新聞標題旨在盡快吸引讀者的注意。因此，更重要或更緊急的信息在新聞標題中往往先出現。

例 10，MERS Cases Rise in South Korea, Health Officials Say（June 8, 2015）

如果按自然順序，此標題應為 "Health Official Say MERS Cases Rise in South Korea"，但是 "韓國 MERS 疫情擴大" 更重要，也更吸引眼球，因此被放在了最前面。

（四）標記象似性

海曼關於標記象似性的定義是，標記性一般起源於象似性，形態和句法具有標記性的範疇，語義也具有標記性。標記象似性是認知的自然順序和語言符號的正常順序，是從無標記詞語到有標記詞語，無標記詞語表示可預測信息，而有標記詞語表示特殊的意義和意圖。新聞的主要功能是吸引讀者眼球，因此，新聞標題語言通常違背傳統語言模式而採用有標記詞語或符號，如特殊標點符號。大量標記象似性存在於《紐約時報》新聞標題中。

1. 引號

通常情況下，記者需要借用詞語的時候會採用引號，力求保證詞語的準確性。一方面，引號可表明詞語的權威出處；另一方面，引號也表明新聞工作者對此消息的懷疑。例如：

例11，Obama to Call for End to 'Conversion' Therapies for Gay and Transgender Youth（April 10，2015）

此消息是關於奧巴馬反對同性戀"治愈"療法。此處引號既表明了記者借用了"治愈"一詞，同時也表明作者對這一做法的懷疑。

2. 問號

問號很少出現在新聞標題中，而通常出現在報刊的特寫故事中。因為一般新聞主要是告知讀者確切發生的事情，而特寫故事相對較長，其標題中如有懸念使讀者更願意讀。

例12，Is Polygamy Next?（July 22，2015）

此標題是討論多配偶制是否合法化，問號表明作者對此問題持懷疑態度，且引起讀者興趣，讓讀者繼續讀完新聞瞭解問題的緣由。

四、結束語

本文主要探討了認知象似原則在英語報刊標題中的應用。通過上面的討論可得出，《紐約時報》新聞標題的形式和意義之間確實存在一定的理據關係。一方面，認知象似原則能幫助讀者能動地理解報刊標題的含義；另一方面，通過對報刊標題的分析促進認知象似的理論建構。從認知象似角度對《紐約時報》新聞標題的研究為讀者瞭解信息提供了全新的視角。

然而，此研究也有不足。首先，本文只選取了2015年的《紐約時報》例子，說服力不夠。其次，本文只是將認知象似原則作為一種解釋原則，而沒有真正進行任何理論工作。針對以上問題，今後還應進行更多更全面的研究來完善英語報刊標題分析及認知象似理論探索。

參考文獻

[1] John Haiman. Iconicity in Syntax [M]. Amsterdam：John Benjamins，1985.

[2] B. H. Westley. News Editing (2nd edition) [M]. Boston：Hongton Mifflin Company，1980.

[3] John Haiman. Iconic and Economic Motivation [M]. Amsterdam：John Benjamins，1983.

[4] M. K. Hiraga. Diagrams and Metaphors：Iconic Aspects in Language [J]. *Journal of Pragmatics*，(22)：5-21.

[5] John Haiman. Natural Syntax [M]. Cambridge：Cambridge University Press，1985.

[6] John Haiman. The Iconicity of Grammar：Isomorphism and Motivation [M]. Amsterdam：John Benjamins，1980.

[7] 王寅. 論語言符號象似性 [J]. 外語與外語教學（大連外國語學院學報），1999 (5)：4-7.

[8] 王守元. 英語文體學概要 [M]. 濟南：山東大學出版社, 2000.

[9] 沈家煊. 句法的象似性問題 [J]. 外語教學與研究, 1993（1）: 2-8.

[10] 王寅. 論語言符號象似性——對索緒爾任意說的挑戰與補充 [M]. 北京：新華出版社, 1999.

A Brief Analysis on News Headlines from the Perspective of Iconicity
— Take *The New York Times* in 2015 for Example

Li Han

(*English Department of Education*, *CISISU*, *Chengdu*, *Sichuan*, *611844*)

【Abstract】Iconicity is known as an important theory of cognitive linguistics, which provides a key method for language analysis. And as a powerful newspaper in the world, *The New York Times* is a core way for readers to get to know the world, therefore, accurately comprehending its language becomes vital for all readers. This paper collects data from news headlines of *The New York Times* in 2015. It analyzes the relationship between form and meaning from distance, quantity, order, and marked iconicity, which provides a new perspective for readers to understand news headlines.

【Key words】iconicity; distance iconicity; quantity iconicity; order iconicity; marked iconicity; news headlines

淺析日語否定形式「ではない」與否定疑問形式「ではないか」的區分方法

四川外國語大學成都學院日語系 楊淨宇[1]

【摘　要】「ではない」是日語中常見的否定形式，而「ではないか」則屬於日語語氣表達，兩者含義有明顯區別。但是在實際學習中，許多日語初學者卻經常將兩個用法混淆，這是因為在特定語境和實際口語使用中，兩者存在語義交叉現象，從而對區分造成了一定的困難。本文旨在從語法、語義、文脈關係、語調、語用學多個角度對「ではない」與「ではないか」進行比較分析，運用實例，闡明兩者的內在聯繫和差異，探討「ではない」與「ではないか」的區別方法。

【關鍵詞】「ではない」；「ではないか」；文脈關係；語調；語用學

　　關於日語否定形式「ではない」和否定疑問形式「ではないか」，許多日語學者已經做了大量有意義的探討，研究成果豐富。但到目前為止，筆者尚未發現有將「ではない」與「ではないか」進行具體比較區分的研究。而在實際教學中，筆者發現雖然「ではない」與「ではないか」在語義上有諸多不同，但是在特定語境和實際口語使用中，兩者存在語義交叉現象，僅僅通過形態或接續方法來區分這兩個用法是不可靠的。這造成了許多日語初學者在學習中遇到困難，無法準確辨析這兩種表達，造成嚴重的理解偏差。本文旨在從語法、語義、文脈關係、語調、語用學多個角度對「ではない」與「ではないか」進行比較分析，運用實例，闡明兩者的內在聯繫和差異，著重探討「ではない」與「ではないか」的區別方法，幫助日語初學者更加準確地進行區分。

---

[1] 楊淨宇，男，碩士，四川外國語大學成都學院助教。研究方向為日語語言學。

一、日語否定形式「ではない」與否定疑問形式「ではないか」

　　從語法上講，「ではない」是由判斷助動詞「だ」的連用形「で」加上提示助詞「は」再加上補助形容詞「ない」構成，前面接續體言、形容動詞以及一些助詞如「だけ」，語義上表示對現在或將來事物或事物某種屬性的否定判斷。在某些特定情況下「ではない」的語義會發生轉變，不再表示否定，而是與「ではないか」的語義發生了重合，關於這一點將在後文中講到。

　　「ではないか」前接動詞、形容詞等活用詞的終止形、形容動詞詞干及體言。「ではないか」從功能上講，更接近於終助詞。胡振平認為，「ではないか」屬於複合助詞，起終助詞作用，表示事出意外的吃驚心理，徵求對方同意或表示追問、反駁等語氣。例如：

　　例1，第一、こんなことをしたって、何の役にも立ちはしないではないか。

　　例2、くれるというものならもらったといたらいいじゃねぇか。

　　在語義上，有許多學者對「ではないか」做了深入的研究。田野村忠溫把「ではないか」按含義和用法分為三類：

　　"第1類：発見した事態の驚き等の感情を込めて表現したり、ある事柄を認識するよう相手に求めたりする。第2類：推定を表現する。第3類：「ない」が否定辭本來の性格を発揮する。"

　　我們可以通過具體的例句來認識「ではないか」的常用含義。

　　表示發現時的意外、驚訝：

　　例3，あれ、これは李さんの教科書じゃないか。

　　例4，後ろに人がいると思って振りかえって見たら、王さんではないか。

　　表示推量：

　　例5，あの人は田中さんじゃないか。

　　例6，犬が嫌いなのじゃないだろうか。

　　表示勸誘：

　　例7，これから日本一を目指して頑張ろうではないか。

　　表示請求確認：

　　例8，木村さん、これ、あなたの鞄じゃないか。

　　表示確認傳聞：

　　例9，行くなって言ったじゃないか。

　　以上例句中有一些與「ではないか」稍有不同的形態，對此劉笑明認為，在實際使用中，受日語敬體和口語表達中約音現象的影響，除了「ではないか」的形式以外，也存在「ではないですか」、「ではありませんか」、「じゃない」、「じゃないか」、「じゃないの」、「じゃないですか」、「じゃありませんか」等形式，這些形式可以作為「ではないか」的變形來看待。

35

二、「ではない」與「ではないか」的語義交叉現象及辨析困難

通過以上論述，我們可以看出「ではない」與「ではないか」在語義、接續方法、基本形態方面都有區別，但為何還是有許多日語初學者時常將兩者混淆呢？

首先，請看以下例句：

例10，これは私の本ではない。

例11，これは私の本ではないか。

對於這兩種用法的基本形態，日語初學者大多是能夠正確判斷的，因為從形態上看，「ではないか」較之「ではない」，末尾明顯多了一個「か」，而且「ではないか」有諸多變形，而「ではない」形態相對固定，因此靠形態判斷在一定程度上是可行的。但是在實際應用中，這兩種用法的形態表現往往不像以上例句那樣單純。

例12，これは私の本じゃない。

這句話中的「じゃない」雖然看起來只是「ではない」的口語約音形式而已，但是並不一定表示「ではない」的含義，也有可能是屬於「ではないか」的用法。實際上這句話可能有三個不同的含義：①這不是我的書，表示否定；②這不是我的書嗎，表示發現；③這是我的書吧，表示請求確認。

再看一個例子：

例13，バカかバカではないかは問題じゃない。

這裡的「バカかバカではないか」實際上相當於「バカかどうか」。其中的「バカではないか」部分雖然包含「ではないか」，從形態上看應該屬於「ではないか」的用法，但其實不是。這裡並不是表示請求確認或發現的意思，其中的「ではない」只表示單純的否定。

通過以上論述可以發現，在某些情況下，「ではない」可以表達「ではないか」的含義，而「ではないか」也可以包含有「ではない」的含義，兩者你中有我，我中有你，呈現出一種語義交叉現象。此時僅靠形態來判斷「ではない」與「ではないか」是不夠全面的。

那麼，是否可以根據接續方法來判斷呢？通過比較「ではない」與「ではないか」的接續方法，我們發現「ではないか」前面可以接動詞、形容詞，而「ではない」前面不能，例如：

例14，この前言ったじゃない。そんなことをしちゃダメだって。

例15，この花、美しいじゃない。

這兩個例句中，雖然「じゃない」後面沒有接「か」，與表示否定的「じゃない」形態一樣，但因為表示否定的「じゃない」前面不能直接接續動詞、形容詞，所以可以判斷這裡的「じゃない」是由「ではないか」變化而來，分別表示責問和請求確認。這樣看來，通過接續方法區別兩

者似乎是行得通的。

但是，當出現「ではないか」的其他變形時，按照接續方法判斷就不那麼可靠了。

例16，僕は好きで泥棒になったんじゃない！

這裡的「んじゃない」看起來似乎是「のではないか」的變形，前面也接續了動詞，但實際上卻是表示強烈否定的意思，屬於「ではない」的語義範疇。

通過以上論述我們可以看出，依靠形態或接續方法在一定範圍內的確可以正確區分「ではない」與「ではないか」，但是這兩種方法都不夠全面，都難以保證判斷的準確性。所以，我們需要一個更加科學的方法去區分「ではない」與「ではないか」。

三、「ではない」與「ではないか」的區分方法

筆者認為，區別「ではない」與「ではないか」可以有三個基本方法。

1. 對句子進行語法分析，把握兩者在句子中的不同語法作用

要正確理解一個句子的含義，從語法角度正確分析句子成分是關鍵。通過分析句子成分，我們可以解釋例13的語言現象：

例13，バカかバカではないかは問題じゃない。

通過分析句子成分，可以得知「バカかバカではないか」整體作為句子主語，「問題じゃない」作為句子謂語使全句成為名詞謂語句。而這裡的「ではないか」與前面的「か」一起構成了「〜か〜ではないか」的選擇疑問句形式，意思是"是不是笨蛋"，而不是我們所討論的表示發現或請求確認等含義的「ではないか」的用法。

通過以上分析可以看出，對句子進行結構分析，不僅能理清句子中的各個成分、準確理解句子含義，而且對「ではない」與「ではないか」的正確區分也有重大意義。

2. 摸清句意，理解上下文，根據文脈關係進行區分

在語法分析的基礎上，再結合句意進行分析，檢查「ではない」或「ではないか」放在句中是否符合句子的語言邏輯，可以幫助我們更有效地進行區分。

請再看例16：

例16，僕は好きで泥棒になったんじゃない！

首先，例句中「ん」是「の」的口語變音，而「の」在這裡是作形式體言，與「じゃない」構成了「のじゃない」的形態。再結合本句的句意和語言邏輯來看，此處如果是由「のではないか」口語化後省略か形成，那麼無論是表示發現時的驚訝、意外還是表示推量等意思，整個句意都非常牽強，而表示否定時句意邏輯通順，所以可以推斷這裡的「のじゃない」實際上是「のだ」的否定形式，在例句中表示強烈否定。

同時，如果我們能聯繫上下文，將句子放在具體的語言環境中考察，找準文脈關係，就能使我們的判斷更加準確。所謂文脈，是指一篇文章中上下文的連貫性，前後的邏輯性。根據上下文的邏輯聯繫，有時我們可以對行文進行預判，推測其應有的含義。

請再看例 12：

例 12，これは私の本じゃない。

這句話為什麼會產生多重含義呢？首先我們假設這句話原本為「これは私の本ではないか。」。此時可表示發現，也可表示請求確認。而當說話環境為口語環境時，「では」便約音成了「じゃ」，同時更重要的是「か」被省略了，由此造成與否定形式「ではない」的口語體「じゃない」形態重合。這樣，從語法結構上看，這個句子就多了一個否定含義，即"這書不是我的"。

此時，如果我們跳出單純的語法結構，從語義角度把它放進具體的上下文中重新審視，就可以幫助我們進一步區分這兩個用法。

例 17，A：「これ、きのう廊下で拾ったんだけど。」

B：「あっ、これは私の本じゃない。」

A：「そうか、見つかってよかったな。」

B：「ありがとう。」

例 18，A：「ちょっと、これは私の本じゃない。」

B：「いや、違うよ。よく見ろ。ここに名前が書いてあるんだ。」

A：「あっ、そうか。李さんのか。」

例 19，A：「あのう、ちょっといい？これ、君の本なのか？」

B：「いいえ、これは私の本じゃない。」

A：「そうか。困ったな。いったい誰のかな。」

可以看出，把「これは私の本じゃない。」這句話放到具體的上下文中，含義就會清晰不少。

我們可以把對話中每句話的實質含義剝離出來，組成一張文脈關係圖，表示這三段對話內在的邏輯聯繫。例 17 文脈關係圖如下所示。

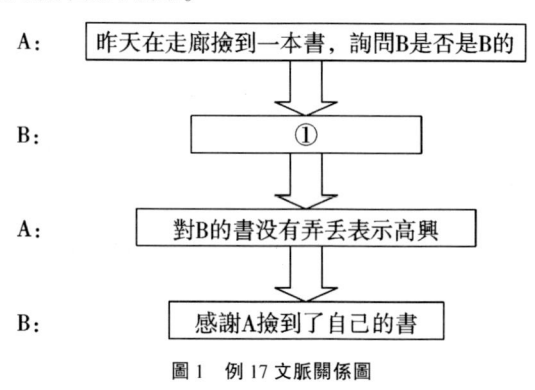

A： 昨天在走廊撿到一本書，詢問B是否是B的

↓

B： ①

↓

A： 對B的書沒有弄丟表示高興

↓

B： 感謝A撿到了自己的書

圖 1　例 17 文脈關係圖

通過這張圖表我們可以推測出，在①處 B 對於 A 的詢問應該是給予了肯定回答，否則就不會出現接下來的對話，也就是說在①處 B 進行肯定回答是最符合整個對話的內在邏輯聯繫的，而否定回答卻不符合文脈走向。在此基礎上，結合對話原文，我們可以判斷出，這裡的「これは私の本じゃない。」的意思應該是"這不是我的書嗎？"，而「じゃない」就是「ではないか」的口語變形，表示發現時的驚奇。例 18 文脈關係圖如下所示。

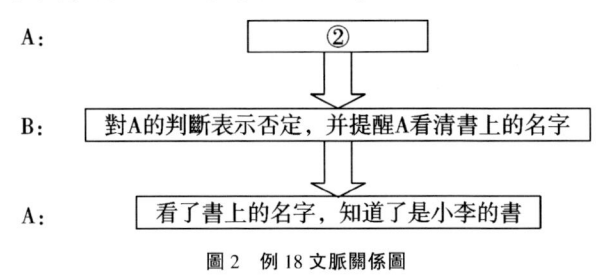

```
A:  ┌─────────────②─────────────┐
                     │
                     ▼
B:  ┌ 對A的判斷表示否定，并提醒A看清書上的名字 ┐
                     │
                     ▼
A:  ┌ 看了書上的名字，知道了是小李的書 ┐
```

圖 2　例 18 文脈關係圖

根據 B 的回答和之後 A 的反應，我們可以推測出 A 一開始是對書的所有權抱有疑問的，並且想請 B 予以確認。再結合原文，我們可以判斷出，這裡的「これは私の本じゃない。」的意思應該是"這是我的書吧"。「じゃない」是「ではないか」的口語變形，表示請求確認。例 19 文脈關係圖如下所示。

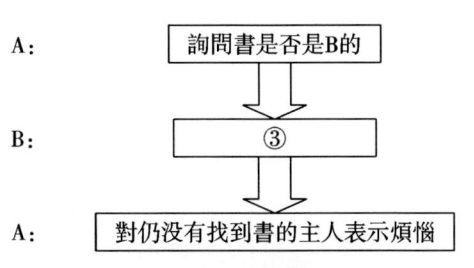

```
A:  ┌ 詢問書是否是B的 ┐
                     │
                     ▼
B:  ┌─────────────③─────────────┐
                     │
                     ▼
A:  ┌ 對仍沒有找到書的主人表示煩惱 ┐
```

圖 3　例 19 文脈關係圖

A 在詢問 B 之後，書的主人仍沒找到，可以推測 B 應該是作了否定回答。再看對話原文，B 回答中的「いいえ」也印證了這個判斷，所以可以很自然地判斷出隨後的「これは私の本じゃない。」應該是"這不是我的書"，這裡的「じゃない」是「ではない」的口語變形，表示否定。

日本學者小泉保從語用學的角度出發，對句子的整體意義與語境的關係作了深入探討，認為"嚴格地說，話語的意義都會因為當時說話的環境而產生變化。同一種言語表達，如果說話的人不同、場面和時間有異，語言環境也是千變萬化的，所以說，話語只有在說話環境中才具有現實的意義"，並指出句子的整體意義應該是由句子的語義學意義和語用學意義共同構成的。

也就是說，我們理解句子時不僅要從句子本身入手，根據其語法結構掌握其本來含義，還應考慮到具體語境對句子含義的影響。比如通過剛才對三個例子的文脈關係分析，我們不僅成功區分開了「ではない」與「ではないか」，而且也進一步地辨明了「ではないか」的兩個含義：表

示發現時的驚訝和表示請求確認。由此可見，從語境全局出發考察句子，對於全面理解句子的整體意義十分重要。

從以上分析可以看出，摸清句意，理解上下文，根據文脈關係推測文意，可以讓我們更加準確地判斷句子的實質含義，從而順利地區分「ではない」與「ではないか」。

3. 在條件具備時運用日語語調進行判斷

雖然根據文脈推測文意進而區分兩者是一個很好的辦法，但在實際學習生活中，面對一句話我們不可能總能找出這句話的上下文或其所處的語言環境。此時，如果該句子通過聲音形式表現出來，我們可以再結合日語語調來進行辨別。

句子層次上隨著語句表達的意義和說話人的思想情感而發生的抑揚頓挫、輕重緩急的變化叫語調（イントネーション）。語調的不同將影響一個句子所表達的內容和意思。語調又分句法語調和邏輯語調，其中邏輯語調又稱邏輯重音，其主要特徵是：語調遊離於句子的類型、結構之外，隨說話人要表達的意圖和情感而異，比較自由。

再回到之前的例12：

例12，これは私の本じゃない。

如果遇到這樣語義十分模糊的句子，單用語法分析無法確定，又沒有上下文作為我們的參考，我們還可以通過語調對其進行判斷。

（i）これは私の本じゃない。

（ii）これは私の本じゃない。

（iii）これは私の本じゃない。

紀太平認為，強調手法是日語中一種重要的修辭法，這種修辭手法也可以通過音聲具體體現在語流音調上。特殊場合，當要將句中某一部分作為重點突出地進行強調時，為使該部分顯得突出，就要拉開該部分與其他非被強調部分之間高低音的高度差。

以上的例句，通過不同的語調說出來，強調的部分會不同，意義也會產生差異。（i）的句尾讀作降調，且重音在「じゃ」，並不強調後面表示否定的「ない」，因此是「ではないか」的用法，表示發現時的驚奇；（ii）的句尾讀作升調，強調句尾的疑問語氣，因此是「ではないか」的用法，表示請求確認；（iii）的句尾讀作降調，且強調「ない」的部分，即強調否定，所以是「ではない」的用法，表示否定。

當然，運用語調區分「ではない」與「ではないか」的前提是要該句子以聲音形式表現出來，在此基礎上才能進行判斷。

綜上所述，要區分「ではない」與「ではないか」，不能單純地從形態或接續方法入手，必須要綜合考慮，以語法分析為基礎，以前後文脈為依託，必要時以語調為輔助，不能片面地從形態來辨析「ではない」和「ではないか」，要把握其本質，運用多種手段綜合判斷。

四、結語

本文通過對「ではない」與「ではないか」的語法構成和語義進行分析，發現了兩者在一定情況下會產生語義交叉現象，並對如何正確區分兩者進行了探討，現將結論歸納如下：

（1）「ではないか」的「ではない」部分與表示否定的「ではない」語法構成一樣，只是後續疑問助詞「か」後形成了否定疑問形式，含義也更加複雜，功能上類似於終助詞，可表示驚訝、意外、感嘆、推量、請求確認等意思，同時基於「ではないか」而產生的變形也很多，含義也會發生變化。

（2）「ではない」與「ではないか」在語義、接續方法、基本形態方面都有區別，但在某些情況下，「ではない」與「ではないか」會產生語義交叉現象，此時僅憑形態或接續方法都難以保證正確區分兩者。

（3）為了更好地區別「ではない」與「ではないか」，需要從語法分析、文脈關係、語調判斷三個方面入手，對兩者進行綜合全面的分析，才能保證判斷的準確性。

參考文獻

[1] 胡振平. 複合辭 [M]. 北京：外語教學與研究出版社，1998：125.

[2] 田野村忠溫.「否定疑問文小考」[M] //田野村忠溫.『國語學』. 日本：國語學會，1988.

[3] 劉笑明. 日語語法學研究新解 [M]. 天津：南開大學出版社，2006.

[4] 小泉保. 言外的語言學——日語語用學 [M]. 北京：商務印書館，2005.

[5] 宋豔儒. 日語的聲調、語調以及邏輯語調 [J]. 遼寧工程技術大學學報，2004（6）：320-321.

[6] 紀太平. 關於日語語流音調教學問題的若干思考 [J]. 日語學習與研究，2000（2）：49.

The Distinguishing Method Between the Negative Form「ではない」 and the Negative Interrogative Form「ではないか」in Japanese

Yang Jingyu

(Japanese Department, CISISU, Chengdu, Sichuan, 611844)

【Abstract】「ではない」is a common form of negation in Japanese, and「ではないか」belongs to the Japanese mood expression. They have obvious difference in semantics. However, in practical study, many Japanese beginners are often confused with their usages. It is difficult to distinguish them, because of semantic cross phenomenon between them in specific context and actual spoken use. This paper aims to make a comparative analysis of「ではない」and「ではないか」in grammar, semantics, context relation, intonation, pragmatics and many other perspectives. It uses examples to clarify their inherent connection and difference, and focuses on the discriminative methods between「ではない」and「ではないか」.

【Key words】「ではない」;「ではないか」; context relation; intonation; pragmatics

翻譯研究

從功能對等看"死亡"委婉語的英漢互譯策略[①]

四川外國語大學成都學院英語外事管理系　莊小燕[②]

【摘　要】本論文從功能對等理論出發，結合委婉語本身的語言功能，從文化移植角度探討了英漢"死亡"委婉語的翻譯策略和方法，總結出"死亡"委婉語翻譯中，首先不能改變其內涵意義，其次還要從語用和文化等各個角度和層面進行考慮，最大限度實現信息功能、情感功能和應酬功能對等，為委婉語的翻譯實踐提供了參考建議。

【關鍵詞】"死亡"委婉語；功能對等；語言功能；文化移植

一、引言

　　英語中委婉語"euphemism"源自希臘語。從構詞法看，前綴"eu-"意為"好"，詞根"-phemism"意為"言語"，整個詞的意思是"好聽的說法"。委婉語的產生源於語言禁忌。無論是中國人還是英國人，死亡都是最大的忌諱，在交際時要盡量迴避這些字眼，以婉言代之。英漢語言中有關死亡的委婉語層出不窮，如何翻譯才能表明意義又不觸犯禁忌，成為翻譯要解決的重要問題。

[①] 本文是四川省教育廳 2015 年人文社科一般項目《從功能對等視角看"死亡"委婉語的英漢互譯策略》研究成果，項目編號：15SB0405。

[②] 莊小燕，女，碩士，講師。研究方向為語言學、翻譯理論與實踐。

二、從功能對等看"死亡"委婉語的語言功能

英國翻譯理論家皮特·紐馬克在接受並修改語言學家布勒和雅各布森的語言功能理論的基礎上，把語言細分為六種功能：表情功能、信息功能、呼喚功能、美感功能、酬應功能和元語功能。美國語言學家、翻譯家奈達從語言學的角度出發，根據翻譯的本質提出了功能對等理論。這一理論指出"翻譯是用最恰當、自然和對等的語言從語義到文體再現源語的信息"。這種對等不僅是意義的對等，還包括風格、文體的對等，翻譯傳達的信息既有表層語義信息也有深層的文化信息。結合兩者觀點，理想的"死亡"委婉語翻譯要最大程度地在譯文中還原源語言的語言功能，實現功能對等。

"死亡"委婉語一般具備以下三個功能：信息功能、表情功能和應酬功能。信息功能是最基礎的功能，所有"死亡"委婉語都有信息功能。信息功能又包括了指示意義和狹義的內涵意義，即引申意義。就"死亡"委婉語而言，它必然會承載"死亡"這個內涵意義，同時不同的委婉語還會有不一樣的指示意義，比如"得道""to pay the debt of nature"的指示意義分別是"修成正果""償還大自然的債務"，而內涵意義均為"死亡"。許多死亡委婉語的指示意義還承載了不同的文化信息，如"to cross the Styx""to be with God"反應了希臘神話及基督教對英語文化的影響，而"圓寂""駕鶴西去"又折射出佛教和道教對中國文化的影響。表情功能指說話者表達的感情和態度。大多數語境中，委婉語都包含表情功能。如"蹬腿兒""kick off"表示對死者的不敬，"仙逝""to be with God"則代表對逝者的尊敬。應酬功能指說話人與聽話者維繫友好人際關係。在交際過程中，只要有明確的聽話人，就難以避免這一功能。"死亡"委婉語是用婉轉的方式來表達"死亡"這個事實，以避免觸犯禁忌，達到溝通思想情感，維繫人際關係的目的，正確使用委婉語，也就照顧了聽話人的情感，實現了應酬功能。

因此，結合語言功能和功能對等理論，理想的"死亡"委婉語翻譯要結合具體語境，最大程度地在譯文中實現以上三個層面的功能對等。

三、"死亡"委婉語中的英漢文化

語言是文化的產物，也是文化的載體。要翻譯"死亡"委婉語，必要先瞭解其中的文化。由於各種文化的影響，英漢關於"死亡"的委婉語有各種不同的表達，主要體現在宗教、職業等級、價值觀這幾個方面。

（一）宗教文化對比

英國人大多是虔誠的基督教徒，也深受希臘神話故事影響，英語中許多"死亡"的委婉語都出自《聖經》、基督教的傳說或希臘神話故事。聖經故事《創世紀（Genesis）》中記載上帝用泥土創造了人類（God formed man from the dust of the ground），人死亡就是"return to dust/earth（歸於塵土）"，從哪裡來就到哪裡去。人一出生就有"原罪"，人的一生就是為了贖罪，還清欠付大自然的債務（to pay the debt of nature），也就完成了一生的使命，暗指"死亡"。《最後審判日（Day of Judgment）》的典故告訴基督教徒，人死後必須"應召到上帝身邊（to be called to God to answer the final summons）"交上自己在世上所作所為的帳簿（be sent to one's account/hand in one's account），聽候上帝的裁決。因此，希臘神話故事認為人生在世只有積德行善，死後才能讓冥府渡神卡隆（to pay Charon）安穩地把他們送到冥河對岸（to cross the river Styx），從而進入一個更加美好的地方/世界（go to a better place/land/world），即"天國"（go to Heaven/Paradise），這樣就能與上帝同在（to be with God/Jesus/Father），因而感到內心平和（to be at peace）。

中國宗教信仰比較多元化，對中國人的影響最大的當數佛教和道教。佛教提倡修行，其最高境界為"圓寂"或"滅度"。而道教追求的最終目標是長生不老、飛升成仙，所以人死稱為"仙逝""仙遊""仙去"。道家又認為人死猶如蟬之脫殼，婉稱"蟬脫""蛻化"；或如鳥生雙翼習升，曰"羽化"；或傳說得道成仙就會乘白鶴而去，即"騎鶴""化鶴"或"鶴化"。此外，漢語把基督教徒之死稱為"見上帝"，把佛教道教徒之死稱為"見閻王""歸天""歸西"等。宗教信仰的多元化導致了"死亡"委婉語在英漢語言中的多樣性，也為兩種語言的互譯增加了難度。

（二）職業等級文化對比

不同社會習俗和等級文化在"死亡"委婉語中也有所體現。英國18世紀發生了工業革命，進入資本主義社會，受封建主義思想的影響比較短暫。他們提倡人是生來自由平等的，階級意識不強，"死亡"委婉語中鮮有反應等級差異。而中國受到兩千多年封建主義思想的影響，社會等級意識根深蒂固，不同級別不同地位有著懸殊的差異，在"死亡"的婉稱上各階層也有不同的表達。《禮記·曲（下）》中明文規定："天子死曰崩，諸侯曰薨，大夫曰卒，士曰不祿，庶人曰死。"歷代帝王有專用的死亡委婉語："山陵崩""賓天""大行"等，而平民百姓的死亡只能叫"棄世""棄堂帳"等。在當代中國，"逝世""謝世""香消玉殞"等一般用於社會名流之死；"安息""離世""撒手人寰"則多用於普通人之死。

（三）價值觀比較

中英文化都有英雄主義情節：崇尚美善、憎恨醜惡。對為正義而犧牲的英雄，中文中有"犧牲""就義"等專門表達，而英語中也有"to sacrifice""to lay down one's life"等委婉語表達。中國長期受到儒家思想的集體文化影響，認為社會整體利益高於個人利益，對為集體利益而犧牲的英雄一定會表示尊敬和重視。而英國崇尚個人主義，他們認為生命是個人的事情，並不帶有鮮明的集體主義色彩，他們希望能夠平靜安詳地死去，所以即使是在表達英雄的死亡時，有時也會用到普通詞彙，如"be executed for championing a just cause（就義）""prefer death to disgrace（光榮就義）""die at one's post（以身殉職）"等。

四、"死亡"委婉語的翻譯原則、策略及其方法論

鑒於委婉語自身的語言功能及文化特點，本著語言交流和傳遞文化的目的，在翻譯的過程中，譯者應該盡量做到在表達出"死亡"委婉語的指示意義、內涵意義，並還原表情功能、應酬功能的基礎上，傳遞不同的文化信息。

（一）翻譯原則及策略

從奈達的功能對等出發，結合"死亡"委婉語本身的語言功能，其翻譯原則是最大程度地還原其信息功能、表情功能和應酬功能。同時，翻譯不僅是語際轉換，也是跨文化轉換。"死亡"委婉語反應了不同語言的文化特色，本著文化交流的目的，在譯文中盡量採取文化移植的手段，運用異化的翻譯策略，把文化也傳遞到譯文中去。

（二）翻譯方法

在功能對等原則和文化移植的異化策略指導下，"死亡"委婉語的翻譯中應盡量採用既能還原信息功能、表情功能、應酬功能，又能促進譯語文化傳播的翻譯方法。

1. 直譯

一些不涉及文化的"死亡"委婉語，可以直譯還原其語言功能，如：

"幾時我閉了眼，斷了這口氣？"（《紅樓夢》第 29 回）

Once I closed my eyes and breathed my last.（楊憲益、戴乃迭，譯）

I'll be glad when I've drawn my last breath and closed my old eyes for the last time.（霍克斯，譯）

這句話是賈母自己抱怨時自言自語的一番話。對原文中的"斷氣"，英語的兩個譯本都採取了直譯，分別譯成了"breathe my last"和"draw my last breath"。這既表達了"斷氣"的指示意義，即沒有呼吸了，又表達了其內涵意義，即死了。另外，無論是原文還是譯文，都表達了賈母抱怨的情感。這讓源語言的讀者和譯文的讀者都能產生相同的反應，做到使目標語中的譯文與源語言中的"斷氣"功能對等。此類直譯翻譯例子還很多，如"to pass away（離開）""to aged away（人老死了）"等。

一些涉及文化的詞語，採取異化策略，能直譯盡量直譯，這樣不僅能使"死亡"委婉語功能對等，更能傳播異域文化，如：

忽見東府裡幾個人，慌慌張張跑來，說："老爺賓天了！"眾人一聽，嚇了一大跳，忙都說："好好的並無疾病，怎麼就沒了！"家下人說："老爺天天修煉，定是功德圓滿，升仙去了。"（《紅樓夢》第 63 回）

Some servants from the Eastern Mansion came rushing up frantically. "The old master's ascended to Heaven!" they announced. Everyone was consternated. "He wasn't even ill, how could he pass away so suddenly?" they exclaimed. The servants explained, " His lordship took elixirs every day; now he must have achieved his aim and become an immortal."（楊憲益、戴乃迭，譯）

中國從古至今，地位達官貴人或地位較高的人物去世要避諱用"死"字。因此，東府的主人賈敬死了，他的僕人說他"賓天"，表示對死者的尊敬；西府的人詢問"沒了"的原因，避諱直言；他家僕人又回答"升仙"去了，表達了對死者的關愛和希望。這裡的委婉語既反應了死者的社會地位，又反應了生者對死者的態度，還考慮到聽話人的情感。其中原文的"賓天"和"升仙"傳遞了中國的宗教信仰。東府老爺信奉道教，道家認為，只要今生修行圓滿是可以得道飛升位列仙班的。譯文對這三個委婉語都採用"異化"進行"直譯"，既保留了委婉語的信息功能、情感功能、應酬功能，又傳播了文化，最大限度地實現了功能對等。

通過直譯既能保持功能對等又傳遞文化的英譯漢例子也不勝枚舉，如"to be called to the God（被召喚到上帝身邊去）""to be with Jesus"（與耶穌同在）等。

2. 直譯加註

有的直譯因為文化差異令人費解，為了既能傳播異域文化，又能使譯文易懂，可以採取加註的補償手段，如"to join the majority"可譯為："加入大多數（大多數人都已經去世，這裡指死亡）"，"羽化"可以翻譯為："human eclosion（a process to ascend to heaven and become immortal in Taoism）"。這裡的譯文為了還原指示意義採取了直譯，可是只有直譯卻無法傳達內涵意義，只能以加註的形式對前面的直譯做出補償性解釋，一些文化信息和表情功能也能通過加註的形式體現出來，最大限度實現功能對等。

3. 借譯

為了讓讀者易於理解，可用目標語文化中的形象代替源語言中的形象，仍然保留委婉語的內涵意義、表情功能和應酬功能，如"The old man kicked the bucket"可譯為"那個老頭翹辮子了/蹬腿兒了"。原文中"kick the bucket"是美國俚語，語氣詼諧，表示對死者的不尊敬。該委婉語若一定要保留形象譯成"踢木桶"，中國讀者便很難能聯想到"死亡"的意思，這種翻譯是"死譯"而非"直譯"。為了使目的語讀者易於理解，不至於產生誤解，不妨借用目的語中情感意義相同的委婉語進行翻譯。譯文中的"翹辮子""蹬腿兒了"在語氣上詼諧，表達了對死者的不敬，同時也委婉地傳達了"死"這個含義。從功能對等的角度看，該譯文保留了信息功能中的內涵意

47

義，還保留了表情功能，即表達了說話者對逝者的情感；若是聽話者本身對這個老人也印象極差，那這個表達也使聽者產生共鳴，實現了應酬功能，僅僅缺失了信息功能中的指示意義傳達的文化信息。由於文化差異，這種缺失有時也是不可避免的。

在漢翻英的過程中也有這樣的情況。"崩""薨"之類的詞語，表達了強烈的等級觀，英語中找不到同樣表達等級觀的詞語，譯者可根據實際情況借用不同的表達。比如，要表達對死者的尊敬，可借用英語中已有的表達，如"to go to the heaven""to go to the West"等。

4. 意譯

由於文化差異，一些"死亡"委婉語在目的語中既找不到完全對等的詞，也沒有可以借用的表達，無法傳達指示意義和文化內涵，只能採取意譯，翻譯出委婉語的內涵意義，如"buy the farm"可譯為"陣亡"。

漢語重集體主義，英語崇尚個人主義。"殉職""捐軀赴義"這類字眼，英語中可以意譯為"die at one's post""prefer death to disgrace"，直截了當沒有任何避諱。而英語中無法找到對應的"崩""薨"這類詞，若只是想傳達客觀事實，無須表達情感，也可翻譯為直接語"die"。

5. 小結

鑒於要還原"死亡"委婉語的信息功能、表情功能和應酬功能，達到譯文與原文功能對等的目的，其翻譯方法可以總結如下。

在條件允許的情況下，以文化傳播為目的，最好用直譯和直譯加註，這樣能最大程度地還原信息功能、表情功能和應酬功能，真正意義上實現功能對等。為了讓讀者易於理解，可用借譯的方法，用目標語文化中的形象代替源語言中的形象，這種翻譯會改變指示意義，遺失文化信息，但能保留內涵意義、情感功能和應酬功能。由於文化差異，有些源語言中的委婉語在目的語中不需要避諱，可譯為直接語（意譯），這就保留了源語言的內涵意義，遺失了指示意義和文化信息。

綜上所述，"死亡"委婉語首先不能改變其內涵意義，其次，譯者還要從語用和文化等各個角度和層面進行考慮。如果委婉語的言外之意可以在目的語中保留，盡量直譯，這樣才能將原文中的委婉語還原成譯文中的委婉語，達到信息功能、情感功能、應酬功能對等，同時把原文中的文化傳播到譯語文化中來，實現理想狀態下的功能對等。

參考文獻

[1] Peter Newmark. A Textbook of Translation [M]. Shanghai：Shanghai Foreign Language Education Press, 2001.

[2] Eugene A. Nida, Charles R. Taber. The Theory and Practice of Translation [M]. Shanghai：Shanghai Foreign Language Education Press, 2004.

[3] Tsao Hsueh-Chin, Kao Hao. A Dream of Red Mansions (Volume II) [M]. Tr. Yang Hsien-yi, Gladys Yang. Beijing：Foreign Language Press, 1994.

[4] Cao Xueqin. The Story of the Stone (Volume I) [M]. Tr. David Hawkes. England：Penguin Books, 1973.

[5] 黃成洲, 劉麗芸. 英漢翻譯技巧——譯者的金剛鑽 [M]. 西安：西北工業大學出版社, 2008.

[6] 曹雪芹, 高鶚. 紅樓夢 [M]. 北京: 人民文學出版社, 2005.

[7] 邵志洪. 漢英對比翻譯導論 [M]. 上海: 華東理工大學出版社, 2001.

Strategies on English and Chinese Translation of "Death" Euphemisms Based on Functional Equivalence

Zhuang Xiaoyan

(*English Department of Foreign Affairs, CISISU, Chengdu, Sichuan, 611844*)

【Abstract】 This thesis explores the translation strategies and methods on "death" euphemisms besed on functional equivalence, cultural transplanting combined with the linguistic functions of euphemisms, and naturally draws the conclusion that in the process of translation the priority is that the connotation of "death" euphemisms have to be kept the same in the target language, besides, the linguistic and cultural factors are supposed to be taken into consideration so as to achieve the equivalence in the informative function, expressive function and phatic function to the largest extend, which proposes some suggestion on the translation practice of euphemisms between English and Chinese.

【Key words】 "death" euphemisms; functional equivalence; linguistic functions; cultural transplanting

英語經濟新聞中模糊語的功能與翻譯

四川外國語大學成都學院翻譯系　唐　瑩[①]

【摘　要】準確是新聞語言的首要標準，經濟類新聞更是如此。然而在此類新聞語言中也不可避免地存在大量的模糊表達。本文探討了模糊語言在英語經濟新聞中的功能，認為正是模糊語言與精確語言的有機結合，共同增強了新聞語言的準確性。翻譯工作者應當充分認識到新聞語言中的模糊性，根據具體的情形採取適當的翻譯方法，使譯文準確而得體。

【關鍵詞】模糊語；英語經濟新聞；功能；翻譯策略

一、引言

1965年，美國加利福尼亞大學伯克利分校信息控制論專家扎德（Lofti A. Zadeh）教授在《信息與控制》（Information and Control）雜誌上發表了《模糊集》（Fuzzy Sets）一文，他指出：現實的物體類別之間經常沒有確定的界限，這種被稱為"模糊集"的現象表明了人類的認識能力具有一種模糊的特性。這一理論和觀念的提出，對人類的認知和思維都產生了深刻的影響，人們開始把模糊理論運用於語言研究，並認識到模糊性是人類語言的一種自然本質屬性，它是客觀存在的。新聞報導通過多種傳播媒介及時、公正、公平地向讀者傳達客觀世界所發生的變化，新聞語言的首要要求是準確，尤其是像經濟新聞這類話題嚴肅、對人們生產和生活影響巨大的新聞類型就更需要保證報導的準確性。那其語言是否就不存在模糊性呢？事實上，準確並不等於精確。《現代漢語辭典》對"精確"的定義是"非常準確；非常正確"。而"準確"則指"行動的結果完全符合事實或預期"。張健認為，模糊語言只要運用得當，非但不會影響報導的準確性，還會與精確語言

[①] 唐瑩，女，碩士，四川外國語大學成都學院翻譯系副教授。研究方向為翻譯理論與實踐。

相互補充、共同作用，使新聞報導更加接近新聞事實的本來面目。同理，經濟新聞中運用模糊語言可以使報導更符合客觀事實，更真實準確。本文將探討模糊語言在英語經濟新聞中的功能以及翻譯中對模糊語的處理方法。

二、模糊語言在經濟新聞中的功能

語言的模糊性是指語義在內涵上無定指，外延上不確定。模糊性並不等於意義含糊，而是為了根據具體情況提供一定程度的彈性和進退自如的空間。模糊語言在經濟新聞中的使用價值主要表現在以下四個方面。

（一）真實、可靠地傳遞信息

模糊性，既是指事物類屬的不清晰性，事物性態的不確定性，也是指對事物描述的不精確性。這種不精確性源於認識條件的局限和認識過程發展的不充分，或者是源於客觀現象本身固有世態的不確定性。新聞事件從發生到發展處於不斷變化的過程中，因而其本身具有不確定性。記者對其發展走勢、事件影響等很難在短時間內做出全面、正確的判斷。事件本身的不確定性和人們認知的局限性使得新聞工作者不得不借助模糊語言來描述新聞事件。模糊語言的使用既保證了報導的真實性，加強了新聞的可信度，也為事件後續發展的報導留有餘地。例如：

HSBC, which has operations in over 70 countries and has about 51 million customers, aims to cut costs by ＄4.5 billion to ＄5 billion by the end of 2017 and reduce the number of full-time employees by around 10 percent, or between 22,000 and 25,000. (The Washington Post, June 9, 2015)

在此例中，如果要對匯豐銀行此次裁員的具體人數、2017年年底的具體哪一天完成、精確的比例等進行統計恐怕有困難，而且也沒有必要。記者用"over""about""around""by the end of 2017""by ＄4.5 billion to ＄5 billion"和"between 22,000 and 25,000"這些模糊語言，看似不準確，但卻比準確的表述更客觀、更科學。

（二）及時、簡潔地表達思想

經濟新聞是對人們經濟活動的最新報導，因而及時性是其報導的價值所在。如果等記者將經濟活動的各項內容或數據都弄得十分清楚之後再報導，新聞也就失去了其時效性。因而為了抓緊時機，及時做出報導，一些信息可使用模糊語來表達。例如：

The People's Bank of China said that the new reserve requirement would take effect from Monday. The aim is to stimulate more lending into the nation's slowing economy.

As part of the new measures the Central Bank has also said it will provide various further cuts to reserve requirements for banks providing agricultural financing. (BBC News, April 19, 2015)

　　大多數讀者閱讀新聞是希望在最短的時間內獲得最多的信息，這就要求新聞行文簡潔。上例中，記者並未對貸款的具體數額、中國經濟增長的速度以及進一步降準的具體措施做精確的報導，而是用"more""slowing""various further"等模糊語言表達。如果要這些信息一一精確具體，新聞的信息量會增加，但新聞內容勢必更長，對讀者的吸引力也會大大降低。同時為了精確，記者需要花更多的時間去確認這些信息，屆時報導也失去了時效性。因此記者有時在報導中不得不使用一些概括性較強的模糊詞語，向讀者做大致報導，對報導對象作一番綜合分析和概括評價，這是新聞寫作所要求的簡潔性、時效性以及新聞採訪等特點所決定的。

（三）避免絕對，保護自己或他人

　　新聞報導受眾面廣泛，稍有不當，便會對相關的媒體產生嚴重的負面影響，因而在選題和陳述方式上都必須非常謹慎。記者常需要避免報導過分肯定或絕對而使用模糊語。例如：

　　Tensions are rising between Citigroup and the Justice Department, which is threatening to sue the bank if it fails to increase its nearly $4 billion offer to settle investigations into its sale of troubled mortgage securities, according to people familiar with negotiations. (The Washington Post, June 13, 2015)

　　此例中，記者並沒有明確指出消息的來源。這樣的表述在新聞中非常多見，如"it is said…""it is reported…""according to people who were not authorized to speak publicly"等，這樣能夠保護新聞的爆料人或新聞事件所涉及的各方。再如：

　　But the elevation of James Murdoch, 42, will most likely raise concerns that when his father finally steps aside completely, the print bushiness may come under more skeptical scrutiny. (http://cn.nytimes.com/, June 13, 2015)

　　此時，記者運用模糊語言來闡述對該事件後續進展的觀點，雖是主觀的評論，卻留有餘地，"most likely""may"這樣的表述能夠避免過分絕對的判斷對自身帶來的負面影響。

（四）生動達意，順應讀者閱讀需求

　　讀者閱讀新聞都是基於特定的需求和動機，是為了滿足信息、娛樂、心理、精神等方面的需求。經濟新聞中繁多的術語、枯燥的數字讓很多讀者望而生畏，而模糊語言的運用讓文字生動有趣，增加了文章的可讀性。例如：

　　Adding another entry to Wall Street's growing rap sheet, five big banks have agreed to pay about $5.6 billion and plead guilty to multiple crimes related to manipulating foreign currencies and interest rates, federal and state authorities announced on Wednesday. (http://cn.nytimes.com/, May 22, 2015)

　　在此例中，"Adding another entry to Wall Street's growing rap sheet（華爾街的犯罪記錄又添一樁）"雖模糊簡短，卻含義雋永深刻，社會大眾對華爾街金融大佬們的不滿和指責躍然於紙上。

三、英語經濟新聞中模糊語的翻譯

新聞語言要求準確、客觀，但這並不能否認模糊語言在新聞中出現的事實。在翻譯過程中，如何處理、再現英語經濟新聞語言中的模糊性，對譯文讀者產生與原文讀者相同的效果，是值得新聞翻譯工作者探討的問題。筆者認為，英語經濟新聞中模糊語言的翻譯採取的方法有如下幾種。

(一) 保留模糊

漢英新聞語言中均存在大量的模糊表達，這些模糊語言對新聞準確、簡潔、客觀的特點起到至關重要的作用，所以用譯語的模糊表達再現原語的模糊性是翻譯時經常使用的方法，也是翻譯界比較認可和推崇的方法。正如彼得·紐馬克所說："直譯是諸多翻譯方法中的首選，一個好的翻譯家，用直譯法翻譯後覺得不夠確切或不夠翔實的時候，才會放棄直譯法。"例如：

Despite its relatively meager outlook, the United States economy, by most measures, continues to outperform nearly all other advanced industrial nations. (http：//cn. nytimes. com/, June 5, 2015)

譯：雖然前景仍然較暗淡，但按照多數標準來看，美國經濟的表現都超過了幾乎所有其他發達工業國家。

"Relatively meager" "most" "nearly" 都在意義上模糊，譯文並未隨意消除原文的模糊，而是採用直譯，恰如其分地向譯文讀者傳遞新聞的信息。再如：

The United States, which lost ground in the first quarter by one key measure — changes in gross domestic product — is expected to eke out an advance of about 2 percent for the year as a whole, accelerating to 2.8 percent next year, according to the OECD forecast. (http：//cn. nytimes. com/, June 5, 2015)

譯：從 GDP 變化這個關鍵標準來看，OECD 預測第一季度表現差強人意的美國，今年全年勉強能實現大約 2%的增長，並在明年將其提高到 2.8%。

"Lose ground（失利、敗退）"在原文中意義模糊，譯為"表現差強人意"，可謂模糊對模糊，有利於保持其豐富內涵和藝術神韻，防止因為片面追求精確而造成不應有的文義損失。

(二) 化模糊為精確

由於漢英兩種語言文化存在很多的差異，精確語言和模糊語言不可能完全對應，因而在翻譯模糊語時並不都能找到與之對應的漢語模糊語。且當直譯不能傳達原文含義或讀者不能理解時，採用精確語言翻譯就更為恰當了。例如：

The sale of its operation in Turkey and in Brazil had been anticipated for some time, but it (the bank) said it would keep a presence in Brazil to serve large corporate clients. (http：//cn. nytimes. com/,

June 11，2015）

譯：出售在土耳其和巴西的業務早在意料之中，但銀行說會在巴西保留一定業務，以服務大公司客戶。

"Presence"在這裡意為"影響、勢力"，若保留模糊，譯為"保留一定的勢力"，譯文讀者恐難以理解其真實含義，因而採用更精確的詞"業務"，去掉模糊，旨在達意。再看一例：

But the Labor Commission cited many instances in which it said Uber acted more like an employer. The ruling noted that Uber provided drivers with phones and had a policy of deactivating its app if drivers were inactive for 180 days. （http：//cn.nytimes.com/，June 19，2015）

"Inactive"在原文中是模糊詞語，作"不活躍的、閒置的"之義，若直譯為"如果司機連續180天不活躍"，會讓譯語讀者不甚了了。可以譯為：但（美國加州）勞工委員會列舉了很多實例，來說明優步的行為更像是一個雇主。這項裁定指出，優步為司機配備了手機，並制定了一個政策：如果司機連續180天沒有提供服務，公司就會停用其帳號。譯文"沒有提供服務"化模糊為精準，更清晰準確地傳達了原文的意義。

（三）同義替代

有時，英語中用一個詞表達模糊概念，可在翻譯時卻難以在漢語中找到對等的模糊表達，這時可用漢語中的表達相同的模糊概念的詞進行同義替代。例如：

Since the collapse of the Comcast agreement, Charter has worked to win over its onetime reluctant target, focusing on a friendly deal and acknowledging that it would have to pay a much higher price tag. （http：//cn.nytimes.com/，May 27，2015）

譯：康卡斯特的收購計劃泡湯後，為了抱得美人歸，查特公司一直在跟一度將其拒之門外的時代華納有線接觸，想要進行友善收購，並且接受了不得不開出高得多的價碼的事實。

此例中，"its onetime reluctant target"雖然簡短，卻有很大的信息量，正是模糊語運用的典範。然而直譯卻很難在漢語中找到與之對應的表達或者譯文會囉嗦冗長。因而用漢語中的模糊詞語"拒之門外"進行替換，保留了原文簡潔的風格，也符合漢語好用四字成語的習慣。再如：

This year, Japan sweetened the tax benefits. The government views it as a way of addressing stubborn wealth disparities between cities and the countryside. （http：//cn.nytimes.com/，May 22，2015）

原文中的"sweetened the tax benefits"形象生動，但如果直譯為"讓稅收優惠政策變甜"勢必讓譯文讀者不知所雲。因而可譯為：今年，日本加大了稅收優惠的力度。政府將其視為應對令人頭疼的城鄉財富差異的一種方式。用漢語中"加大"這一具有同義的模糊表達代替，如果不能保留原文形象生動的用詞風格，至少要保證"達意"。

（四）省略譯法

原文中部分無實際意義的模糊信息，在不影響傳達原文信息的前提下，可省略不譯，這也是模糊詞語漢譯時經常採用的方法。例如：

For the banks, though, life as a felon is likely to carry more symbolic shame than practical problems. (http：//cn. nytimes. com/, May 22, 2015)

譯：但對於這些銀行而言，被判重罪可能更多的只是象徵性的恥辱，並不構成實際的損失。

此例中，"life as a felon"直譯為"作為重罪犯的日子"反而冗長，不如去掉沒有太多實際意義的"life"。且英語多名詞，漢語多動詞，因而這裡將名詞"felon"轉類譯為動詞。

The potential acquisition of Time Warner Cable complete a lengthy quest by Charter and its main backer, the billionaire John C. Malone, to break into the top tier of the American broadband industry. (http：//cn. nytimes. com/, May 27, 2015)

譯：查特公司及其大股東億萬富豪約翰·馬龍長期以來一直尋求躋身美國寬帶行業的頂級陣營，收購時代華納有線將讓他們得償所願。

在此譯文中，省略了"potential（可能的）"，這種省略並不會損害原文的意義，且符合中國讀者的審美習慣。如直譯為"對時代華納有線的可能收購將讓他們得償所願"或"有可能收購時代華納有線將讓他們得償所願"，譯文或拗口或易產生歧義，因而不如省略不譯。

四、結語

人類認知能力的有限、客觀世界的複雜多變以及人類自身思維的模糊性使人類在認識和表達客觀世界時必然存在模糊性，人類語言也不可避免地存在大量的模糊表達。英語經濟新聞雖話題重大嚴肅、報導必須客觀公正，但在有些情況下，恰如其分地使用模糊性語言還能收到比精確性語言更好的功效。惟有將精確語言與模糊語言有機結合起來，才能不斷增強新聞語言的準確性。既然不可否認模糊語言在英語經濟新聞中佔有一席之地，新聞翻譯工作者應當對其特徵和功能有充分的認識，在翻譯中遇到模糊詞語應根據具體的情形採取適當的翻譯方法進行處理，使譯文準確而得體。

參考文獻

[1] 朱宏華. 英語教學的模糊理論研究 [M]. 北京：中國科學技術出版社，2008.

[2] 彭菊華. 時代的藝術——新聞作品研究 [M]. 長沙：湖南文藝出版社，1998.

[3] 中國社會科學院語言研究所辭典編輯室. 現代漢語辭典（修訂本）[M]. 北京：商務印書館，1996.

[4] 張健. 報刊英語中的合理模糊 [J]. 山東外語教學，2002，(1)：13-16.

[5] 許藝萍. 英語新聞的模糊性與翻譯 [J]. 閩江學院學報，2009，(3)：95-98.

Functions and Translation Strategies of Fuzzy Terms in English Economic News

Tang Ying

(Department of Translation and Interpretation, CISISU, Chengdu, Sichuan, 611844)

【Abstract】 Fuzzy terms are commonly used in English economic news and use of these words does not violate the principle of accuracy in news language. Fuzzy as they are, such terms, properly used, make the news more accurate and credible. News translators should fully realize this and adopt appropriate strategies to make the translation faithful and expressive.

【Key words】 fuzzy terms; English economic news; functions; translation strategies

互聯網條件下對獨立學院翻譯人才
培養定位的思考

四川外國語大學成都學院翻譯系　何　萍[①]

【摘　要】 因互聯網信息化社會的特點使得翻譯需求、翻譯人才需求呈幾何倍數增長。本文以理論聯繫實際，對獨立學院翻譯人才培養定位進行了思考，嘗試得出結論：培養有雙語駕馭能力，能熟練應用翻譯軟件，可作為機器翻譯補充的高級複合應用型外語人才，即譯員、校對員、翻譯項目管理員等翻譯市場相關從業人員。這對獨立學院翻譯專業課程設置及教學有著現實的實踐指導作用。

【關鍵詞】 互聯網；翻譯人才；培養；定位

一、互聯網信息化對翻譯需求的影響

(一) 翻譯市場需求隨著互聯網信息化的發展而高漲

自進入 21 世紀，由於互聯網信息技術的創新、信息網絡的普及，信息產業持續發展，信息化成為全球經濟社會發展的顯著特徵，並引領社會全方位的變革。信息化對經濟社會發展的影響更加深刻，成為重要的生產要素、無形資產和社會財富。互聯網加劇了各種思想文化的交融，成為信息傳播和知識傳播的新載體，並為人們提供了信息瀏覽、信息交流、信息發布、信息檢索的平臺。其中，語言轉換是信息化過程中最主要的障礙，因為這些信息不僅涉及面廣，如涉及政治、經濟、文化、教育、科技、醫學、體育、文娛等領域，而且具有專業性和時效性特點，這讓翻譯的需求更加舉足輕重。據統計，發達國家筆譯、口譯、本地化、語言培訓等語言服務供應商 2008

[①] 何萍，女，碩士，四川外國語大學成都學院副教授。研究方向為第二語言習得、英語教學。

年營業額超過 140 億美元，2012 年達到 240 億美元。根據估計，翻譯市場 2008—2012 年平均增長率為 14.6%。據國家外事局的統計數據，2000 年中國翻譯市場規模為 120 億元，2007 年上升到 300 億元。互聯網信息化越高，高水平翻譯人才的需求也越大。目前中國翻譯市場的規模雖然過百億元，但翻譯公司的消化能力僅在 10 億~15 億元，由於翻譯人才和網絡技術的缺乏使大量不同源語言的信息之間不能進行有效的語言轉換，從而導致國際間的信息交流困難，嚴重阻礙了中國的全方位發展，也制約了中國經濟發展的進程。

（二）翻譯人才現狀

根據中國翻譯協會的數據，目前全國有職業翻譯 6 萬多人，相關從業人員超過 50 萬，專業翻譯公司 3,000 多家。而中國翻譯人才缺口達 90%，行業需求 50 萬人，從事翻譯工作的人很多，但受過專業訓練的翻譯人才很少，高水平的翻譯大約只占總數的 5% 甚至更少，能夠勝任國際會議口譯任務的專業人員就更少了，且主要集中在北京、上海等大城市。中國翻譯協會會長（第五屆）劉習良認為，中國翻譯市場需求很大，卻存在許多不規範問題，如翻譯質量得不到保證、市場價格無序、翻譯人才的整體素質不高。上海外國語大學高級翻譯學院院長、博士生導師柴明熲教授接受記者採訪時表示"翻譯人才缺，缺的絕不僅僅是同聲傳譯"，包括廣泛應用於外交外事、會晤談判、商務活動、新聞傳媒、培訓授課、電視廣播、國際仲裁等領域的會議口譯、商務口譯、聯絡陪同口譯、專業筆譯等都面臨人才緊缺的問題。尤其是企業、出版社、翻譯公司等機構需要的文書翻譯者，比口譯人才的需求量缺口更大。

二、互聯網信息化對翻譯市場的改變

（一）信息化社會使翻譯需求成倍增長

由於互聯網帶來的信息化與經濟全球化相互交織，推動著全球產業分工深化和經濟結構調整。例如 Face book、Twitter 等國際化社交網絡的興起，使得跨語言交流增多。人們對信息的時效性有了更高要求，主要體現為對專業領域如醫學、科技、法律的動態發展的關注。要準確、即時地翻譯這些信息，翻譯人員需要具備更高的素質，但是經濟上人們往往不願意按市場價格購買翻譯產品，經濟性、時效性使得機器翻譯應運而生且蓬勃發展。

（二）信息化社會使翻譯時效性突出而導致機器翻譯（MT）的出現

首先機器翻譯突出了資源探測、時效性資源有效挖掘、模型動態更新的特點，同一臺機器在翻譯內容上往往可以涉及眾多領域，這相對於單個的譯員具有無可比擬的優勢。機器翻譯目前主要有以規則為基礎的 Rule-Based Machine Translation（RB—MT）、以實例為基礎 Example-Based Ma

-chine Translation（EBMT）和以統計為基礎的 Statistical Machine Translation（SMT）三種，其中後兩種又統稱為語料庫的翻譯方法（Corpus-based Machine Translation，CBMT）。

(三) 機器翻譯（MT）優劣勢

互聯網上著名搜索網站百度、維基、Google 等都是利用了機器翻譯方法向用戶提供"即時和萬能翻譯"，主要就是因為其具有較強的模型學習能力、新語言的快速部署能力、優越的魯棒性等優點。隨著機器翻譯的技術更新，融合了句法、短語的統計機器翻譯方法佔據主導位置，但採用混合翻譯技術，把統計翻譯和規則、實例翻譯相結合，以滿足多樣化的翻譯需求呈現出發展趨勢。不過機器翻譯的劣勢也很明顯，受源語言和目標語言語法結構不一致性的影響，翻譯產品在質量上表現出邏輯性差及調序能力弱的特點，因而只能在時效性、專業性上超過人工翻譯，最終翻譯產品還是需要人工校對才具有實用性。

三、獨立學院翻譯人才培養的定位思考

(一) 高校人才培養現狀

目前中國從事翻譯事業的上崗證書主要有三大翻譯資格考試：全國翻譯專業資格水平考試；全國外語翻譯證書考試；上海外語口語證書考試。翻譯專業資格水平考試即 China Accreditation Test for Translators and Interpreters，簡稱 CATTI。截止到 2013 年下半年，累計報名參考人員超過 29.87 萬人次；累計合格人數已經達到 38,614 人次。其中，口譯合格 7,422 人次，筆譯合格 31,192 人次，英語同聲傳譯合格 26 人次。口譯證書主要是：上海高級口譯證；教育部一級同傳證；人事部一級同傳證，這個證最難考，含金量最高，2012 年才開始實行，全國目前通過的人數不超過 100 個。然而這些數據相對於中國高校英語畢業生人數就顯得杯水車薪了，一方面是人才需求的居高不下，另一方面卻是多數本科翻譯專業的學生畢業後沒有從事與翻譯相關的行業，僅 2014 年中國高校英語專業畢業生人數超過十萬，這其中，有六十多所高校開設了翻譯課程，培養筆譯、交替口譯、同聲傳譯等人才。上外高級翻譯學院口譯專業首屆只有 8 名畢業生拿到了翻譯學會議口譯專業證書，成為上海首批自己培養的具備同聲傳譯和交替傳譯專業口譯技能，並獲得聯合國、歐盟等國際組織專家認可的會議口譯專業人才。在此之前，上海乃至國內還沒有一所高等院校能夠培養翻譯學學科的會議口譯專業人才。由此可見，高校對翻譯人才的培養遠遠落後於社會發展的需求，這也要求我們反思人才培養的定位，提高教學資源使用效率。

(二) 高校 CAT 教學"高、大、上"的現狀

隨著機器翻譯的廣泛使用，必然決定了計算機輔助翻譯（Computer Aided Translation，CAT

軟件的出現、發展和成熟。廣義的 CAT 技術，應包含對各種計算機操作系統、應用軟件的整合應用。狹義的 CAT 技術，則指為了改善翻譯流程而使用的專用軟件和相關技術。目前國內開設了翻譯專業的高校，雖然都比較重視 CAT 技術課程的開設，但是從培養人才的層次來看，CAT 技術課程的開設是屬於高端、精英式教學。首先，這表現在開設這門課程的學院幾乎都是國家重點高校如，最先開設此課程的北京外國語大學、上海外國語大學、廈門大學等老牌學院；其次，培養的對象幾乎都是碩士級別。故翻譯本科專業相當部分院校也僅是將 CAT 技術課程列為選修課，就不用說獨立院校了。

(三) 適合獨立院校的翻譯人才培養指導思想定位思考

獨立學院要確立務實的人才培養目標。博士、碩士、本科、專科、職業學校應根據社會的需求培養不同層次的翻譯人才。據統計，2013 年、2014 年連續兩年，全國僅北京、上海、天津三個城市一本錄取率是超過 20%，4~16 名省份的一本錄取率在 10%~20% 之間，四川兩年都只有 5% 左右。所以獨立學院人才培養定位就是能夠勝任一線崗位的高級應用型人才，這也是獨立學院院情決定的，因為獨立學院的翻譯專業學生，無論是理論基礎還是學習習慣在客觀事實上與一本和二本院校的學生有著必然的差異，所以應堅持以學院創立初期就提出的 "1+N" 人才培養模式為根本，重點培養學生的學習能力、實踐能力和創新能力，鼓勵學生以 "一個文憑+多個證書" 走向就業市場。

(四) 適應互聯網信息化的高級應用型人才培養目標思考

翻譯職業市場對翻譯從業人員提出了下列基本素質要求：①具備基本的專業語言技能。②涉及語言領域廣、專業性強。③翻譯職業的技術性極強，是多語種媒體傳播工程師。④具有翻譯材料所屬的相關工作領域技術人員的能力，能夠使用完成翻譯所需的工具，熟練掌握數量上與日俱增且複雜的硬件和軟件的使用能力。不難看出機器翻譯的優勢恰恰體現在第①、②條上，正好是人工譯員的短板。所以，獨立學院翻譯人才培養應充分利用互聯網信息化特點，揚長避短，當一本學院培養口譯、筆譯高端人才都顯得鳳毛麟角之時，獨立院校更應該精準定位人才培養目標：即具有一定外語能力而能熟練使用互聯網各種翻譯軟硬件的語言技師。

(五) 翻譯專業課程改革思考

1. 堅持傳統翻譯語言技能的培訓

聽、說、讀、寫是語言工作者必須掌握的基本技能，這也是譯員的根基。重視語言知識與能力模塊，如綜合外語、外語聽力、口語、閱讀、寫作、現代漢語、古代漢語、高級漢語寫作；重視翻譯知識與技能模塊，如翻譯概論、外漢筆譯、漢外筆譯、應用翻譯、聯絡口譯、交替傳譯、專題口譯；重視相關知識與能力模塊如中國文化概要、所學外語國家概要、跨文化交際、計算機與網絡應用、國際商務、公共外交等。

2. 鼓勵翻譯專業學生走"1+N"人才模式，重視CAT相關技能的獲得

與其讓獨立院校的翻譯專業學生普考專業八級，不如讓他們以口、筆譯三級資格證書為目標來實現就業。三級口譯、筆譯明確提出了要求：即具有基本的科學文化知識和一般的雙語互譯能力，能完成一般的翻譯工作，而現實教學也顯示學生到大三，參加一定培訓後，拿到筆譯三級證書基本沒有問題。在此基礎上，重視CAT相關實用技能的獲取，開設相關課程，讓學生掌握下列基礎技能：熟悉計算機常用操作系統、主要文字處理軟件；安裝、卸載和更新基本翻譯工具、專業辭典電子版；學會應用高級網絡檢索技術和語法規則複雜檢索。這些實用技能讓我們的學生在畢業時具備翻譯專業上崗資格證書的同時也具有相當的CAT技能，從而在就業市場增添競爭力。

3. 提升翻譯人才的專業素質

翻譯實踐實務開設迫在眉睫。翻譯專業畢業學生進入翻譯職場的比例少得可憐，這不僅是教育資源的浪費，也說明了學生普遍對進入翻譯職場有畏難情結。不是每個翻譯專業學生畢業後都能成為職業翻譯，但不進入這個職場卻意味著必然的社會財富的損失。學生的畏難情結不外乎出自於對自身語言能力的不自信，而機器翻譯恰好彌補了這點，作為機器翻譯的校對員、機器翻譯產品的最終定稿員，人機互補應該是翻譯市場產品產出的最佳模式。另外，翻譯專業的課程設置從某種程度上也誤導了學生，讓他們認為翻譯專業的就業方向就是口譯、筆譯人員。其實翻譯職場中，專業口、筆譯人員僅是一部分從業人員，還有相當數量的、與翻譯產品密切相關的非口、筆譯從業人員，對於這一塊知識學生知之甚少，這就是翻譯實踐實務。通常說來，一個翻譯項目產品是由下面幾個流程組成的：獲取翻譯任務，從商務性質的運作到簽訂合同；譯前準備（預翻譯），對待譯材料作相應處理；翻譯（轉換），轉換不同的語言體系；譯後的質量監控和定稿；文本形式處理及交付翻譯產品。這個過程涉及下列從業人員：術語和慣用語編輯、技術編輯、網頁創建員、網站更新技術搜索員、商務或國際戰略搜索員、校對/審校員及重寫人員。因而不難看出，造成翻譯專業學生沒有進入翻譯職場的主要原因是缺少對翻譯流程的認識，而開設翻譯實踐實務的院校少之又少，即使開設了，也是在大三，錯過學生本該在大一就立志進入翻譯職場的最佳時段。

4. 加強培養翻譯專業軟、硬件建設

所謂軟件當然是指翻譯專業教師隊伍的建設。加速提高教師的電教技能，令其熟練掌握語言實驗室的使用，是培養熟悉翻譯軟件應用的學生之根本。利用、掌握語言實驗室教學方式、規律是未來教學發展趨勢。從硬件設施建設來看，口譯、筆譯實驗室的教學使用是當務之急，這樣我們的學生才能在一定語言基礎上，學會靈活應用多種翻譯軟件，無論是充當翻譯流程中的譯員還是項目管理者都做好了充分的就業準備。

四、結語

總之，互聯網信息化社會的特點使得翻譯需求呈幾何倍數增長，這為翻譯職業提供了前所未有的就業前景。聯繫當今中國社會各種翻譯人才奇缺，機器翻譯的蓬勃發展的現狀，獨立院校翻譯專業應該把握住信息時代發展的特殊性，培養適合社會發展需要的翻譯人才，將對翻譯人才的培養定位為：有一定語言能力，熟練掌握翻譯軟件，可作為機器翻譯的補充，也可成為譯員、校對員、翻譯項目管理員等翻譯市場相關從業人員。這些翻譯人才都有著廣大就業市場。

參考文獻

[1] [法] 葛岱克. 職業翻譯與翻譯職業 [M]. 劉和平, 譯. 北京：外語教學與研究出版社, 2011.
[2] 王海峰, 等. 互聯網機器翻譯 [J]. 中文信息學報, 2011 (6)：63-66.

Enlightenment on the cultivation of translation talents in Independent Colleges

He Ping

(*Department of Translation and Interpretation*, *CISISU*, *Chengdu*, *Sichuan*, 611844)

【Abstract】 This paper attempts to illustrate that independent colleges should cultivate translators in orientation as having a second language ability, familiar with translation software, working as the proofreaders to the machine translation, or administrators for translation-projects. There is a broad employment market for these translation talents.

【Key words】 internet; cultivate; translation talents; orientation

俄漢翻譯中對文化差異的處理方法

四川外國語大學成都學院俄語系　楊　洋[①]

【摘　要】翻譯與文化存在著緊密的聯繫。俄、漢兩個民族分屬不同的文化體系，體現在各自語言中的文化差異現象是客觀存在的。因此，在翻譯實踐中，譯者要提高自身文化意識和修養，注意兩種文化和語言的異同，找到合適的翻譯方法。

【關鍵詞】翻譯；文化差異；中俄；處理方法

一、引言

文化差異是客觀存在的，任何兩種語言文化都不可能完全對等，不同民族文化的差異，既構成了人類文化交流的必要性，同時也構成了交流的障礙。翻譯時傳達了民族特點中最本質、最典型的東西，才能正確地反應原作的藝術現實。因此，譯者在翻譯時，應充分注意原語與譯語之間的文化異同，應將原作中的藝術原型最大限度地呈現給讀者。

那麼，如何在翻譯中處理好文化差異現象呢？如何做到較好地翻譯，既能反應出原文的字面意思，又能讓讀者最大限度地瞭解其他文化的內涵，許多翻譯界的前輩都有自己的觀點：如嚴復的"信、達、雅"，傅雷的"傳神達意"，還有美國著名的翻譯理論家奈達的"動態對等"，其中心都是"譯文要忠實準確地表達原文的意義，保持原作風格，忠實反應是非曲直和原作風貌"。

Л. С. Бахударов 在《語言與翻譯》中指出，語言之間在語義上的差別不可能是翻譯中不可克服的障礙，因為翻譯不僅與語言的抽象體系有關，還同具體的言語作品（文章或話語）有關係，在這些具體的言語作品中表達意義的不同的語言手段複雜地交織並相互影響著，這些語言手段包括詞彙、語法形式、句法手段和超切分音位手段等，這些語言手段一起傳達著這種或者那種語義

[①] 楊洋，女，碩士，四川外國語大學成都學院俄語系，講師。研究方向為語言學，翻譯。

信息。我們認為，在翻譯過程中必須要實現原文和譯文的語義等值，這種等值不是指文章中的個別成分，而是指文章總體上要等值，那麼在文章內部經常不可避免地會有大量的個別語義成分的重新分配、重組和排列（翻譯轉換）。在翻譯中，絕對不變的規則就是，各部分服從整體，低級單位服從高級單位，這一點我們在翻譯實踐中會不止一次遇到。在譯文中遇到不同民族的不同文化現象時，則也須遵循這一原則，運用符合實際情況的翻譯方法，盡量準確地表達原文中的思想。俄漢語中，很多作品都有很強的文化背景和文化內涵。譯者不僅要再現原語的文化信息，還得保證譯語的可讀性，使讀者能夠理解所譯的內容。在實際翻譯過程中需採用合適的翻譯方法，具體情況具體分析。長期以來，俄譯漢中對文化差異現象的處理累積了不少經驗和方法。

二、音譯法

音譯法是翻譯無等值詞彙和新詞的一種重要手段，方法比較簡單，直接按照原詞的音節翻譯成另一種語言，其目的不在於準確反應事物或現象的本質，而在於營造、烘托一種異域風格，突出表現原詞的民族色彩和先進的時代性。人名、地名以及一些表示新概念而本族語言裡又找不到適當詞彙來表示的詞，均可採用音譯法介紹到譯文語言中去。例如：

сарафан　　蘇維埃　　　　　водка　　伏特加
дума　　　杜馬　　　　　　Интернет　因特網

——А что вы обедать будете?

——Что обедать? Пища наша хорошая. Первая перемена хлеб с квасом, а другая——квас с хлебом, ——сказала старуха, оскаливая свои съеденные до половины зубы.

——Нет, без шуток, покажите мне, что вы будете кушать нынче.

(《Воскресение》Л. Н. Толстой)

譯文：

"那你們吃什麼？"

"吃什麼？我們的伙食好得很。頭一道菜是麵包加格瓦斯，第二道是格瓦斯加麵包。"老太婆笑著說，露出已經蛀掉一半的牙齒。

"不，您別開玩笑，讓我看一看今天你們吃些什麼。"

這是托爾斯泰的小說《復活》中主人公聶赫留朵夫和僕人的一段對話。僅僅幾句，一個雖出身貧寒、地位低下，但生性樂觀、幽默詼諧的俄羅斯老太太的形象躍然紙上。譯文對 квас 的翻譯採用了音譯的方法。квас（格瓦斯）是俄羅斯民間傳統飲料，由各種糧食加工制成。隨著中俄民間文化的交流，格瓦斯這種典型的俄羅斯飲料的口感與味道已為中國人所熟悉，所以，在翻譯時，不必做過多的解釋或加註，即可達到在保持原文異國風情的前提下準確地傳達出語義信息的目的。

三、直譯法

直譯法就是將文章中的語句按照字面意思翻譯出來，不做特殊翻譯處理的方法。在翻譯實踐中，我們大部分情況都是採取直譯的方法，這是通常情況下翻譯的基本要求。俄漢語中有少量表達在字面意義、形象意義上相同或近似，隱含意義也相同，換言之，即此類表達的字面意義和形象意義所傳達出的文化信息是相同的，這時，便可採用直譯。例如："отмыть деньги"可直譯為"洗錢"，"высокая температура общества"直譯為"社會的高燒"，"паралич власти"直譯為"政權的癱瘓"，"малокровье нравственной природы"直譯為"精神世界的貧血"等。

四、註釋法

在翻譯中，如果要盡量地保持原文的文化特性，但原文的語言形象很難直接或完全保留，這時可以採用註釋法。通過譯者標註的註釋，既可以保證原汁原味的異域文化，又可以讓讀者明白其中的內涵，是一個不錯的翻譯策略。

例如：

1. В тулу _ со своим самоваром ехать.

譯文：去圖拉不用自帶茶炊。

註：圖拉是盛產茶炊之地。

該譯文將此諺語的意思翻譯出來了，但大部分外國人肯定還是不明白這句話要表達的內涵，因此這裡要使用註釋法：圖拉是盛產茶炊之地。因此，在俄羅斯就有這樣一個諺語，去圖拉不用自帶茶炊。

2. "его весёлые глаза плотно прикрыты чёрными кружками медных монет, доброе лицо темно и пугает меня нехорошо оскалёнными зубами."（《Детство》 Горький）

譯文一：他那一對快樂的眼睛緊緊地閉住，像兩枚圓圓的黑銅錢，他的和善的面孔發黑，難看地齜著牙嚇唬我。

譯文二：他那雙活潑的眼睛緊閉了起來，眼皮上蓋著兩枚發黑的銅幣，和藹的面孔變得黑乎乎的，還難看地齜著牙，叫我心裡感到害怕。

譯文一說眼睛像兩枚圓圓的銅錢，顯然這並不符合原文的意思。譯文二雖正確地譯出了原文的意思，但中國讀者仍會提出疑問，為什麼要在死人的眼皮上蓋上銅錢？通過瞭解俄羅斯國情我們瞭解到，這是俄羅斯的某地區的一種風俗習慣：人死後如不能閉上眼睛，他們就把發黑的銅錢

蓋在死者的眼皮上，據說這樣可以讓死者安心地離開這個世界。這段文字描寫的是阿廖沙的父親去世時的情景，通過"黑銅錢"這一細節，意在告訴人們：阿廖沙的父親死不瞑目，撇不下自己的妻兒。因此，筆者認為，最好對譯文二再做으 "註釋法" 處理，即在譯文尾部加註來說明這一風俗習慣，這樣讀者就能比較清晰地理解原文內容。

毋庸置疑，註釋法作為補償的方式，確是譯者移植文化的有效手段。但必須指出：註釋法的缺點是讀者在閱讀正文時會因為出現文化差異而不得不暫時中斷閱讀，去查找註釋，閱讀的興趣可能會受到一定影響。因此，在實際翻譯操作中不能將此方法認為是萬能的。如果大量使用此方法，讀者在閱讀的過程中需要時常打斷思路去看譯者加的註釋，不僅影響了閱讀的效率，也會讓讀者心生厭倦，不能輕鬆愉快地領略文章的美。所以，譯者不能為了方便而大量使用註釋法，應本著為讀者負責的態度，適量使用此方法，把握好使用的度。

五、替代法

替代法就是在保證實現原文交際目的，並且不破壞原文整體藝術效果的前提下，用譯文讀者所熟悉的形象和概念去替代原作中的形象和概念。這樣，可以彌補文化間差異，保持譯文的流暢和連貫，有利於譯文讀者更好地理解原著。

例如：

1. Ну, как тебе не осточертели эти казённые Алексеи и Иваны!

譯文：真怪，這些公家雇的張三李四你還沒有畫膩！

俄語中常見名字 Алексей 和 Иван 被替換為漢語中常見的 "張三李四"。

2. Я говорю об одной паршивой овце, о проходимце Чегиртке, которого вы всё знаете.

譯文：我講的是一個害群之馬，就是你們各位都認識的那個騙子切吉爾特凱。

譯文將原語中的羊被替代為馬。

3. Вы бы, Аркадий Матвеевич, ему ещё манеры ваши передали, ему цены не было бы. Представляете – волку, да ещё и крылья.

譯文：馬特維耶維奇，您要是把自己的那種風格也給他加進去，那他的身價就更高了。想想看，那簡直如虎添翼！

儘管俄語中使用的是 "如狼添翼"，但漢語中 "狼" 常含貶義色彩，為了避免誤解，應順應漢語的表達方式，翻譯為 "如虎添翼"。

由以上例句可以看出，替代法能夠將譯文文化中的概念和形象與原文中的概念和形象聯繫起來，讓讀者能夠很輕鬆地理解作品的意思。

六、意譯法

在翻譯實踐中，一些文化意義濃厚的詞彙，直譯不能準確表達其原文的意義，而替代，加註等其他方法都不適合。這時，為了準確表達原文意義，可採用意譯法，這也是一種常見的翻譯方法。

例如：

1. Министры, потеряв голову, складывают портфели к ногам Кренского.

譯文一：部長們張皇失措，把公事包放在克倫斯基腳下。

譯文二：大臣們張皇失措，紛紛把烏紗帽仍在克倫斯基腳下。

譯文一是直譯法，按字面意思來說並沒有問題，但讀者並不理解其意義。譯文二也讓讀者產生錯覺：①克倫斯基臨時政府是君主立憲制政體，內閣官員卻被稱作大臣。②克倫斯基政府官員怎會有烏紗帽，只有中國的官員有這種說法。事實是，克倫斯基臨時政府是共和政體，因此，我們中國常說的"大臣"和"烏紗帽"在這裡顯然是不合適的，而"部長"更能確切地表達原文的意思，符合當時的歷史時期。此外，原文的語義重心在"辭去工作"上，因此，為了使語義更通順合理，對於"портфели（公事包）"一詞的處理，這裡採用意譯的手法，將其譯作：部長們張皇失措，紛紛向克倫斯基辭職。

2. Сам не замечал, что жил какой-то заячьей надеждой — авось не тронет, помилует. Тронул, да ещё как!

譯文：他自己也沒覺得一直過著提心吊膽的日子，他懷著一個希望——希望（伊格納特）不碰他，原諒他，可是他碰了，而且碰得那麼厲害。

原文中"жил какой-то заячьей надеждой"這一俄語表達法形象、生動，具有濃厚的民族色彩，然而在漢語中卻很難找到與之相對應的詞語，譯者只好採用意譯法來處理，只將兔子膽小的特點譯出來。

3. Язык до Киева доведёт.

譯文一：嘴巴可以到基輔。

譯文二：有嘴就能問到路。

比較而言，第二種譯法要好些。第一種譯法不是很合適，是因為完全按照字面意思來翻譯，不能讓人理解其真正含義。而譯文二沒有按照單詞的意思直接的翻譯，而是找到了中俄文化當中對應的部分，翻譯成中國讀者能夠理解的意思。

4. Противостоит этому миру мир богатых. С самым, конечно, типичным "новым русским" и его морально.

67

譯文：與這個世界相對立的是富人的世界，當然，是典型的"俄羅斯大款"及其倫理構成的世界。

俄羅斯社會開始變革後，西方將80年代末、90年代初發財致富的俄羅斯人稱作"New Russians"，即"нью рашенз""новые русские"。之後，這個詞組幾乎成為了固定詞組，經常出現。因此，可以看出，"новые русские"是在一定社會背景和歷史時期內出現的，社會巨變造成了貧富差距懸殊，也造就了一些暴富的"新俄羅斯人"。這裡，譯文沒有直接翻成"新俄羅斯人"，而是根據句子前後關係，採用意譯手法，翻成了"俄羅斯大款"，這樣漢語讀者比較容易接受和理解。

綜上所述，各種語言中都有一些帶有濃厚民族色彩的詞語，反應著本民族的民族特色，這導致了文化差異。翻譯時，應在譯文讀者能夠接受的前提下，盡可能地保留原文的民族文化色彩。除以上幾種方法之外，譯者可採用的翻譯技巧與方法還有許多。

七、結語

人們常說，翻譯是一門雜學。筆者認為如果每位譯者能夠準確把握兩種文化的差異，就不會認為翻譯是件很困難的事情。譯文質量的優劣在很大程度上取決於譯者對文化信息的把握和處理。譯者應認識到各語言間的差異、各民族間的差異。關鍵是譯者在原語讀者和譯語讀者之間，要時刻保持清醒的頭腦，一方面盡量再現原語的信息，另一方面又能考慮到譯文讀者的接受能力。以上這些都是行之有效的移植文化信息的手段。孰優孰劣，就要看譯者如何藝術地選擇和創造了。因為翻譯活動在很大程度上就是一門選擇和創造的藝術，其中會有優勢，難免也會留下一些遺憾，只是譯者應在得失之間找到平衡，把遺憾降到最低程度。

參考文獻

［1］Г. Р. Гачечиладзе. Художественный перевод и литературные взаимосвязи. Москва, Сов. писатель, 1980, 72-73.

［2］Л. С. Бархударов. Язык и перевод. Москва, Изд. Международные отношения, 1975, 9-10.

［3］叢亞平，謝雲才，楊式章，吳愛榮. 俄漢翻譯教程［M］. 上海：上海外語教育出版社，2012.

［4］楊仕章. 俄漢翻譯基礎教程［M］. 北京：高等教育出版社，2010.

［5］黃忠廉，白文昌. 俄漢雙向全譯實踐教程［M］. 黑龍江：黑龍江大學出版社，2010.

The Approaches to Cultural Differences in Russian-Chinese Translation

Yang Yang

(*Department of Russian, CISISU, Chengdu, Sichuan,* 611844)

【Abstract】 Translation is closely related to culture. Russian and Chinese belong to different cultural systems. Therefore, cultural differences objectively exist in both languages. In Russian-Chinese translation, translators should improve cultural awareness and self-cultivation, as well as pay attention to the similarities and differences in both languages and cultures to find suitable translation methods.

【Key words】 translation; cultural differences; China-Russia; approaches

教育教學研究

關於工程技術法語測評的幾個原則

四川外國語大學成都學院法語義大利語系　沈光臨[①]

> 【摘　要】本文在對以前外語知識和能力測評方法回顧的基礎上，探討了在工程技術法語測評中應該採用的評估方法，提出了一些具體的測評方式。同時，結合工程技術法語的特點，在測評中對內容、對翻譯能力細項的測評要求進行了研究分析，得出了工法翻譯應遵循的一般原則。
>
> 【關鍵詞】工程技術法語；測評；法語教學

無論是何種教學，測評都是一項既艱鉅又重要的任務。測評的目的就是要確定學生是否達到了所學課程要求的一個過程。"測評是構建一門課必不可少的。人們通過對測評和進度的設計可以反應出對一位學生能力的期待。"（L'évaluation est un aspect incontournable de la construction d'un cours. La conception qu'on a de l'évaluation et de la progression donne l'image de la compétence que l'on attend d'un étudiant.）而且，語言學習初始確定的目標與評估學生掌握的程度所採用的工具之間有著密切的關係。目標描述越清楚、越準確，那麼測評學生的學習完成度就越簡單。教與學的參與者——學生、教師和學校，對評估的結果都很關注。對於學生來說，評估可以顯示該教學是否滿足了他們的需求和符合他們的水平；對於教師，則可知道教學的各個組成部分是否實現了既定的目標；對於學校，也可以知道實施的教學是否有利於其辦學目的的實現。

一、各種評估類型的回顧

目前有三種教師可以使用的主要評估方法，下面是這三種方法的簡單回顧。

[①] 沈光臨，男，四川外語學院成都學院法語義大利語系副教授。研究方向為工程技術法語，獨立學院法語教育。

（一） 總結性評估

總結性評估在學習結束後進行，目的是評估學生在知識和能力方面掌握的程度。測評結果往往以分數表現，以便於標明學生相對於既定的標準所達到的程度。所以這類評估也被稱為"檢查性"或"驗標性"的評估，可以通過這種評估瞭解學生在同學中的水平高低。例如，期中考試、期末考試、出國選拔考試等。

（二） 形成性評估

形成性評估在學習中進行。這種評估能給教師提供有關學生強項和弱項方面的信息。這些信息可以幫助教師對課程內容進行調整並重新組織教學活動，以利於通過調整而實現教學目的。如課堂的提問、學生的作業、小測驗等。

（三） 診斷性評估

診斷性評估是在學習開始前進行的評估，目的是瞭解學生已經掌握的知識。這種評估可以讓教師預知在將要進行的學習中學生所具有的能力和水平。有些學校將這種評估用於入學考試或專業選擇的測試。例如，入學時的摸底考試、上新課前的測試等。

除了這三種主要的評估方式外，還可以根據不同的情況，採用其他各種評估方式。它們總的目的就是在教學的各個階段給教師提供各種有用的信息。

①內部評估是由教師自己進行的評估，外部評估則是由任課教師以外的人來進行。

②連續性評估的結果就是根據學生在學習過程中的總體表現給出的分數。相反，臨時性評估的目的是對某一個教學活動在一個特定的時間給出的分數。

③直接評估可以讓教師瞭解學生在某一特定學習活動中的表現和能力，比如答辯。間接評估通常是指測驗等。

④表現評估是針對口語和寫作（過程性知識①），而知識評估則是針對在學習中某個專題的陳述性知識②。

⑤標準性評估的任務是評估學生在同伴中的水平，而達標性評估是根據學習目標的列表評估學生的能力和知識。

⑥自我評估可以讓學生瞭解自己的水平和學習結果。互動評估是指學生與教師之間對學習方法和學習效果的對話。這兩類方法的好處是讓學生也有責任參與到對學習的評價。

---

① 是有關"怎麼辦"的知識，不能直接陳述，指能通過某種作業形式間接推測其存在。例如寫信。
② 也叫"描述性知識"。它是指個人通過有意識地提取線索，而能直接加以回憶和陳述的知識。主要是用來說明事物的性質、特徵和狀態，用於區別和辨別事物。這種知識具有靜態的性質。陳述性知識要求的心理過程主要是記憶。陳述性知識的獲得是指新知識進入原有的命題網絡，與原有知識形成聯繫。

至於 Chardenet，他將外語學習的評估分成兩類：內部評估和外部評估。內部評估在教師與學生之間進行，目的是瞭解某個或某些學生在自己學習過程中不利於學習進步的地方和因素。而外部評估是指有共同目標的學校都參加的評估。比如，TEF、TCF 考試（法語水平測試），它們是巴黎工商會組織的考試，全世界都認可的考試。語言中心也給"專門用途外語"的受眾提供的各種證書，比如，專業法語證書、商務法語1級和2級證書、法語文秘證書和法律法語證書等。

無論是何種評估，《歐洲語言評估框架（2000）》都要求其遵循三個基本的原則：

①有效性，一項有效的測試可以提供有關學生能力的準確信息。

②可靠性，這是一個技術術語，就是指學生兩次參加同樣的測試而其排名不會變化。

③可行性，這是一個主要的原則，尤其是因為測試者的時間有限，僅能獲取被評估學生的表現的有限樣本，所以評估模式必須是實用的，而且是可操作的。

在專門用途法語中，教與學的實踐決定了在專門用途法語課程中的功用性和工具的規模。在這種情況下，學生只是認準自己的需求，從而區別於其他受眾。所以，確立評估程序的需求可以測評學生在各個語言能力上的水平，測評重點考察四種交際能力：聽、說、讀、寫。工程技術法語不同於專門用途法語。工程技術法語是社會經濟發展中所產生的、應用於國際經濟技術交流與合作的法語語言學分支之一。它是研究在工程技術中法語使用的規律，及其術語、習語、體裁和語法特點的一門邊沿分支學科。學習工程技術法語不僅要具備法語語言學的知識，也需要掌握工程技術的基礎知識。其目的是應用工程技術法語的知識和能力解決與法語國家的經濟技術合作和交流的溝通問題，有效和準確地當好中文和法文發話者和受話者之間的橋樑。所以，其重點應放在翻譯能力的測評上。

二、工程技術法語在測評方法上應遵循的原則

首先，工程技術法語也是大學專業法語教學的一門課程，它也有自己獨特的目標，所以要完成此目標，前人總結的三種主要評估方法都應該被採用。

（1）診斷性評估可以瞭解學生對學習工程技術法語所具備的語言知識、語言能力和工程技術專業基礎知識的條件，應該在開課前進行，便於教師設計將授課的內容和方法。測評題目的設計應該包括兩個方面：法語的基礎知識和能力、工程技術的基礎知識。工程技術方面只要求知識，不要設計工程技術能力方面的題目。即評估學生是否知道什麼是工程標準、壓力、粘度等，不需要評估學生是否能夠用標準去判斷某個產品是否合格，或者壓力是否正常。

（2）形成性評估有利於隨時瞭解學生的學習進步和知識與能力的掌握程度，便於教師對教學計劃和方法進行微調，甚至於大調。這項評估貫穿於這門課教學的整個過程，課堂回答問題、隨堂翻譯練習、對每個專業知識點的課堂陳述、每課的課後作業等，都屬於這個範疇。形成性評估

的另外一個功能就是讓學生通過這樣的評估過程獲得新的知識、以前沒有掌握好的能力。所以，這項評估的重點就是要有好的點評，針對性的點評。如課後作業的批改，一定要指出學生出錯的原因，是語言能力上的還是專業基礎知識上的原因，讓學生明白今後努力的方向。同時也可以明確教師今後課堂授課和實踐活動的重點和難點。

（3）總結性評估應重點對工程技術翻譯能力進行檢驗，看學生通過學習是否能夠翻譯真實的工程技術文件。同時也可以讓學生瞭解自己是否達到了這門課的階段要求。總結性評估主要形式是期末考試和工程技術法語翻譯比賽。

其次，評估形式具有多樣性。

（1）由於沒有第三方的工程技術法語評估，目前只能開展內部評估。

（2）連續性評估應該作為學生平時成績進入期終成績。當然，臨時性評估對學生的激勵效果也較佳。如讓學生用學過的方法，在網上專業詞彙集中查詢一個辭典中沒有的專業詞彙等。

（3）直接評估、表現評估、標準性評估、達標性評、自我評估和互動評估都對工程技術法語的教學和學習有非常重要的作用，應靈活使用。

最後，在測評題的設計中，一定要致力於做到評估的有效性、可靠性和可行性。

三、工程技術法語在測評內容上應遵循的原則

（一）詞彙的要求

（1）工程技術法語的詞彙分為"通用專業詞彙"與"專門專業詞彙"。通用專業詞彙是指在大多數工程技術分支上都能用到的詞彙，如：溫度、壓力、含量、濃度、儀器、儀表、供水、供電、產供銷等。專門專業詞彙是指只用於某個工程技術專業的詞彙，如：油捕、路肩、鈉快堆等。工程技術法語不是針對諸如建築或者核電等的某個專業，所以，測評只應該針對通用專業詞彙。

（2）一個詞有通用意義，有時也有專業的意義。如 malaxage，通用意義是"攪拌"，而專業意義之一是"助晶"，verre à pied 是"高腳杯"，而專業意義之一是"量杯"。工程技術法語測評的應該是專業意義，而非通用意義。

（二）內容的要求

（1）對學生過程性知識的測評實際上是指對學生利用已學知識解決問題的能力的評估。工程技術法語目的是應用工程技術法語的知識和能力解決與法語國家的經濟技術合作和交流的溝通問題，有效和準確地當好中文和法文發話者和受話者之間的橋樑，故測評對內容的要求就是中法文的互譯能力。

（2）它不同於普通法語教學中的翻譯能力，而是國際工程技術合作中所涉及的中法互譯能力。

所以，內容的第二個要求是內容的真實性，包括國際經濟技術合作中真正採用的文件格式和文件內容。如堤壩的招標書、電動機的使用手冊或卷板機的檢驗報告。這其中有文件格式的真實性，也有內容的真實性。正如 Chardenet 所說，真實的評估才是評價學生是否達到了預期的教學目的真正標準。實際上，這些標準都是在真正的職業環境和大學環境中形成的，所以就有了情境性評估的叫法。

（3）工程技術文件不同於科普文章，科普文章更多是介紹原理，是描述性的語言，而工程技術文件有各種不同的語言格式，有使用說明書的步驟要求、有標準書的嚴謹，也有財務條款的精確。同時內容也是工程技術項目上的真實文件。所以，內容的第三個要求是不能採用作家寫的科普文章，而是工程技術人員撰寫的工程技術文件。

（4）內容的難度要符合所學的時間，不要為了一味追求測試內容的真實性，而忽略了學生學習時間有限的特點。學生在大學主要是打好基礎，為將來進入某一個專業奠定良好的工程技術法語知識和能力的基礎。所以，內容的第四個要求就是不要因為的內容難度的原因影響測試的準確性和可靠性。

四、工程技術法語對測評翻譯能力應遵循的原則

（一）準確性

這一條不容置疑，是任何翻譯的最基本原則。但工程技術法語的要求卻有所不同，或者說更高。小數點的轉換就可能影響到金額的巨大變化；不同國家的鋼材的牌號的轉換也牽涉到對材質的要求；在辭典中沒有 arco 這個詞，但究竟該翻譯成什麼？這方面的例子舉不勝舉。在測評中要突出對工程技術法語特有的翻譯準確性的測評。

（二）邏輯性

工程技術文件都具有較強的邏輯性，故翻譯出來的文章也應該有邏輯性，否則肯定有錯誤。當然造成邏輯錯誤的原因各種各樣，但最常見的就是詞義的選擇、辭典的選擇、句法結構的理解不到位。不能將一個詞的專業意義錯譯成普通意義，不能在翻譯路橋工程時選用海運專業詞彙集的註釋。當然更不可以將句法的修飾關係搞錯。為了保證邏輯性，這些方面都是工程技術法語測評翻譯能力的重點。

（三）符合漢語閱讀習慣

在漢譯法時，可請母語為法語的外國人修改。但在法譯漢時，由於學生不是學工程技術專業的原因，往往採用全面直譯的方法，有的甚至連語序都不改變。因而經常造成翻譯出來的漢語文

章連專業技術人員都看不懂。這是要重點避免的問題，也是學生要攻克的難關，當然也成了工程技術法語測評的重點。

五、結語

　　根據前人對外語知識和能力測評的經驗，結合實際的教學實踐，本文探討了在工程技術法語測評中應該採用的評估方法和一些具體的測評方式，主張靈活使用測評方法，根據不同的目標採用合適的方法，方法為目的服務。同時，結合工程技術法語的特點，就測評中對內容、對翻譯能力的測評要求進行分析，明確一般應遵循的原則。此外，文章還對在測試工程技術法語翻譯能力方面提出了準確性、邏輯性和標準漢語三個重點測評方向。

　　本文是根據作者多年教授這門課的經驗和教訓總結出幾點基礎的意見，供同行參考。如有不妥之處，還請大家不吝賜教。

參考文獻

　　[1] COURTILLON J. Élaborer un cours de FLE [M]. Paris：Hachette, 2003.

　　[2] CUQ J P, GRUCA I. Cours de didactique du français langue étrangère et seconde [M]. Paris：PUG, 2003.

　　[3] CHARDENET P. Processus qualifiant et objectifs spécifiques. Évaluer l'attendu et l'imprévu en langue étrangère [M] // Le français sur objectifs spécifiques : de la langue aux métiers, Le Français dans le monde, Recherche et applications, 2004.

　　[4] 歐洲理事會文化合作教育委員會. 歐洲語言評估共同框架 [M]. 劉駿, 傅榮, 主譯. 北京：外語教學與研究出版社, 2008.

On Several Assessment Principles of Engineering Technology French

Shen Guanglin

(Department of French and Italian, CISISU, Chengdu, Sichuan, 611844)

【Abstract】 Based on the review of previous assessment methods of foreign languages' knowledge and capability, this paper discusses the methods should be applied in the assessment of engineering technology French, and offers some concrete assessment methods. At the same time, considering the characteristics of engineering technology French, the paper analyses the contents and requirement of translation ability in assessment, and works out general principles to follow in translating engineering technology French.

【Key words】 engineering technology French; assessment; French teaching

淺析俄語電視廣告隱含信息的言語作用

四川外國語大學成都學院俄語系　朱加寧[①]

> 【摘　要】為實現電視廣告媒體的交際目的，宣傳推廣類的顯性信息經常轉化為隱含信息，引導受眾自行解讀。隱含信息類型各異，作用形式也日趨多樣，是具有控制能力的言語手法之一。廣義語言學範疇內，隱含信息功能表現在各個語言層級，電視廣告還有可能借助"非文字文本"來表現。本文借助具體實例探討俄語電視廣告文本隱含信息的表現形式和表達途徑，以期從整體上把握隱含信息這一特殊語言現象的特徵和作用。
>
> 【關鍵詞】電視廣告；廣告文本；語言控制；言語作用；隱含信息

一、引言

廣告對受眾的心理影響包括"認知瞭解、情感認同、內涵認同、暗示影響"幾個方面，分別實現信息傳遞，逐步確定廣告主客體關係，啟發引導受眾接受廣告內容等功能。為了完成（或部分完成）上述廣告論證過程，廣告文本必須包含一定量的言語作用元素，以特有方式說服受眾，影響其心理和行為。

依據具體論證內容和論證命題指向，廣告論據可分為顯性信息和隱含信息兩大類。人們理解文本不僅依賴語言信息本身，也運用相關知識，運用對交際環境及交際規則的認知，不僅局限於解讀字面意義，更擅於在其基礎上推導結論。"理解深度、關注焦點和知識容量"以及"是否偏好某一固定思維模式"決定了人們詮釋信息的方式不盡相同。因此，在文本理解這個創造性的信息再加工過程中，隱含信息以其特殊的、隱蔽的、間接的方式影響受眾，從而成為電視廣告重要

[①] 朱加寧，女，四川外國語大學成都學院副教授。研究方向為語言學，新聞學，廣告學。

的言語影響和言語控制形式之一。

在表現形式上，隱含信息可以是"語言成分的本義表達"，也可以是"具有情感態度、評價意義或是能引發聯想的語義成分"，同樣可以是"代表語境整體意義的隱含信息總和"。隨著電視廣告不斷發展，其言語作用方式和手段也處於不斷變化中。本文將通過俄語電視廣告實例，分析隱含信息的具體表現模式和言語作用效果。

近十年來，中國研究領域在外語（英語、俄語）隱含信息理論、翻譯研究，文本（特別是文學作品和廣告文本）隱含信息解讀方面均有相關論述，如《英文廣告中的語用預設特徵及分類》（宋曉英，2012）、《關聯理論視角下的俄語廣告翻譯》（徐美玲，2010）、《隱含表達的認知語用闡釋》（支永碧，2010）、《關聯理論視角下廣告語言的解讀》（王劼，徐豔，2012）、《文學隱含信息翻譯研究》（江莉，2009）等。以上論述從理論闡述或實例分析層面對隱含信息進行了研究，但專門研究"俄語廣告隱含信息"的論述並不多見。《俄語網絡廣告語的隱含信息分析》（高思明，2010）對俄語網絡廣告隱含信息進行了分類，闡釋其明示和推理過程，但研究對象僅為靜態文字文本。

20世紀末至今，俄羅斯學術界對隱含信息的研究更為全面深入。例如，《Речевая коммуникация（言語交際學）》（Клюев Е. В.，1998）、《Имплицитность в языке и речи（言語和語言的隱含性）》（Борисова Е. Г.，Мартемьянов Ю. С.，1999）等為隱含信息研究建構了較為完整的理論框架；《Имплицитная информация как средство коммуникативного воздействия и манипулирования（隱含信息——交際作用和控制的手段）》（Пирогова Ю. К.，2001）通過廣告實例，從應用語言學角度對隱含信息類別和作用進行了較為系統的歸納；而《Манипулятивные приёмы в рекламе（廣告的控制手法）》（Рюмшина Л. И.，2004）等論著則從言語控制角度對隱含信息的影響能力進行了描述。

近年來，俄羅斯年輕一代研究者也對隱含信息進行著更進一步的探討，如：《Соотношние эксплицитной и имплитной информации в рекламном дискурсе：на материале англоязычной рекламы（以英語廣告為例分析顯性信息和隱含信息在廣告話語中的相互關係）》（Нагорная Е. В.，2003）、《Информационно-стратегический потенциал компрессии текста телерекламы（電視廣告文本壓縮的信息策略趨勢）》（Шагланова Е. А.，2014）等，不僅將俄語廣告隱含信息與其他語言中同類信息加以對比，同時也研究其構成，總結其作用。但以上論述仍然大多以平面紙質媒體廣告為語料，所研究的隱含信息並非以電視廣告為載體。而本文將專門分析以俄語電視廣告為載體的隱含信息，在已有基礎上進行更深入的研究。

俄語詞"импликация"源於拉丁語"implicatio"，原指相互交錯的結點；在語言學範疇表示蘊涵關係或蘊含詞，即並未直接、明確表達的內容和信息。其派生詞"импликатура"（隱含意義）被學者Ю. К. Пирогова界定為"文本基礎上建立的結論和假設"。作為語言交際方法，隱含信息指文本中沒有明顯表達，需要受眾根據"語言規約（即交際者默認的、言語交流的共通規範)、社會定型或思維特性來自行提煉"的信息。

廣告中隱含信息最主要的交際功能是：增添評價內容、加強論證力量、提升信息吸引力。因為受眾不會有意識地評價、批評隱含的結論或號召，更不會主動排斥被刻意植入甚或強加其中的評論、意見、觀點等，所以隱含信息的使用與廣告文本語言的影響控制能力密不可分。

二、俄語電視廣告隱含信息的類別和言語作用

俄語電視廣告大量使用各種類型的隱含信息，以下筆者將通過實例研究其典型的言語作用。

(一) 規約型的隱含信息

根據隱含信息推導出結論的精準度"取決於所用詞彙、句子本身的意義"。在語言交際實踐中可表現為以下兩種形式。

1. 預設語義表達

指情境描述含有預設前提表述，或是不可分離的句中成分（主謂賓定狀補語），而且對情境的壓縮描述先於情境描述本身。例如：

Pantene Pro-v：Вы полюбите ваши здоровые волосы.（洗髮水廣告）

譯文：您將愛上您健康的頭髮。

語義預設：廣告宣傳的洗髮水已經讓您的頭髮健康美麗。

Доширак：А вы, почему любите Доширак？（麵條廣告）

譯文：而你們為什麼喜歡麵條 Доширак 呢？

語義預設：受眾已經品嘗並且喜歡本產品，現在只是好奇從而探究為何喜歡。

Толстяк：Сейчас всё выясним, мужики, почему пиво Толстяк обладает таким богатым вкусом？（啤酒廣告）

譯文：朋友們，現在讓我們來看看，為什麼啤酒 Толстяк 有著如此豐富的口感？

語義預設：廣告宣傳的啤酒口感豐富已是事實，消費者只需瞭解原因。

2. 體現蘊含意義

該類別中我們還可以歸納以下更為具體的言語作用手法：

(1) 總括式問題引發初始假設

Gorenje：Вы когда-нибудь мечтали о подобном？（家電廣告）

譯文：曾幾何時您有過類似的夢想？

不管受眾對類似總括式提問的最終答案是肯定還是否定，隱含信息已經在其意識中牢固樹立了一個"理念"——使用廣告產品是夢想的實現。

（2）使用肯定句加強語氣

該類肯定句借助俄語語氣詞 ещё（更，還）、по-прежнему（依然，依舊）、даже（甚至，都，也）等來實現。例如：

Тирет：Тирет. Устраняет даже сильные засоры.（管道通廣告）

譯文：Тирет！就算最頑固的堵塞物也能清除！

隱含意義：廣告產品對最頑固的污垢都具有強效，清除一般污垢就更不在話下。

Сокол：А вы ещё спрашиваете, при чем здесь пиво Сокол？（啤酒廣告）

譯文：莫非你還在問：為什麼要喝 Сокол 啤酒？

隱含意義：廣告產品聞名已久，口碑極好，您還猶豫什麼呢？

（3）營造"不和諧"言語氛圍

這類隱含信息常常借助 знать（知道，瞭解）、обнаружить（發現）、ощутить（感到）等動詞來消除受眾對宣傳產品的心理戒備，暗示他們尚處在非廣告環境中。例如：

Mobil 1：Чем больше вы знаете о новом Mobil 1, тем лучше для вашего автомобиля.（機油廣告）

譯文：您越是瞭解最新款 Mobil 1，對您的愛車越有好處。

使用 знать（瞭解）一詞替代"購買"，隱含信息幫助受眾超越了"是否接受併購買產品"的思考期，直接進入"使用期"，認為自己當下要做的，僅僅是瞭解如何使用"已經被購買"的產品。

Активиа：Что может быть вкуснее этого спелого яблока？Но ты не обращаешь на него никакого внимания, потому что ты пьёшь Активиа с яблоками и злаками от Danone.（酸奶廣告）

譯文：還有什麼比熟透的蘋果更加香甜？但你絲毫不會注意它！（鏡頭展示熟透的蘋果，然後轉向廣告商品）因為，你正喝著含有蘋果粒和穀物的酸奶 Активиа！

文本中沒有購買商品的直接號召，現在進行時的俄語動詞"пьёшь（你正在喝著）"創造出令人愉悅的假象，將"可能購買"詮釋為"已經完成購買"，將"可能使用產品"表現為"正在進行使用"。

（二）理論型的隱含信息

根據隱含信息"依據一定情境和非語言知識"推導出結論的正確性，而對環境的認知和借助因果關係推導則是形成結論的兩大基礎。在俄語電視廣告中同樣存在以下子類別。

1. 創造虛假結論

一般使用以下表達公式："因為 A 中含有成分 x，x 具有作用 y，所以 A 有 y 的作用"，或者"因為 A 中含有具備 y 作用的特殊成分 x，所以 A 有 y 的作用"。這樣的隱含信息表達模式大量使用在藥品、食品和個人衛生用品廣告中。例如：

Blend－a－med herbal：Blend－a－med herbal помогает предотвратить налёт благодаря уникальному антибактериальному комплексу пирофосфатов, которого нет ни у одной пасты с экстрактами трав.（牙膏廣告）

譯文：Blend-a-med herbal 具有獨特的、其他草藥精華牙膏所沒有的焦磷酸鹽抗菌體系，能幫助預防牙結石產生。

2. 建立虛假優勢

一般使用以下表達公式："比 A 更好的不存在，所以，A 是最好的"，或者"A 是最普及的，所以，A 要比其他產品都好"，使用隱含信息確立廣告商品相對同類其他商品的絕對優勢。例如：

Gillette：Лучше для мужчины нет.（剃須刀廣告）

譯文：饋贈男士的最佳禮品！

受眾抓住的隱含意義是：廣告產品是最好的。

Oral-B：Зубными щетками Oral-B пользуется большинство стоматологов во всем мире.（牙刷廣告）

譯文：世界上大部分牙科醫師都使用 Oral-B 牙刷。

按照隱含信息提供的邏輯，因為大部分牙科專業人士都使用廣告產品，所以此產品優於其他產品。

3. 渲染功效對等

一般使用以下表達公式："A 能夠幫助實現作用 A1。A 具有 A1 的功效"。

廣告中常常使用 мочь（能夠）、помогать（幫助）等俄語動詞。因為沒有"某商品具有某功效"的直接表述，上述軟性詞語似乎降低了商品論證力量，但受眾在消化信息時，卻往往不自覺地忽略這些詞彙，而只關注商品功效方面的內容。例如：

Braun Oral-B 3D：Braun Oral-B 3D помогает сохранить зубы здоровыми на всю жизнь.（牙刷廣告）

譯文：牙刷 Braun Oral-B 3D 幫助您保持牙齒一生健康。

功效對等為：牙刷 Braun Oral-B 3D 保持您的牙齒一生健康。

Лайнуса Полинга：Прием витаминов помогает мне сохранить энергию и здоровье.（維他命廣告）

譯文：服用維他命幫助我保持精力和健康。

功效對等為：服用維他命我就能保持精力和健康。

(三) 言語交流型的隱含信息

根據言語交際規則、文本信息內容和受眾有關言語交際規範的整體概念而得出結論，或借助受眾個人見解、世界觀的固定模式（也包括錯誤認知模式）來推導結論。

這一類別中最為典型的言語作用方法是使用"否定詞+動詞"結構。俄語"не +表示與願望相反、結果不好的動詞"構成的隱含信息詞組，能夠將廣告對象和其他商品相區別，強調使用廣告商品後的良好效果，暗示使用其他商品有可能產生令人不快的結果。當受眾將廣告對象和同一類別產品或競爭品牌進行比較時，隱含信息可能引導他們將其解讀為更加強烈的判斷，從而得出結論：廣告客體擁有其他競爭品牌所不具有的特質。例如：

Domestos：Чистит до блеска и не царапает.（洗滌劑廣告）

譯文：潔淨如新，不留劃痕。

隱含信息判斷：其他產品雖具清潔能力，但會留下劃痕。

Clearacil：Новый очищающий гель для тела Clearacil не сушит кожу, делает её чистой и здоровой.（沐浴露廣告）

譯文：全新沐浴露 Clearacil 不會使皮膚干燥緊繃，還能保持它清潔和健康。

隱含信息判斷：與其他產品相比，廣告產品不會使皮膚"過度"干燥。

（四）交際原則型的隱含信息

根據"言語交際的假設和禮貌原則"而設計的隱含信息。主要表現為：

1. 根據交際訴求組織信息

提煉廣告論證主題，通過句間架構關係、按照一定邏輯順序在受眾意識中植入廣告內涵。例如：

Мы дышим быстро, мы дышим медленно, мы дышим спокойно, мы дышим взволнованно, мы вздыхаем с облегчением, мы задерживаем дыхание. В день мы делаем более 30000 вдохов и выдохов, и в свежести каждого из них мы абсолютно уверены в себе. Зубная паста 32 с уникальной системой everfresh придает вашему дыханию длительную свежесть. Зубная паста 32 – уверенность в каждом вдохе и выдохе.（牙膏 32 廣告）

譯文：我們的呼吸或快或慢，或急或緩；我們時而輕嘆，時而屏息。每天我們呼吸超過 3 萬次，每次清新的呼吸都讓我們充滿無比自信。牙膏 32，獨特配方讓您的呼吸持久清新。牙膏 32——自信在每次呼吸之間！

儘管該廣告文本篇幅較長，但清晰體現了廣告信息組織過程。廣告視頻通過展現人們在各種生活下呼吸的場景，植入預設條件"口氣清新＝自信"；然後全方位展示廣告商品，證明其"能夠使呼吸持久清新"；最後，以隱含信息引導消費者做出廣告商希望的結論：使用廣告商品＝保持口氣清新＝保持自信。

2. 根據目標受眾選擇用詞

詞彙意義對受眾的消費指向和消費行為有巨大影響力。廣告創意者經常使用詞彙的內涵意義和聯想功能，特別在創造商品名稱時更為常見。例如，同樣是化妝品，Дачница（俄語指"避暑的人")和 Oriflame（外來語匯）的受眾必然有所差異；啤酒 Три богатыря（俄語指"三個勇士"）和 Gusser（外來語匯）的文化內涵差異，能引發同一受眾截然不同的聯想，或在不同文化背景的受眾群體中引發近似的反響。

3. 根據宣傳目的選擇修辭手法

（1）使用隱喻

P. Барт 稱之為"深層隱喻"，即用暗示方法導入廣告對象最大化效果的承諾。比喻強大的修辭能力可能使表述不夠具體甚至不屬實，但形象化的描述和修飾式語匯不會讓廣告發布方因此承擔任何責任。例如：

KIA спортрич：Покоритель вершин.（轎車廣告）

譯文：巔峰徵服者。

Pril：Победитель жира.（洗滌劑廣告）

譯文：油污克星。

Бондюэль：Чемпион вкуса.（蔬菜罐頭廣告）

譯文：美味冠軍。

"徵服者、克星、冠軍"等詞匯的使用即"隱喻手法"，展現了廣告對象的極優形象。同時，隱含信息也提供了生活中所遇到問題的解決方案。

（2）使用類比手法

類比手法為：兩個現象進行比較時，現象 A 將眾所周知的部分特徵轉給現象 B。此類廣告的成功很大程度上取決於兩個（批評與被批評，解釋與被解釋，比較與被比較）現象內容形式是否適合，實現其一體化是否可能。

典型例子當屬電信公司 Мегафон 的廣告，將"接聽收費"類比為躺在地上喝茶，穿著衣服曬太陽，頭朝下穿褲子等一系列"不自然、非正常行為"。文字描述與視頻畫面精準符合，以勸說受眾放棄非正常行為"接聽收費"，接受和使用廣告推薦的"接聽免費"的新服務。

(五) 體裁混合型的隱含信息

這類隱含信息表達也被稱為"（全面或者部分的）體裁偏離"，也就是廣告的部分或者整體以其他體裁，尤其是公眾非常信任、會嚴肅對待的體裁作為包裝。

設計者隱藏廣告交際的初衷，將廣告信息導入其他體裁形式並賦予其客觀存在性，廣告則隱身在非廣告的外殼中。這種偽裝也是引入暗示信息的交際手段。此種情形下，帶有非廣告體裁語言特徵的信息（詞匯、固定結構、典型句式等）契合受眾的知識或常識體系，具有更強的吸引力，而受眾使用了更多腦力解讀，信息被理解得更透澈、被記憶得更完整長久。所以，破壞或者偏離公認的交際規則、混淆體裁、文字文本和非文字文本交互使用，反而會產生更為強烈的心理影響。通信公司最新服務項目的廣告文本如下：

Перед перелетом птицы накапливают запасы и отправляются в путь. Они преодолевают километры и не привязываются к конкретной стоянке: всё необходимое птицы могут получить в любой местности. Также абонент Би+ GSM путешествует без проблем. Роуминг внутри сети Би+ GSM включается в любом месте.

譯文：遷徙之前，候鳥做好了一切準備。它們飛越千山萬水，不會在某地刻意停留，它們能夠在任何地方獲得所必需的一切，就好像 Би+ GSM 的客戶可以總是毫無顧慮地各處旅行。因為，Би+ GSM 網內漫遊可以在任何地點開通！

廣告文本前半部分配合了在空中和水上飛翔的候鳥的畫面，鏡頭的展現方式、畫外音的表達都與科普紀錄片"動物世界"近似。這時，受眾的態度比對待一般廣告更為認真專注，他們以毫無戒備的心態"觀看紀錄片"的過程也就成為下意識接收隱含信息的過程。而當廣告文本後半部分揭曉謎底、打破體裁偽裝時，受眾已經自願接納了大量廣告信息，對廣告主旨的理解和記憶也較觀看一般廣告更為深刻。

三、結論

以俄語電視廣告語料為實例，筆者分析了隱含信息的具體表現模式和言語作用效果，並得出以下結論。

①電視廣告隱含信息的類型各異，對受眾的作用形式也呈多樣化，是電視廣告重要的言語影響和言語控制形式之一。

②廣告製作者（文案撰寫者）在設計廣告文本時，把具有宣傳推廣特徵、直接表達的顯性信息變為間接表達的隱含信息，促使受眾在一定的邏輯思維推導過程中自行解讀，得出有利於品牌商和廣告發布者的結論。

③為實現廣告交際目的，廣告發布者試圖借助隱含信息影響受眾，消除其戒備心和不信任感，調整和控制其消費心理。隱含信息規避了一般意義上的信息分析過程，受眾不會要求證明自行推導的"虛假結論"，信息發布者不必為沒有明確表達、受眾自行提煉的結論而承擔責任（包括法律責任），因此廣告隱含信息可能對廣告信息發布者有利而對受眾無益。

④在語言學範疇，隱含信息的功能可通過詞彙、句法、詞態、體裁、修辭等手法來實現，擴展及電視廣告語言這一專屬領域，隱含信息的功能更多借由非文字文本（圖像、畫面、聲效、音樂等）與文字文本的有機結合和相互作用來實現。

参考文獻

[1] Ромат Е. В. Реклама. -Киев-Харьков [J]. НВФ Студцентр, 2000：266.

[2] Пирогова Ю. К. Имплицитная информация как средство коммуникативного воздействия и манипулирования (на материале рекламных и PR - сообщений) [M] //Проблемы прикладной лингвистики, 2001.

[3] Борисова Е. Г., Мартемьянов Ю. С. и др. Имплицитность в языке и речи [M] // Языки русской культуры, 1999.

[4] Пирогова Ю. К., Баранов А. Н., Паршин П. Б., Репьев А. П., Кодзасов С. В., Борисова Е. Г. Рекламный текст [M]. Семиотика и лингвистика, 2000.

[5] Дж. Лакофф. М. Джонсон. Язык и моделирование социального взаимодействия. 1987г.

A Brief Analysis on the Language Function of the Implicit Information of Russian TV Advertising

Zhu Jianing

(Department of Russian, CISISU, Chengdu, Sichuan, 611844)

【Abstract】 In order to achieve the purpose of the communication of TV advertising media, the explicit information of the promotion is often translated into implicit information, which leads the audience to read. The different types of information and the forms of action are becoming more diverse. In the category of generalized linguistics, implicit information is expressed in various linguistic levels, and television advertising is likely to be expressed by "non literal text". This paper discusses the expression of implicit information of Russian TV advertising text, in order to grasp the characteristics and functions of this special language phenomenon.

【Key words】 television advertising; advertising text; language control; speech function; implicit information

獨立學院英語專業學生入學語音現狀及教學策略研究
——以四川省學生為例[1]

四川外國語大學成都學院英語師範系　王會[2]　陳思[3]　黃娟[4]

> 【摘　要】本文通過問卷調查和語音錄音對獨立學院英語專業學生入學時的英語語音現狀進行調查，結果表明，絕大多數被調查者對語音知識或多或少知道一點，但是瞭解程度不高；大部分學生重視英語語音，但在發音部位和音質上均存在不同程度的問題，而且不太重視語調和節奏，其癥結的根源很大程度上在於地方口音的影響和大學入學前的英語學習方法。通過對調查結果進行研究，本文提出了英語語音教學相應策略，這對於改進英語語音教學方法，幫助學生在英語專業低年級階段打好語言基本功具有一定的指導意義。
>
> 【關鍵詞】獨立學院；英語專業；語音現狀；教學策略

一、引言

在中國，相當多的孩子從牙牙學語開始，家長就恨不得給他一個全英文的語言學習環境：上雙語幼兒園，送到英語培訓班，或者請英語家教。從入小學前到大學畢業前，除參加學校的英語學習外，還報考各種英語級別考試。可以說，英語在中國孩子的生活和學習中扮演著重要的角色，英語學習和考核幾乎要陪伴孩子一生。根據中國英語教學開設的時間來看，幾乎所有孩子進大學

---

[1] 本文是2011年四川省哲學社會科學研究規劃項目（SC11WY007）的階段性成果之一。
[2] 王會，女，四川外國語大學成都學院英語師範系系主任，副教授。研究方向為英語語音、英語教學。
[3] 陳思，女，四川外國語大學成都學院英語師範系，講師。研究方向為英語語音、英美文化。
[4] 黃娟，女，四川外國語大學成都學院英語師範系，講師。研究方向為語言測試、英語教學。

前至少學習英語 6 年，最長達 12 年。但是，當孩子進入大學階段學習時，不少英語教師對學生的英語發音和口語表達頗感焦慮。除不少學生處於啞巴式英語學習現狀外，很多學生發音存在各種問題，而且怯於表達或表達不清楚。此種現象在獨立學院英語專業學生中尤為明顯。

為提高獨立學院英語專業學生語音和口語表達的準確性，以某獨立學院 401 名來自四川省各個地、市、州的英語專業本科新生進行語音問卷調查，並對來自該省四個有代表性地區的學生進行了入學語音錄音測試和錄音分析，研究英語專業學生英語語音現狀，找出發音存在的問題，並提出相應的教學策略和練習方法，幫助學生提高英語發音和口語水平。

二、研究背景

漢語和英語屬於兩個不同的語系，漢語屬於漢藏語系，而英語屬於日耳曼語系。二者在發音方面存在許多差異。不僅如此，中國幅員遼闊，國土跨越範圍大，方言眾多，各具特點，在不同的方言區內有不同的語音系統。這就意味著，雖然同是中國人，但來自不同地區的英語學習者會受到不同漢語方言的影響。因此，很有必要研究區域性方言對英語學習的具體影響，從而尋找能克服母語負遷移作用、適用於區域性英語教學的最佳策略，提高英語教學效果。

文獻表明，學生在小學及中學階段的英語學習受母語影響程度較大，而且中小學英語教學重應試、輕口語的現象很普遍。小學階段的學生對母語已經相當熟練，這時再學習英語，就會受到母語的影響。比如很多小學生在學習英語時，往往用漢字標註生單詞的發音。中學階段英語學習較之小學階段無疑承載了更多的壓力，而中學階段英語學習又是學生學好英語的關鍵時期。有研究調查顯示，一方面學生對英語學習感興趣，認識到英語學習的重要性並在中高考的壓力驅使下，很想努力學好英語，但是學習精力大部分集中在與考試相關的內容上；另一方面在應試的影響下，很多教師和學生都將授課和學習重點集中在詞彙、語法等直接影響考試的部分，該現象在農村中學尤其明顯。這些因素在很大程度上導致了如今普遍存在的現象：很多學生的閱讀和寫作能力較強，聽力和口語技能基礎較薄弱。由於不瞭解基本的發音規則，發音位置和發音方式不正確，造成中國式英語發音，既難聽又難懂。"十年苦讀，張不開口"，這是無數高中生學習英語的真實寫照。當他們進入大學英語專業學習後，又將花大量的時間和精力糾音、正音，英語聽說讀寫能力的提高受到極大影響。

近年來國內研究者就方言對英語語音學習的影響進行了一些探討。齊齊哈爾大學的王麗萍教授曾指導碩士研究生張羽就"東北方言對英語語音語調的影響"這一論題撰寫學位論文，地域覆蓋面擴大到了整個東北三省地區，側重於所有東北方言的共同語音特點。內蒙古大學的劉曉寧教授、廣州大學的蘇遠連副教授、大連海事大學的尚曉華副教授、廣西大學的吳小馨教授等眾多導師曾指導自己的碩士研究生分析鄂爾多斯方言、河源城區方言、無錫方言、客家方言、閩南方言、秦皇島方言、陝北方言、西安方言、粵方言等漢語方言對中國學生英語語音習得的影響。上述研究多從各地區方言的獨特發音入手，通過與英語中對應的發音進行對比，分析各地方方言具體在哪些方面會給中國英語學習者帶來負遷移作用。此外，學者梁洪蘭以全體中國大學生為研究對象，研究中國大學生英語受母語影響的情況，具有普遍意義。

雖然上述研究是關於方言對英語語音學習的影響，但就方言對獨立學院英語專業新生英語語音學習的影響，特別是四川方言影響的實證研究還很少有人涉足。本文在前人研究的基礎上，以獨立學院外語專業院校四川省學生為例，歸納總結了他們在英語學習過程中所產生的語音錯誤，探求相應的教學策略，以達到共同借鑑的目的。

三、研究設計

為深入調查獨立學院英語專業學生入學語音狀況，本文對401名來自四川各地的新生進行了問卷調查，在此基礎上對四個樣本地區各15名學生進行了語音錄音測試。根據測試錄音，對學生的錄音細節進行分析，建立了詳細的語音檔案。

問卷調查採用分析型五度量表，本研究組在參考了辛向東、侯新民、王偉力的問卷調查基礎上設計的問卷主要內容如下：學生基本情況、入學前英語語音水平、是否重視語音學習、認為自身存在哪些語音問題。

語音情況分析表同樣採用分析型五度量表。在研究了馬川冬和楊德洪、夏宏鐘關於四川方言可能給英語發音帶來的負遷移後，研究組設計了語音情況分析表，主要分為元音、輔音和語調問題，並在各部分預留空間供分析時補充其他典型問題（表格中音標均採用GB標註）。

問卷調查和語音情況分析表的數據均採用SPSS15.0進行統計分析。

四、結果與討論

(一) 入學前語音狀況問卷調查

1. 生源情況

調查結果顯示：①72.5%的學生來自重點中學（包括國家級和省級），僅有1.2%來自於外語學校。②高考英語平均成績為106.17分，其中最高分為134，最低分為74，及格率為97.76%。③進大學前，學習英語的平均時間為6.56年，其中學習6年的學生最多，占總人數的68%；學習7年的占總人數的18.5%；1.2%的學生學習時間長達12年。

從以上數據分析看出：進大學前，學生學習英語的時間長，筆頭英語基礎不錯。

2. 語音基本情況

調查結果顯示：①在被調查的401名新生中，曾經接觸過英語語音的學生占79.8%。其中68.5%是在英語課堂接觸的，12.5%在培訓學校學過，通過家教和自學兩種方式瞭解語音知識的分別占5.3%和13.5%。②完全沒學過英語語音的學生占20.6%。③非常瞭解英語語音的僅占0.5%，較瞭解的占5.8%，32.3%瞭解程度一般，61.4%不太瞭解或根本不瞭解。

從以上數據分析看出：絕大多數調查對象對英語語音的瞭解程度不高或根本不瞭解；學生的英語語音狀況差強人意，對英語音標知識的掌握不牢固。

3. 對英語語音學習的認識

調查結果顯示：①42.6%的被調查者對英語語音學習很感興趣，42.4%較感興趣，13%興趣一般，只有極少數不感興趣。②64.6%的被調查者對英語語音學習很重視，26%較重視，約10%不太重視。③70.4%的被調查者認為英語語音對英語學習的影響很大，25.9%認為影響較大。極少數認為影響不太大。④在朗讀英語文章時僅有14.2%的學生很重視語調；接近一半的學生重視程度不足。

4. 學生對自身英語語音的認知

在總結自身英語發音存在的問題時，學生們主要提到以下幾點：①絕大部分學生認為自己的發音不標準，對舌位的高低與發音部位不明確，對很多音標的發音比較困惑，不知道自己是否發音正確。②不知道英音和美音的區別，也不清楚自己發的是英音還是美音。③不知道重音和語調或者把握不好，語調平淡，缺乏升降調的合理運用。④地方音重。

從以上問卷分析可以看出：學生入學時英語語音知識較欠缺，但重視語音學習，對英語語音的學習充滿興趣，對英語語音課程充滿期待，渴望掌握正確的發音，這為大學階段的語音教學奠定了良好的基礎。

（二）入學語音測試情況

在對以上學生進行入學語音問卷調查後，研究小組對四川省具有代表性的四個地區——廣安、樂山、南充、自貢的學生進行了英語語音測試。每個地區隨機抽查15名學生進行語音錄音，每位學生的錄音分析由兩位研究者分別獨立完成，並共同討論達成一致意見，以準確瞭解學生的英語發音情況。

1. 元音方面

表1表明，學生在元音方面主要存在的問題是：/ɑː/和/ʌ/混淆、/ə/卷舌、雙元音無明顯滑動、長短音混淆以及/ɪ/和/e/混淆。由於方言中沒有/ʌ/，所以學生在學習中沒有注意到/ɑː/和/ʌ/口型和舌位的不同，常常把/ʌ/發成/ɑː/。正如上文問卷調查結果提到，60.9%的學生未系統地學過英語語音，那麼大部分學生就不知道/ə/和/ɜː/的區別，在讀到/ə/時，都習慣卷舌發成音/ɜː/。此外，學生在遇到雙元音時，按照漢語發音規則，直接發音，忽視了雙元音中兩個單元音

的滑動，導致單詞發音不夠飽滿。同時，學生對長短元音普遍感到迷惑，很多學生都簡單地認為只有長度的區別，忽略了音質的區別，所以導致長短元音發音不清楚，尤其是/ɪ/和/iː/以及/ɒ/和/ɔː/這兩組元音。此外，學生發/e/和/eɪ/時混淆情況較嚴重，部分學生在區別/æ/和/ɑː/以及/aɪ/和/eɪ/時有困難。

表1　　　　　　　　　　　元音問題分析

	元音常見典型問題分析							其他問題
	長短元音混淆	/ɪ/和/e/混淆	/e/和/æ/混淆	/ɑː/和/ʌ/混淆	/æ/和/aɪ/混淆	雙元音無明顯滑動	/ə/卷舌	/e/和/eɪ/混淆
均值	3.23	2.98	1.25	3.65	1.62	3.33	3.42	2.82
標準差	1.307	1.467	0.816	1.645	1.303	1.258	1.239	1.864

註：1=無問題，2=輕微問題，3=一般嚴重，4=較嚴重，5=非常嚴重。

2. 輔音方面

從表2數據可以看出，學生的輔音發音情況比元音好。學生輔音方面存在的主要問題是：/v/和/w/混淆、/ŋ/和/n/混淆、/n/和/l/混淆。在某些四川方言中，常常把/w/發成v/，把/ŋ/發成和/n/，而該發/n/時一般都發成/l/，這就對學生英語發音造成非常大的負遷移影響，學生在發這幾個輔音時常常辨析不清楚。另外，也有學生在發爆破音和其他輔音時不自覺的加上/ə/音，比如把blue、flood、glad、please分別念成/bəʊ/、/fəlʌd/、/gəlæd/、/pəliːz/。

在學生的錄音中，除了一些典型、易犯的輔音發音錯誤外，還存在以下問題：/ə/和/ɜ/不分、/m/不閉嘴、/r/和/l/混淆（常常在發/r/時，舌尖抵上齒齦，發成/l/）、/θ/和/ð/舌尖位置不對。有的學生發/θ/和/ð/時舌尖不用力，把then（/ðen/）讀成/den/，或者牙齒沒有輕觸舌尖，導致發音不準確。

表2　　　　　　　　　　　輔音常見典型問題分析

	/r//tr//dr/舌位不對	/θ//ð/舌尖位置不對	/v//w/混淆	/ɜ/發音錯誤	/ŋ/和/n/混淆	/ʃ//tʃ/口形錯誤	/n//l/混淆	隨意加/ɜːr/	爆破音後加/ə/
均值	2.37	2.15	3.15	2.25	2.97	2.27	2.65	1.83	1.17
標準差	1.605	1.162	1.400	1.633	1.461	1.413	1.516	1.181	0.581

註：1=無問題，2=輕微問題，3=一般嚴重，4=較嚴重，5=非常嚴重。

3. 其他方面

表3顯示，學生們對語音常識中的失去爆破和連讀掌握欠佳，並且學生們不會靈活使用升降調，通常只用降調，升調使用較少或者沒有，對句子節奏的運用意識還不夠。部分學生由於受漢語的影響，習慣把一句話中的每個詞都讀得響亮、清晰，聽起來就像一連串長度均等的音節排列，這種說話方式非常影響真實情境中的交流。

表 3　　　　　　　　　　　　　其他方面

	連讀	失去爆破	意群斷句	無升降調	地方音濃厚	省音	+ing 發錯	+ed 發錯	+s 發錯
均值	3.52	3.73	2.32	3.53	2.80	2.63	3.28	2.82	3.30
標準差	1.142	1.219	1.066	1.171	1.299	1.025	1.043	.892	1.879

註：1＝無問題，2＝輕微問題，3＝一般嚴重，4＝較嚴重，5＝非常嚴重。

部分學生也存在省音現象，如常常把雙元音的第二個元音省略、把/n/省掉等；對單詞詞尾變化後的讀音規則掌握不好，遇到詞尾加-ing 或加-s 時，發音出現錯誤，如把名詞復數都讀成/s/。

從以上四個地區學生的語音測試結果來看：學生發音存在各種問題，而且怯於表達或表達不清楚。這是因為絕大多數學生在進入大學之前沒有進行過系統的語音學習，同時又受到地方音的影響。因此，本文針對這些問題提出了相應的教學策略和練習方法，以提高獨立學院英語專業學生語音和口語表達的準確性和純正性。

五、結論與建議

問卷調查和語音錄音分析研究表明：①絕大部分被調查者對語音知識瞭解程度不高。②大部分學生對英語語音的學習充滿興趣，但對語調的重要性認識不足。③學生發音不標準、發音方式和發音位置錯誤，是在進入大學之前沒有進行過系統的語音學習和受地方音影響所致。

根據調查結果與測試分析，本文提出以下相應的教學策略和建議。

（一）培養英語學習興趣，激發學習的主觀能動性

俗話說，興趣是最好的老師。英語語音課堂首先就應該培養學生對語音學習的熱情，認為學習英語語音有用而且有趣，讓學生在學習過程中充分享受語音學習給他們帶來的愉悅與收穫。因此，應幫助學生由高考中被動的、只為考試學習的心態轉變成主動的、積極的學習動力。

（二）減少或消除漢語方言的影響

減少或消除漢語方言的影響主要有兩種途徑：一是將普通話作為中轉站，讓學生首先在漢語表達中減少甚至消除方言音，經過這一中轉站的協調，學生再練習英語發音時，就能在一定程度上減少方言對英語發音的影響；二是模仿背誦標準的英語語音材料，如《新概念英語》系列教程。

讓學生在日常交流中多使用漢語普通話，從學習心理來看，模仿普通話比模仿英語要輕鬆得多。但從語音學習過程的角度來看，無論是模仿普通話，還是模仿英語，都能幫助學生提高對發音器官、發音口型的敏感度，所以，把較為簡單的普通話模仿作為輔助環節，再讓學生模仿背誦

標準的英語語音材料，會得到事半功倍的效果。

（三）精選英語語音教師

語音教師對學生的發音影響是毋庸置疑的，因此，在挑選語音教師時要格外謹慎。作為一名英語語音教師，他/她自身的發音應盡量標準，語調自然，否則會給學生做出錯誤的示範，從根本上影響教學效果。除了這一最基本的要求之外，語音教師還應具有較強的辨音及糾音能力。與發音錯誤相比，發音缺陷的評判較為微妙。在經歷過最初的發音錯誤糾正階段之後，學生會經歷一個更為漫長的發音缺陷糾正階段，很多時候，學生很難發現自己的發音缺陷，這並不是簡單地反覆練習就可以解決的問題，在這一過程中，專業教師的指導就顯得尤為重要。教師不僅要在極短的時間內準確判斷出學生的缺陷在哪裡，而且要以十分專業的語言進行講解，這往往是語音教學的關鍵所在。

（四）把語音教學與英語專業其他課程相結合

將語音教學和聽力、朗讀教學相結合，讓學生一開始就注意到發音與語境和內容的聯繫、注意到語音在語流中的變化，可以幫助學生磨煉自身的語感，讓學生對細微的語音區別以及語調變化變得越來越敏感。在不斷出聲朗讀的過程中，學生對於音調美感的追求也會使其對文字本身產生興趣，因為語音與閱讀是相輔相成的，良好的朗讀勢必是建立在對文本通透的理解基礎之上的。同樣的道理，聽力與發音也是密不可分的。如果學生自身的發音不標準，他們頭腦中某些單詞的發音就會變成錯誤的樣子，而在聽力測試過程中，學生就無法把頭腦中的"正確"發音與錄音中的正確發音對號入座。反過來，要想提高語音，必須有良好的聽力水平，知道什麼是正確的發音才能做出正確的模仿。因此，語音與聽力、朗讀結合，能使枯燥的語音教學變得生動活潑，趣味橫生；能幫助學生抓住語言所傳達的主要信息，克服只注意音素的準確而不注意連貫話語中發音技巧的"見樹不見林"的問題。

語音教師與精讀、口語教師共同配合給予指導，這樣使得語音訓練形式多樣，利於學生注意到語音在語流中的變化以及發音與語境、內容的聯繫，有效提高對語音的敏感度。對問題較嚴重的學生建立語音病歷，進行個別輔導，直到其發音得到改善。

（五）培養良好語音學習習慣，營造濃厚英語學習氛圍

良好的學習習慣和學習方法能使語音學習事半功倍。教師應該營造和諧、寬鬆的課堂教學氣氛，使學生敢於開口，指導學生大聲朗讀和背誦以形成良好的英語語感。在模仿背誦時，讓學生盡量不看文字材料，通過聽覺跟讀或模仿，這樣更不易遺忘，同時也訓練了聽力，起到一箭雙雕的效果。課後開展豐富多彩的口語活動，給學生創設良好的英語學習大環境，加深對英語的體驗和感受，如開展英語演講比賽、新概念英語模仿大賽、英語戲劇表演、英語影視配音大賽、英語

歌曲比賽等。這些活動對學生語音的改進和口語的提高能起到極大的輔助作用。

參考文獻

［1］仇婕．小學英語學習現狀和發展的研究［J］．學術探討，2011（8）：190．

［2］萬麗，肖鳳瓊，閔永蘭，蒲常平．四川農村初中英語教學現狀調查［J］．內江師範學院學報，2009（24）：97．

［3］王會，黃娟，陳思．四川方言對英語專業學生英語發音的負遷移研究［J］．成都師範學院學報，2014（5）：51．

［4］胡亮才．影響英語語音的因素及其解決對策［J］．安徽工業大學學報：社會科學版，2008（6）：60．

An Analysis of English Majors' Pronunciation Problems upon Their Entrance to the Independent College and the Corresponding Teaching Strategies
— Taking Students from Sichuan Province as Examples

Wang Hui   Chen Si   Huang Juan

(*English Department of Education*, *CISISU*, *Chengdu*, *Sichuan*, 611844)

【Abstract】Based on an investigation of the pronunciation problems of English majors upon their entrance to the independent college through questionnaires and recordings, it is shown that the majority of them know something about English pronunciation, and that most of them pay much attention to it, but they do not know the right position for each phoneme and they often neglect intonation and rhythm. The root of their mistakes lies in the way of learning English before they enter the college and the negative impact of their dialects. Through detailed analysis, some relevant strategies for teaching English pronunciation are put forward to facilitate certain improvement in this case and lay a solid foundation for English majors in their first and second years.

【Key words】independent college; English majors; status quo of pronunciation; teaching strategies

淺談獨立學院外語課堂雙重任務型教學法

四川外國語大學成都學院法語義大利語系　金　星[①]

【摘　要】多年來，在中國，外語教學一直是一個很熱門的話題。許多外語教學人員矢志不渝地研究著各種新型的外語課堂教學法。筆者一直在一線從事獨立學院外語教學工作。在教學實踐中，筆者累積了諸多對於獨立學院教師該如何採取有效的教學方法，如何提高課堂教學質量等方面的想法。這些想法包括在課堂上如何進行語法教學與實踐、怎樣指導學生學好外語基礎知識，如何學會運用外語知識等。有效的外語課堂教學法成為筆者所關注的話題。

【關鍵詞】獨立學院；外語課堂；雙重任務型教學法

一、引言

　　隨著科學技術的不斷進步，以及新興媒體的出現，中國的外語學習，尤其是外語課堂教學法，毫無懸念地正在進行著一場巨大變革。同時，圍繞這些形式與理論不斷翻新的外語課堂教學法，也產生了諸多討論與爭論。這些討論與爭論的中心就是如何實現課堂教學的有效性。關於外語課堂教學法，目前教育界已經熟知的教學法有任務型教學法、情境教學法、行動導向型教學法、交互式教學法、翻轉課堂教學法等。關於這些教學法的話題充斥整個教育論壇。無疑，這些教學法，都在試圖改變中國傳統的外語課堂教學法中的"二位一體"現象，即"教師—教材"，開始走向"三位一體"，即"教師—教材—學生"。新的教學法強調關注學生，以學生為中心展開課堂教學。外來的新教學法試圖改變中國學生以前孤立的語法學習或詞彙學習，變為重視激發學生的外語學

[①] 金星，女，碩士，四川外國語大學成都學院副教授。研究方向為教學法、語言學。

習興趣，強調外語教學為社會服務的根本性，開始探索外語教學的真實化和課堂知識的社會化。這種外語教學的目標與功能的轉變在直接指導與間接影響著當今整個教育界。

二、獨立學院的外語教學課堂現狀

多年來，外語界對於如何實現獨立學院的外語課堂教學的有效性探討不多。獨立學院作為高等教育的一支新生力量，其影響力不可小覷。筆者在獨立學院從事外語專業教學十年，深知獨立學院的特殊性決定了它不能採納常規的高校外語課堂教學法。在教學中既不能沿用傳統的"以教師為中心、以教材為準"的課堂教學模式，也不能採納如今在本科院校外語專業普遍採用的任務型教學法。因為，前者，也就是傳統教學法，無法激起學生濃厚的外語學習興趣，尤其是獨立學院學生的外語學習興趣；而後者，就是現今流行的各種教學法，將學生推到了教學的前臺。目前的新教學法把重心放在了外語作為交際工具的可操作性上。現今這些不斷湧出的新的課堂教學法中，每個環節都需要有學生的參與，這樣，學生在課堂教學中的參與度與任務完成能力直接決定了最後的課堂教學的有效性，因為這些新的教學法需要學生的高度配合、較高的學習能力與良好的學習習慣。

然而，事實是，獨立學院的大部分學生與本科高校的學生存在著不可忽視的差異，尤其在學習能力與學習習慣方面。其中有相當一部分學生，對於外語學習根本不感興趣，缺乏外語學習信心與動力，甚至厭惡或抵觸外語學習。由此可以看出，獨立學院的學生普遍沒有主動學習的積極性，大部分人只能被動配合，通常情況下，學生只能勉強完成教師教學指令與要求。這種情況下，那些需要學生高度配合的任務型或其他類型的教學法的效果就令人擔憂。其次，由於大部分學生的學習能力存在問題，在理解與完成教師要求的"任務"方面，質量很難達到必要的水準，或基本達不到完成任務型教學中所布置的各種任務。此外，獨立學院的一部分教師，自身知識也比較單一，只能照本宣科，使得一般的任務型課堂教學內容在設計與完成方面存在與社會需求脫節的情況。因此，尋求適合獨立學院教學現狀的課堂教學法是大勢所趨。

三、雙重任務型教學法在獨立學院外語課堂教學中的探索性運用

教學是師生之間的雙邊活動。教學的有效性，並不能只依賴於教師。教師的水平不能決定和替代學生的水平。那麼，實現良好的教學效果的一個關鍵，就在於學生是否能與教師進行有效配合，是否能學到有用的東西，是否能真正掌握所學的知識。如果學生不配合，教師再賣力、再辛苦也是無效或低效教學。但是，學生只有"心"，卻無"力"的配合，同樣收效甚微。毋庸諱言，

就總體而言，獨立學院學生的學習能力比較低下，學習習慣和自覺性也令人擔憂。所以，這些學生即使非常願意配合老師完成各種課前、課中與課後的任務，其效果也不會太令人滿意。

在此背景下，兼具主動性與被動性的雙重任務型教學法應運而生。所謂主動性任務教學法就是常規的任務型教學法，教師在課程設計中，努力激發和調動學生的主觀能動性，引導學生自主學習，培養學生發現問題和解決問題的能力。而被動性任務教學法就是在考慮了獨立學院學生的特點的情況下，布置一些累積外語必備知識的強制性任務。

(一) 主動性任務型教學法的運用

主動性任務型教學法，與現代課堂教學法理念一致，那就是以學生為課程設計的核心，旨在調動學生的學習興趣，發揮學生的學習主觀能動性。所以，這種任務型教學需要教師完成三個階段的任務設計與安排：課前任務、課堂任務與課後任務。但是，需要特別注意的是，對於獨立學院的學生而言，如果教學任務過於大，或含混，根本無法達到教學目的和完成教學內容。獨立學院的任務型教學法的實施應有如下的安排。

（1）課前任務的主要內容是讓學生以小組的形式去尋求相關素材。在布置任務的同時，應先做部分啓發與提示。例如，課堂教學的內容是學會在車站接客人的用語。那麼，教師在布置任務的同時，應提示學生接一個陌生客人事先是否準備什麼；在車站應做什麼；在見到客人後，應該做什麼，說什麼。經過這樣的提示，學生的準備結果就會基本或大體上達到要求。也就是說，對於獨立學院的教師，應根據學生的實際情況，必須對任務提出明確和細節性的要求。

（2）課堂上的任務主要是通過角色扮演或小組討論來熟悉教學內容。例如，讓學生通過小組集體表演，來展示課前設計的一個去車站接外國遊客的情境。通過這種角色表演，學生將事先準備的內容展示出來。教師借此能檢驗課前任務的完成情況，並及時地加以指點或糾正錯誤。此時，課堂任務的完成質量與課前任務的完成質量緊密相關，是一個前因後果的關係。如果教師課前任務明確，那麼，與此相關聯的課堂任務就能夠順利完成，教學任務就算基本完成。課前任務的完成使學生帶著興趣去瞭解外國人的禮儀、文化、歷史等知識；而課堂任務則由老師引導學生，借助網絡、多媒體、圖片、書報資料等，進一步加深理解所學語言的文化內涵、歷史脈絡等。

（3）與課前、課堂任務一樣，教師在完成課堂教學後，應布置課後任務，以輔助學生鞏固知識和學習運用知識，例如撰寫小論文、開討論會、辯論會等。目前教育界普遍認可的外語教育理論的核心，就是不固化外語的理論知識，例如語法，而是強調或突出語言的運用，培養學生的語法運用能力、社會語言能力、話語能力和語言使用的策略能力。教師學會重視學生的主體作用，激發學生學習情感，把學習過程真正交給學生。

(二) 被動承受型任務教學法

能力的培養與形成一定要建立在紮實的基礎知識之上。筆者認為：對於中國的學生而言，由於漢語與外語之間存在著明顯, 甚或較大的差異性, 所以, 在外語的課堂教學過程中, 只講語言的運用, 不講語法或講得較少的做法是很危險的。因為沒有基本的詞彙做鋪墊, 中國學生學習外語就如同建"空中樓閣"。對於獨立學院的大部分學生們來說, 學習能力與學習習慣較一本與二本學生有較大的差異。這些現狀造成了這些學生普遍存在缺乏學習興趣、所學語言的基礎知識不過關、句子框架結構陌生、沒有基本的單詞儲備的問題。

基於上述情況, 在獨立學院實際的外語課堂教學中, 教師經常會面臨學生把"對話"練習當作背誦練習, 失去了對話的情境功能, 失去了鍛煉外語應變能力的機會; 把"自主"練習變成"自流"。這樣帶來的一個後果就是, 教師的主動型任務型教學法很容易流於形式, 而獨自學習、探究學習等自然就是有名無實。

為了應對這種現狀, 獨立學院的教師就需要布置和安排被動承受型任務。這樣的任務包括堅持每天督促學生朗讀課文, 背誦單詞; 課前布置的強制性背誦任務, 課堂上以聽寫或默寫的方式進行檢查; 課後一定要布置訂正作業練習或筆記的任務。如果教師能在課堂教學中, 充分利用學生的特點, 實施主動和被動性任務, 那麼教學質量必然會有一個明顯的提高。這種教學法應該成為獨立學院的一個重要特色: 即課堂教學中, 騰出一定的時間補上由於沒有自主學習而造成的欠缺。老師在課堂教學中必須要採取的這種承受型教學法, 旨在幫助, 或者說是輔助學生彌補欠缺的基礎知識。同樣, 在獨立學院教學中, 一味地否認傳授式教學, 一味地滿足學生的興趣, 都會使教學質量打折扣。這種被動的承受型任務, 是在逐漸培養學生的外語習慣。學生一旦養成此學習習慣, 教學就成功了一半。

外語學習本無捷徑可言, 入門階段需要死記硬背。被動型任務教學法的應用, 既符合外語教學與外語學習的基本規律, 又符合獨立學院學生學習外語的基本特點。

(三) 雙重任務型教學法的成績評定方法

這種雙重任務型教學法改變了傳統的成績測評方法。傳統的成績測評方法是以筆試的方式得出卷面成績來進行考評。但是, 現今的教學從單向傳授知識, 變成了任務型的教學方式, 那麼, 對於日常教學任務的完成情況, 自然也應計入期末成績。所以, 成績測評也從固態的卷面成績, 變成了動態的綜合成績。學生明白平時的教學任務與測評成績掛勾, 也更重視平時任務的完成情況, 從而也保證了任務完成的質量。

四、雙重任務型教學法課堂實踐結語

我們對中國傳統的外語教學法不要一談就"色變", 而是要根據自己的課堂實際, 自己所面對的學生群的實際情況, 不斷思考和探索合適的課堂教學法。只要教師肯下功夫研究, 就會找到教學中的各種實際問題的突破口，真正實現"因材施教"。現在各種課堂教學法層出不窮、花樣翻新。在這些教學法中，教師與學生的角色悄然地發生了一些變化。教師從一個單純的知識單向傳播者，變成了一個引導者、諮詢者和課堂主持人。學生則在這位知識引導者的鼓勵和激勵下，充滿信心地去克服一個又一個困難、完成各個教學任務，收穫各種知識。

但是再先進的教學法只有在合適的"土壤"上，才能有好的教學成果，否則就會"水土不服"，流於形式。因為，只有不斷尋求適合自己課堂實際情況的教學法，才能真正地駕馭好課堂，培養出合格的外語人才。

參考文獻

[1] 胡春洞. 英語教學法 [M]. 北京：高等教育出版社，1990.
[2] 於勇. 教學技能訓練（中學英語）[M]. 北京：當代世界出版社，2001.
[3] 應雲天. 外語教學法 [M]. 北京：高等教育出版社，2004.
[4] 王曉旻，張文忠. 國內外語學習動機研究現狀分析 [J]. 外語界，2005（8）.
[5] 夏紀梅. 現代外語課程設計理論與實踐 [M]. 上海：上海外語教育出版社，2003.

The Application of Bi-task-based Language Teaching in Independent Colleges

Jing Xing

(*Department of French and Italian, CISISU, Chengdu, Sichuan, 611844*)

【Abstract】 The Introduction of task-based teaching approach was developed in 1980s. It is viewed as the renovation in both concept and methods. Task-based language teaching approach, which emphasizes on various learning tasks, states that the primary goal for students in language learning should be the accomplishment of learning tasks rather than the mastery of certain language forms. In task-based language teaching, teaching process in class consists of a series of tasks, which are viewed as units for learning and teaching. Now, this method receives great attention from researchers and educators. But, in Independent Colleges, the status quo of the students require foreign language teachers to adopt some changes in curriculum and standard when they utilize Task-Based Language Teaching.

【Key words】 independent college; Bi-task-based Language Teaching; in class of foreign language

英語"去領土化"下的英語寫作教學思考

四川外國語大學成都學院英語師範系　王沁叢[①]

【摘　要】隨著英語"去領土化"對中國英語教育帶來的影響,英語各個學科的教學都面臨新的思考和調整。本文探討了在英語專業寫作課中,為培養具有國際視野和中國情懷的"中國寫作者",教師所面臨的從教學目標到教學方式上的各項調整。首先,我們不應忽視母語對寫作能力的強大影響,在教學思維上應將漢語從以前的"干擾者"轉換為課堂的"參照者";其次,英語寫作應以培養學生的應用寫作能力,即"writing capability"為主要導向;最後,由於寫作是思想輸出的過程,應重視英語寫作課堂擔負的人文意義,在課堂內外以樹立學生的中國文化自信為重要目標。

【關鍵詞】去領土化;英語寫作;教學思考

自20世紀80年代以來,國人對英語的態度從最初的狂熱和追捧,到21世紀初開始,近十幾年來愈演愈烈的"母語已讓位給英語"的憂慮和質疑,逐漸過渡到一個趨於理性平和的階段。不難看到,隨著世界文化的多元化發展,當今的英語在很大程度上已經擺脫了"本族語中心"的模式。英語作為使用者眾、易學好用的外語之一,在國際交流中起著依舊突出的作用,但英語語言背後的權利話語日益削弱,其複雜的文化優越性的符號功能已經逐漸讓位於其直接的語言工具效能。這一"去領土化"的轉變,在全球範圍內為英語教育提供了新的思維平臺。特別是對英語專業的教學者和學習者來講,都應當對英語教育的定位、本質、教學指導方針和學習方式、培養目標等進行深層次的思考,以更好地適應未來社會的變化和發展。對英語專業學生來講,聽、說、讀、寫、譯五種基本語言能力中,寫作是直接體現信息輸出的技能。與其他技能相比,寫作體現了學習者對語言習得的綜合應用,是用英語進行思考和表達的集中技能,既體現學習者對二語的應用能力,又表達著寫作者本身的價值觀和個性,具有全面性、創造性和嚴謹性的特點,能承載

[①] 王沁叢,女,碩士,四川外國語大學成都學院講師,研究方向為英語寫作、中國現當代文學。

更多的人文內涵。可以說，"英語去領土化"後的國際社會需要的是具有國際視野和民族情懷的專業人才，而培養語言輸出能力的英語寫作教學，應當適時做出各個方面的認識和策略調整，才能跟上社會發展的步伐，培養出具有就業優勢並有益於民族振興的英語人才。

一、重新定位英語寫作和漢語的關係

在過去很長的時期內，英語專業的寫作教學主要是詞彙、句型和篇章的學習和模仿。學生被要求使用規範地道的英語語言，採取英語本土人士的思維方式，表述對某一事物的描述或看法。在這個過程中，母語作為經常起到"負遷移"作用的干擾因素，經常被排除在外。毋庸置疑，漢語對於英語寫作確實起著很大的干擾作用，比如在漢語的"曲線式"思維影響下，寫作者論述話題時先談細節再下結論，結論喜歡求同存異，而不直接點明主題。而英語採用的是"直線型"的思維，喜歡開門見山，主題明確。這一差異使大多數學生在學習英語寫作中的主題句"topic sentence"時陷入茫然的境地，不明白總結段落大意的句子為何要放在段首。除去語篇上的影響，漢語在句法和詞彙方面對於英語寫作的負遷移更是比比皆是，如粘連句、流水句、主語缺席句、中式直譯等。在認識到這類問題的普遍性後，我們應該思考的是，在英語寫作中該如何對待漢語的角色和地位？從長期的教學實踐來看，通過在課堂上強調和示範正確的語言表達，或者用多種方式增加學生對地道英語的輸入，所起到的效果是不大令人滿意的。我們的學生在整個知識敏感期都生長在純母語的環境，母語對其從思維方式到語言表達，再到世界觀、人生觀、價值觀，都烙上了最為深刻的烙印。換言之，我們學生的身分首先是"中國寫作者"，然後才是"英語學習者"。不承認前者的強大力量，就無從談後者的學習效果。基於此，英語寫作的課堂應包含一個非常重要的部分，即將英語和漢語放在同一平臺上進行探討。從英語寫作的第一堂課開始，英語思維和漢語思維方式的不同特點就應當是重要的教學指導法則，而教學過程就是多樣呈現二者在不同文體、詞彙、句法和篇章上的具體表現。當然，這並不意味著英語寫作要代翻譯課之能事，而是在教學設計上擺正對待漢語的態度，將漢語從以前的"干擾者"轉換到"參照者"的位置。寫作課的根本目的，不單是訓練學生用英語語言來表達思想，同時是提供一個開闊眼界的機會，通過接觸一種不同於母語的思維方式和思維習慣，來拓展我們的思路，從而更深刻地認識我們的母語，同時加深對世界和人類本身的縱深理解。我們經常說："英語是我們認識世界的工具。"在這個表述中，"英語"是工具而"我們"是主體，倘若喪失或模糊了"我們"這個主體，則一切工具都將不具備任何意義。基於此，在低年級英語寫作課堂上，漢語應當是一面鏡子，映射出英語的相異特質，在對這些相異特質的掌握上，學生學會基礎的表達法、句法、篇章組織和文體特點；而在高年級的寫作課程裡，漢語是我們英語寫作的核心思想內容，不管是話題寫作還是畢業論文，學生都將被寄予用英語進行中國文化的表述、體認乃至傳播的期望。

二、重點培養寫作者的創造性交流能力

"去領土化"所帶來的直接改變來自於人才培養目標的變化。隨著英語的符號功能的逐日消解，英語教育正從培養符合本族語文化傳統的競爭力（competence）轉化為培養創造性的交流能力（capability）。對於寫作來講，前者主要指針對符合本族語傳統的詞彙、句法、篇章的總體掌握和運用，而後者則指向具體寫作任務完成的效能高低，屬於一種應用能力。我們的學生在寫作的格式和技巧方面受過較為全面的訓練，但在"講解—示範—練習"為主要程序的教學模式下，學生的實際寫作容易流於模式化，千文一面，思路狹窄，缺乏靈活性和應用性。要培養具有良好英語運用能力的"中國寫作者"，我們必須重視和提高學習者的英語應用寫作能力。寫作課堂應當改變以前以知識傳授為主體的模式，而應加大力度鍛煉寫作者的實際寫作技巧。在實際教學中，教師往往花費大量精力為學生分析疑難句的結構、講解文體特徵、句子多樣性或各類銜接手法，課後鼓勵學生閱讀英語報紙雜誌增加語言輸入，然而在學生面臨實際的話題寫作時，還是會有論據不力、邏輯不清、語言零散、錯誤頻出的普遍現象，顯示出英語應用能力的匱乏。為解決這一問題，我們需看到一個悖論，英語專業所有的學科教材講的都是英語本土國家的語言、歷史和文化，學生課外也被要求閱讀取自國外的報紙、期刊，如此一來，學生對反應本國國情文化的信息攝入明顯不夠。而所有應用型的英語寫作話題，無不期望學生對中國文化、中國現象、中國問題發表看法。在詞彙匱乏和思路局限的困境下，很少有學生能出色完成這類寫作任務，真正做到內容充實、語言通順、用詞恰當、表達得體。基於此，英語寫作首先應解決恰當信息輸入的問題。我們不能滿足針對某一話題為學生提供相應的常見詞彙，而是應把與時俱進的中國國情相關詞彙作為重要的寫作教材，並在課堂上引導學生對詞彙進行解讀、運用乃至創造性地改良和更新。其次，在教材選取、範文選取上適當偏向於中國國情和文化的文章，並保證其精良性、全面性和時效性。如此，我們才能期望學生能用恰當的信息儲備作基礎，進行文章的構思和有效組織。此外，培養學生的應用寫作能力，我們還應注重寫作任務的實踐性，在寫作的話題選取上，盡量從學生的實際生活出發，尊重他們的情感需求和興趣愛好，使其能從自身的真實感受出發，寫出言之有物的好文章。寫作課堂應多倡導討論型和思辨型的教學方式，強調以學生為課堂的主體，並將多樣評價手法作為基本評價模式，強調同伴互評的重要性，使學生在參照同伴作文的過程中能動地認識到不足並學習他人的優點，從而跳出單一的教師評價體系下作文修改的被動模式。在教師評價方面，應當更注重學生寫作的思想表達，注重其靈活性、豐富性和對社會的適應性，而非將對寫作技巧的掌握作為唯一的評價標準。只有當我們將寫作視為一個能動循環的實踐過程，才能真正發揮個體的獨立性和創造性，期待學生寫出思路開闊、言之有物的好文章，從而真正將課堂所學運用到實際生活和工作中去。

三、著力樹立中國寫作者的文化自信

近幾十年來，隨著世界文化多元化的發展，各種文化的交融和碰撞不可避免地帶來了文化衝突和文化的認同危機。在西方一些國家各種形式的價值觀輸出和文化霸權的影響下，中國社會主義核心價值體系受到了嚴重的挑戰。特別是在一些青少年中，拜金主義、虛無主義等的流行，以及對於傳統文化的無知甚至誤讀，使教育者們開始重新思索樹立當代大學生民族文化自信的必要性和緊迫性。要樹立文化自信，必須先要有文化自覺。在世界文化多元發展的大背景下，一個民族只有具備足夠清醒的文化自覺，才能自始至終堅守自己的民族文化，同時又能對別的優秀文化兼收並蓄，共同發展。否則，在西方文化殖民的擴張下，一個民族的文化特徵會逐漸被消解和磨滅，從而在世界民族之林失去自己的立足之地。但是，正如費孝通指出："文化自覺是一個艱鉅的過程，首先要認識到自己的文化，理解所接觸到的各種文化，才有條件在這個已經在形成中的多元文化的世界裡確立自己的位置，經過自主的適應，和其他文化一起，取長補短，共同建立一個有共同認可的基本秩序和一套各種文化和平共處、各舒所長、聯手發展的共處原則。"在教學實踐中，我們發現，學生對於中國傳統文化的認識和理解是甚為模糊的，一說到傳統文化就只能想到孔子、老子，而對儒家、道家思想的精髓卻知之甚少。以英語專業學生的畢業論文為例，每年都會有為數不少的學生選取中西文化對比類的題目，但細讀其核心內容，無非都是西方文化更開放，東方趨於保守；西方推崇個人自由，東方被集體主義思想束縛之類的浮光掠影的、也很難說得上科學的論點。同樣，由於我們的當代文化傳播在很長一個時期的模式化、概念化、空洞化傾向，很多豐富多彩、富有感染力的當代優秀文化成果並沒有展現出其對年輕人的獨特魅力。基於此，繼承和發揚優秀傳統文化，增強當代中國文化對青年大學生的吸引力，使其擁有作為"中國寫作者"的相應文化底蘊，是我們培養"中國寫作者"的重要法則。

要樹立大學生的文化自信，英語寫作教師應具有相應的祖國文化修養，對祖國文化有深切的熱愛，能對優秀傳統文化有基本的理解，對當代文化的優秀成果能保持敏感度和良好的解讀能力。大學生處於人格、智慧和知識系統發展的黃金時期，對他們施以何種文化養分的灌輸，不僅決定著寫作的思想內容，還關乎一個民族的凝聚力和發展前景。可以說，英語寫作課不能滿足於培養"會用英語表達思想"，而更應當是培養"用英語表達中國思想的寫作者"。在寫作課的設計上，應有相應的中國文化背景做底子，滲透進中西方文化的對比，從而使教學內容成為有根之木、有源之水。例如，在二年級的商務英語寫作課堂上，講解"詢盤、回復、投訴、理賠"等商務信函寫作時，除了突出各類信函的基本要素，還可以啟發學生思考：在實際的商務來往案例中，由於中西方文化的差異，國企和外企的信函處理風格會有什麼不同？可能會造成哪些文化適應的障礙？而在中國的優秀企業或優秀華人企業家中，他們倡導的哪些中國企業文化在國際商務來往中產生了深刻的影響？如果我們把教學內容放在全球商務交流的大背景上，用具體案例作引，輔以思辨、討論型的課堂組織方式，學生就不會覺得寫作課枯燥難捱，相反，在透澈理解教學內容的同時，學生還能受到一定的文化熏陶和思維啓發。除了在課堂滲透進一定的外交、經貿或金融常識，將歷史知識、名人軼事、音樂、電影等文化內容引入課堂也是學生喜聞樂見的教學方式。如在討論大學生熱衷過洋節這一話題時，引導學生認識文化融合、文化適應、文化創新、文化滲透和文化侵略之間的區別和聯繫，並能用時效性強的現實社會案例去幫助學生進行複雜文化的辨析，突出當代中國文化的吸引力。如對傳統非物質文化遺產進行介紹時，鼓勵學生關注中國新生代電影、中國民樂搖滾的崛起、軍事科技領域的進步等。當然在這個過程中，我們應避免隨意化、零散化和庸俗化的傾向，以能呈現文化的多面性、複雜性、深刻性和訓練學生的批判性思維為準則。

總之，隨著英語的"去領土化"，中國英語人才除了學習英語國家的語言和文化，最重要的是要掌握好英語這個工具，將中國文化介紹給別國。在這個全球文化多元發展的時代，"中國與世界"的說法已經成為一種語病，因為"中國"本來就屬於"世界"，是"世界"的重要組成部分。在長期的"讓中國走向世界"的召喚下，我們的英語教學者和學習者容易對漢語語言和祖國文化抱有一種"他者"情懷，而對英語語言文化抱著"彼岸"情懷。面向彼岸的疏離感造成英語專業與漢語專業的巨大分裂，而對"他者"的有意識拒斥使學習者學到的只是英語的皮毛，在思想表達上往往陷入"欲辯已忘言"的境地。英語專業的各個學科中，寫作課以其顯著的學科特點，承擔著"將中國介紹給別國"這一歷史使命的更多期望。不難看到，英語寫作課已經不能滿足於僅僅傳授學生相應的寫作技巧，更重要的是要培養具有中國情懷和國際視野的專業人才，能在各行各業用英語表達中國聲音、傳播中國文化、傳遞中國影響。為達到這一目標，我們必須深入思索如何看待漢語在英語寫作中的地位，使其互為參照、互相促進，如何將寫作課的知識傳授模式有效轉移到技能訓練模式上來，以及如何有意識地提高寫作者的中國人文素養，樹立中國青年寫作者的文化自信。更為重要的是，如何將這些思考滲透到具體的教學內容和教學方法，需要廣大英語寫作教學者的持續努力和探索。

參考文獻

[1] Widdowson H. Competence and Capability: Rethinking the Subject English [R]. The 11th Asia TEFL Conference, Manila.
[2] 何偉. 英漢對比與英語寫作 [M]. 北京：北京大學出版社，2012.
[3] 費孝通. 反思·對話·文化自覺 [J]. 北京大學學報：哲學社會科學版，1997 (3)：22.
[4] 鄭偉. 努力增強當代中國先進文化的吸引力和感召力 [J]. 當代世界與社會主義，2003 (1)：63.

Introspection on Teaching College English Writing Under English De-territorialization

Wang Qincong

(*English Department of Education*, *CISISU*, *Chengdu*, *Sichuan*, 611844)

【Abstract】 Along with the noticeable impact exerted by English De-territorialization, nearly all subjects of English are confronted with new introspection and adjustment. Aiming to foster "Chinese Writers" possessing international view and national sentiments, this article is to discuss what to be adjusted in college English writing class. Primarily, as Chinese language has assignable influence on Chinese learners, the role of it needs to be shifted from an original "intruder" to a "reference object". Additionally, the major goal of English writing class needs to train the effective "writing capability" instead of "writing competence". Thirdly, it is imperative to establish cultural confidence of Chinese writers when we emphasize the cultural significance of writing class.

【Key words】 Introspection; English writing; De-territorialization

論大學德語口語教學課堂設計的原則和方法

四川外國語大學成都學院德語系　湯靜雯[1]

>【摘　要】隨著中國經濟不斷發展，對外交流亦趨頻繁，社會對德語人才的需求日益擴大，培養"聽說讀寫譯"全面發展的高素質人才是各大高校德語專業的當務之急，而現階段普遍存在德語專業學生口語能力較弱，口語課堂教學質量不高，甚至不受重視的現象。而課堂教學活動設計是否合理將直接影響教學活動的實際開展情況和最終的教學質量，如何科學地設計口語課堂，切實提高教學質量，是本文探討和力求解決的問題。
>
>【關鍵詞】大學德語口語；課堂設計；原則方法

近年來小語種熱持續升溫，德國憑藉其強大的經濟實力、雄厚的工業基礎、嚴謹的工作態度等受到眾多國人的青睞，越來越多的學生和家長願意選擇德語專業、學習德語、留學德國、在德企工作。因而，掌握良好的德語口語能力顯得尤為重要，這也就對德語口語教學提出了很高的要求，系統探討口語教學課堂的設計具有充分的必要性，只有正確認識了口語教學課堂設計所應遵循的原則和方法，才能有效提高德語口語教學的質量，滿足學生個體發展和社會發展的雙重需要。

一、大學德語口語教學現狀

大學德語口語是大一、大二年級德語專業學生的專業必修課，周課時一般為 2 個課時，授課教師一般為中籍口語教師、外籍口語教師或由基礎德語教師（即以前的"精讀課"教師）同時負責本班口語課程，多無指定教材。筆者曾就口語課堂滿意度、對口語課堂的評價、對口語課堂的

---

[1] 湯靜雯，女，學士，四川外國語大學成都學院助教。研究方向為教學法，語言學。

要求、希望的口語課堂教學形式等內容進行了半結構式調查，調查對象為四川外國語大學成都學院德語系 2011 級（3 個班，共計 82 人）和 2014 級（1 個班，31 人）本科學生。調查結果顯示，口語課堂滿意度高達 90%以上；85%以上的學生對口語課堂的要求為"好玩、有趣、輕鬆"，希望的口語課堂形式為"遊戲、看視頻"等；50%左右的學生明確提出希望口語課堂教學內容為"貼近生活、實用的交際德語"；另有近 40%的學生認為"口語課不是真正意義上的課程，並不能學到什麼"。上述調查結果的出現並不意外，除了學生自身認知存在一定問題之外，也充分反應出現階段的口語課堂存在很大問題，較高的課堂滿意度很大程度上是由於學生對於口語課堂的錯誤定位和認知造成，而實際上口語課堂並未能很好地實現既定教學目標，教學質量普遍較低，學生口語水平低下。究其原因，口語教學缺乏目標和指導、教師偏重語法和詞彙、課堂設計缺乏趣味性和實用性等是主要因素。

針對上述現象和問題，筆者擬就大學德語口語教學課堂設計的原則和方法做如下論述。

二、大學德語口語教學課堂設計的原則

教學原則是有效進行教學必須遵循的基本要求和原理，它既指導教師的教，也指導學生的學，應貫徹於教學過程的各個方面和始終。根據現行的《高等學校德語專業德語本科教學大綱》，德語口語的教學目的在於培養學生良好的口頭表達習慣，提高口頭表達和交際能力，加深他們對德語國家各個方面的瞭解和認識。課程教學的基本要求包括：能利用已掌握的德語，較為清楚地表達自己的思想，在遇到遺忘甚至不在掌握範圍內的詞彙和表達結構能夠利用交際策略繞過難點達到交際的目的；能夠掌握諸如詢問、請求、建議、忠告等交際功能。在不同的場合對不同的人使用得體的語言形式去體現不同的交際功能。按照上述目的和要求，再結合前文所分析的現狀和問題，筆者認為現階段的大學德語口語教學課堂設計主要應遵循以下原則。

(一) 交際性原則

按照學習動機理論，學習動機是直接推動學生進行學習的一種內部動力，是激勵和指引學生進行學習的一種需要。學生的學習受多方面因素的影響，其中主要是受學習動機的支配。而語言習得的首要目標和根本動機就是交際，口語能力實質上是一種交際能力，所以口語課堂的設計必須具有交際性，即實用性。教學內容的選擇應圍繞交際功能展開，並以能無障礙交流作為教學目標。為了達到交際的目的，在教學過程的設計中就應注意教師講授和學生練習的情境性，在教學內容的選擇上要貼近生活，盡可能模擬再現真實的生活場景，將需要強化的詞彙和語法融入情境當中去，在教學單元的設計上應根據學生的語言水平循序漸進，主題和情境涉獵由淺入深，始終圍繞真實生活展開，這樣能讓學生切實感受到口語課堂不是機械地重複"精讀課"所學的知識

點,而是具有自身鮮明特色和作用的課堂,是實用的課堂。

要遵循交際性原則,教師就還應注意課堂糾錯的科學性。交際性原則指導下的口語教學不過分強調表達的正確性,而是側重於口語表達的合理性和流暢性,即是否能夠被理解,是否能夠順暢交流。因此,對於學生在口語表達中出現的錯誤,教師不用也不應逐個糾正,只用重點對造成誤解或理解障礙的語句進行糾錯。

(二) 互動性原則

知識的建構是在人與環境的互動中得以實現的,"情境""合作""會話"和"意義建構"是其倡導的學習環境的四大要素。口語教學不同於其他科目,無法由教師單方面完成,必須是教師和學生共同參與,形成合力,最終提高學生學習的主動性和積極性。這裡提出的互動性是在交際性基礎上的延伸,不僅指師生之間的互動,也指學生之間的互動。選取好具有交際性的教學主題後,教師在教學設計上(講授和練習)應重點考慮如何實現互動。互動性原則強調學習者對學習過程的控制,讓學生不是機械被動地,而是有意識地參與教學。長期以來,傳統的以教師為中心的教學模式,嚴重束縛了學生的口語能力發展。同時,鑒於"德語開口難"的現狀,落實以學生為主體的教學理念顯得尤為重要,只有學生充分參與課堂,才可能變被動為主動,將教師所授內容內化為自己的能力。

(三) 興趣性原則

赫爾巴特提出"興趣這一詞一般是表明教育應該引起的某種活動的特點","牢固掌握並企圖擴充它的人就是對知識有了興趣",甚至把"培養多方面興趣"作為教學的直接目的。而之後德可樂利更是把"興趣中心"作為其教學論的方法基礎。這都要求教學活動要注重興趣性,即趣味性。教學不是強迫學生完成教學任務,而是要讓其主動願意參與教學活動,在學習的初始階段,學習者的主要動機就是由學習的直接興趣引起的,即便是到了中高階段,興趣仍然起著一定的作用。而我們的大學德語口語課程正是在基礎階段開設的,這就要求教師在進行教學設計時,從教學內容、教學形式,到檢測方式等各個方面,都必須充分考慮其興趣性。

(四) 聽說結合的原則

與其他學科不同,外語教學是鍛煉學生聽、說、讀、寫、譯能力的一體教學過程,具有很強的系統性和關聯性。H. G. Widdowson 在 *Teaching Languages Communication* 一書中指出,在口語活動中,說話者要根據教師(或同學)的話做出反應,涉及"聽"這種所謂的被動能力。所以口語教學不能孤立存在,而是與其他科目相輔相成,這其中又以和聽力的關聯最為密切。在一開始,教師就需向學生強調,德語習得必須做到"聽說領先",特別是德語語法的一些特殊性(如:可分動詞、從句中動詞位於句末等)、德語母語者語速較快等,都會給學習者的聽力帶來很大的困

107

擾，如果不能聽懂他人所言，前面提到的"交際性"則自然無法實現。因此，在口語教學中，教師還應充分設計視聽的內容，讓學生用"聽、說"兩條腿走路，讓學習者切身認識到德語習得必須要重視聽力，甚至"聽懂"是"表達"的基礎。

(五) 多樣性原則

多樣性原則是指教學內容、教學形式、任務設計、教學評價的多樣化。教學內容應豐富全面，教學形式和任務設計應變化多樣，教學評價應多維度、全方位。筆者之前提出的"交際性原則"就決定了口語教學的內容應該涵蓋生活的諸多方面，由於具體交際對象和情境的不同，教學可以有不同的切入點和側重點。例如，在以"在德國看病"為主題的教學單元中，教師既可將教學內容分為電話預約、家庭醫生、醫院就診、藥房購藥、醫保問題等多項內容，又可從醫生、患者、患者家屬、護士、藥劑師、醫保機構工作人員等不同角色入手，讓學生多角度、全面地練習口語，又能對德國的基本就醫流程和醫療體系有系統的瞭解。教學評價是依據教學目標對教學過程及結果進行價值判斷並為教學決策服務的活動，是對教學活動現實的或潛在的價值做出判斷的過程，評價內容涵蓋多個方面，主要是對學生學習效果的評價和教師教學工作過程的評價。筆者在這裡側重對學生學習效果的評價，口語教學的評價不同於其他筆試科目，沒有唯一的標準答案，甚至評價不應局限於口語表達本身，而是應結合學習者的肢體語言、面部表情、眼神交流等交際策略的多個方面進行綜合評價。

三、大學德語口語教學課堂設計的方法

教學方法是教師和學生為了實現共同的教學目標，完成共同的教學任務，在教學過程中運用的方式與手段的總稱。不同的時代社會背景、文化氛圍的影響下，以及在不同的教學理論指導下，教學方法多式多樣。

前文提到的大學德語口語教學課堂設計的幾項原則中，位於首位的是交際性原則，而任務型語言教學法（Task-based Language Teaching）正是基於完成交際任務的一種教學法。在實際教學中，教師應根據學生的具體情況，事先設計合理的任務，可先將完成這一任務所需的詞彙、句型、背景知識等向學生進行講解，講解過程中結合圖片、音頻、視頻等現代化教學手段，從已知到未知，逐層推進，引導學生大膽猜測、積極表達、允許犯錯，在此基礎上再讓學生完成既定任務。根據學生水平和主題的不同，教師具體可採用游戲法、問答法、角色扮演法、討論和辯論法、演講法、階段測試法等。例如，可在語音階段設計"德語方言"這一主題，向學生展示兩到三組用具有代表性的德語方言編寫、且打亂順序排列的對話。

Dialog 1：

a. Goden Dag ok！

b. Goden Dag！

c. Danke！

d. Ick heet Klaus Schneider.

e. Kammer twölf, Herr Schneider. Willkamen.

f. Köönt Se. Un keen heten Se?

g. Wat köst dat?

h. Hebbt Se noch een Kammer?

i. Ick muss von Maandaad bis Sünndag blieven.

j. Heff ick.

k. AchteihnEuro de Nacht.

Dialog 2：

a. Gudn Tach！

b. Gudn Tach！

c. Isch haaß Klaus Schneider.

d. Danke.

e. Könne Se. Unn wie haaße Se?

f. Zimme zwölf, Herr Schneider. Wilkomm！

g. Was tut des koste?

h. Achtzeh Euro die Nacht.

i. Hawwe Se noch e Zimmä？

j. von Mondach bis Sunndach bleiwe.

k. Haww isch.

先請學生按照所給出的拼寫形式進行拼讀，之後把對話按照正確的順序排列，並將其轉換為標準德語，再和同桌表演該對話，最後換成自編信息進行對話練習。

・Guten Tag！

・Guten Tag！

・Haben Sie noch ein Zimmer？

・Habe ich.

・Was kostet das？

・Achtzehn Euro die Nacht.

・Ich möchte von Montag bis Sonntag bleiben.

・Können Sie. Und wie heißen Sie？

・Ich heiße Klaus Schneider.

・Zimmer zwölf, Herr Schneider. Willkommen！

・Danke！

整個過程鞏固了語音階段的拼讀訓練，之後的排序強化了邏輯訓練，轉化為標準德語練習了詞彙和表達，之後的兩次表演則是突出了交際功能。此外，還可通過建立QQ群、微信群等，在課堂之外也為學生營造聽說德語的語言環境，鞏固課堂教學效果。

四、結束語

大學德語口語教學以培養學生運用語言進行實際交際為首要目標，其教學有自身獨特的原則，

109

教師在教學設計時必須遵循這些原則，選取適當的教學方法進行教學。受限於傳統的教學模式、大學德語口語教材的缺乏、教師有限的自身水平和教學理念，以及學生長期學習英語累積的不佳學習習慣和認知，目前的大學德語口語教學存在諸多困難和矛盾，還需要所有教師共同努力，在科學的教學原則指導下，不斷優化口語教學設計，不斷探索新的教學方法，激發學生的潛能和興趣，切實讓學生的德語口語水平有所提高，為學生的個體發展和社會發展奠定良好的基礎。

參考文獻

［1］H. G. Widdowson. Teaching Languages Communication［M］. Oxford：Oxford University Press，1978.

［2］成有信. 教育學原理［M］. 河南：大象出版社，1993.

［3］教育部高等學校外語專業教學指導委員會德語組. 高等學校德語專業德語本科教學大綱［M］.上海：上海外語教育出版社，2006.

［4］［德］萊茵貝格. 動機心理學［M］. 王晚蕾，譯. 上海：上海社會科學院出版社，2012.

［5］朱純. 外語教育心理學［M］. 上海：上海外語教育出版社，2000.

［6］尤其達. 改進"視、聽、說"教學的嘗試與反思［J］. 外語界，2005（4）.

Study on the Principle and Methods of Oral German Teaching in the University

Tang Jingwen

(*Department of German*, *CISISU*, *Chengdu*, *Sichuan*, 611844)

【Abstract】Recently, with the continued economic development in China, the communication with foreign countries becomes increasingly frequent. Because of increasing demand of German talents in society, training high-quality talents with comprehensive development of "listening, speaking, reading, writing and translating" has become the priority of the German teaching in various colleges and universities, while students majoring in German are commonly weak in oral ability at present and the teaching quality is also poor. How to make the teaching more scientific and improve the teaching quality are the main aim of this study.

【Key words】oral German in the university; teaching design; principle and methods

"翻轉課堂熱"在獨立學院英語專業泛讀教學中的冷思考

四川外國語大學成都學院英語師範系　劉　鷹[①]

【摘　要】"翻轉課堂"是當前教學改革的熱門話題。由於徹底顛覆了傳統的課堂教學模式,教學效果良好,"翻轉課堂"理念在教學改革中得以廣泛運用,中國高校英語專業課程教學改革中也不例外。然而,透過"翻轉課堂熱",筆者經過理性思考,發現並非所有高校英語專業的課程都適合"翻轉課堂"。以獨立學院英語專業泛讀教學為例,不盲目照搬國外"翻轉課堂"模式,根據學生學情,因材施教,才是課堂教學改革的正確方向。

【關鍵詞】翻轉課堂;泛讀教學;獨立學院

一、引言

近年來,"翻轉課堂"成為教學改革的新浪潮。該模式源於 2007 年美國科羅拉多州林地公園高中的化學教師喬納森·伯格曼和亞倫·薩姆斯的教學嘗試。他們將課堂教學的主要內容製成視頻,用於因參加活動而耽誤上課的學生自主學習。四年後,"薩爾曼·罕和他的可罕學院把這種教學方式不斷推廣,最終成為了現今廣受熱議的教學方法。"

"'翻轉課堂'的實質是知識傳授的提前和知識內化的優化。"課前,教師依託網絡及多媒體技術將教學內容製成視頻,供學生自主學習。課上,開展師生及生生互動,對教學內容進行深層次探討,學生在課堂實現知識的內化。"翻轉課堂"顛覆了教師課堂講授知識,學生被動接受的傳

[①] 劉鷹,女,講師。研究方向為英語教學,比較文學與世界文學。

統方式，體現了以教師為中心的知識傳授模式向以學生為中心的整合探究學習模式轉變。"翻轉課堂熱"正在中國不少高校教學改革中興起。

二、"翻轉課堂"在英語專業教學中的優勢

在英語專業教學中，"翻轉課堂"成為課堂教學改革的新理念。它與傳統教學相比，有三大優勢。

（一）提高學生學習興趣

傳統的英語專業教學是"教師講、學生聽"。教材內容陳舊，教師教法單一，課堂互動少，課堂氣氛沉悶，使學生逐漸喪失學習興趣，課堂教學效率低。在"翻轉課堂"模式下，教師根據教學內容，利用網絡和多媒體製作教學微視頻，長度一般不超過15分鐘，是學生注意力集中的最佳時長。視頻內容既可由普通教師講授，也可由教研組推薦教學效果好的教師講授，還可選用網絡上的名校名師資源。這是對傳統課堂一些教師因教學風格或授課技巧等問題導致課堂氣氛沉悶，學生缺乏學習興趣的有效彌補。即便視頻由普通教師錄制，也可反覆揣酌改進，將錄制效果最佳的微視頻呈現給學生。學生不受時空限制，在自己舒適放鬆的氛圍中個性化地學習教學微視頻：對已掌握的知識點，可跳過；對重難點內容，可暫停或反覆觀看。"學生可以自由選擇學習時間和空間，充分參與學習過程，實現了真正意義上的學生的主體地位。"由於能靈活控制學習節奏，學生的學習興趣得到提升，學習效果更佳。

（二）增強自主學習能力

"翻轉課堂"分為課前環節和課中環節，對學生自主學習能力的培養大有裨益。課前環節，教師根據學生的知識水平，提出與新知識內容相關的問題，引起學生的學習興趣，再將錄制的教學微視頻發給學生，供學生課外學習。為解決教師提出的問題，學生不僅要在課前認真學習微視頻，往往還需利用網絡搜集資料，從海量信息中甄選自己需要的內容。課前環節能充分發揮學生的主觀能動性，增強學生的自主學習能力。學生"逐漸構建對學習內容的概念，通過多種互動方式將不懂的知識或需要進一步深入理解的問題反饋給教師"，進入"翻轉課堂"的課中環節。教師在課上針對學生不理解的知識點或問題，開展啟發式、參與式、討論式、探究式或合作式等多種形式的學習活動，引導學生梳理重難點知識，掃清理解障礙。通過大量師生和生生互動，學生能當堂自主解決問題或形成解決問題的思路，促進了學生課後進一步自主學習。由於課堂教學形式多樣、互動性強、氣氛活躍，能充分調動學生的積極性，增強學生的自主學習能力。

(三) 優化課堂教學設計

英語專業傳統教學流程是教師教授語言文化知識在前,學生學習、接受知識在後。即,"教師先教,學生後學"。"翻轉課堂"將其顛倒為"學生先學,教師後教":"將'知識傳授'放在課外進行,'知識內化'放在課堂上進行,顛覆了傳統的以教師為中心的教學法,真正做到以學生為課堂主體"。學生課前已自主學習教學微視頻,教師在課上無需詳細講解詞彙語法等基礎知識,從而隱性延長了課堂教學時間。因此,"翻轉課堂"實現了課堂教學設計的優化,讓英語專業課教師將課堂時間更多分配到篇章理解賞析,師生及生生互動等深層次探討學習中,打破沉悶的課堂氣氛,讓學生在活躍輕鬆的課堂氛圍中完成知識的內化。

三、"翻轉課堂"在獨立學院英語專業泛讀教學中的思考

(一) 獨立學院英語專業泛讀教學的特點

根據《高等學校英語專業英語教學大綱》的描述,英語泛讀課的目的在於"培養學生的英語閱讀理解能力和提高學生的閱讀速度;培養學生細緻觀察語言的能力以及假設判斷、分析歸納、推理檢驗等邏輯思維能力;提高學生的閱讀技能,包括細讀、略讀、查閱等能力;並通過閱讀訓練幫助學生擴大詞彙量、吸收語言和文化背景知識。泛讀課教學應注重閱讀理解能力與提高閱讀速度並重。"

對獨立學院英語專業泛讀教師而言,教學對象是學習方法及良好學習習慣普遍欠缺的三本學生。因此,泛讀教師要因材施教,不僅通過大量英語閱讀實踐教會學生閱讀,更要大力培養學生良好的學習習慣,在學法上給予學生更多指導。因此,獨立學院英語泛讀教學應有所側重,課堂設計主要分四大模塊:基本任務、重點任務、難點任務和兼顧任務。基本任務是通過閱讀訓練幫助學生擴充詞彙,提高閱讀速度和閱讀理解正確率。重點任務是閱讀技能訓練和方法指導,通過題材廣泛的閱讀材料,培養學生的英語閱讀興趣。難點任務是加強學生假設判斷、分析歸納、推理檢驗、多角度分析問題等思維能力。兼顧任務是培養學生細緻觀察語言的能力,不斷累積語言知識、加深文化積澱,通過英語閱讀和背景知識的學習擴大學生的知識面,培養學生的跨文化交際能力。

(二) "翻轉課堂"在獨立學院英語專業泛讀教學中的可行性

基於獨立學院英語專業泛讀教學的特點,教師在教學中應先完成基本任務,再突顯重點任務,突破難點任務,最後根據學生知識水平和課堂實際,選擇性完成兼顧任務。在傳統泛讀教學中,不少教師為提高學生的英語閱讀速度和理解能力,大搞題海戰術,課堂陷入"學生閱讀文章→完

成閱讀理解題目→教師評講答案"的枯燥模式。為擴充學生詞彙，一些泛讀教師在課上花大量時間分析生詞短語，忽視了對文章主要內容的整體把握，將泛讀課上成了精讀課。在傳統泛讀教學模式下，"學生不需要主動參與，不需要發揮聯想的創造性思維能力，需要的只是死記硬背孤立語言要素的能力"和應試型閱讀理解文章的解題技巧。傳統泛讀教學課型特色體現不明顯、教學模式僵化、互動性差、氣氛沉悶，學生普遍缺乏學習興趣，學習主動性嚴重不足。多種負面因素疊加，導致學生對泛讀課教學滿意度低，甚至產生厭學情緒。獨立學院英語專業泛讀教學改革勢在必行。

在教學改革中，一些泛讀教師把目光投向了近年來大熱的"翻轉課堂"。傳統泛讀課堂以教師講授為主，學生被動接受知識，鮮有機會發表個人觀點，削弱了學生的學習興趣和自主學習能力。"翻轉課堂"的優勢在於優化教學設計，提高學生學習興趣和增強自主學習能力。就此看來，若泛讀課運用"翻轉課堂"，恰好能克服傳統課堂弊端。如課前環節，泛讀教師將閱讀技巧、閱讀材料及相關背景等知識性內容錄製成教學微視頻，供學生學習。課中環節，泛讀教師不再講授知識性內容，而採用啟發式、討論式、發現式等教法，進行師生和生生互動，充分調動學生的學習積極性。教師引導學生宏觀把握閱讀材料，就閱讀材料的內容及主題進行深入理解和探討。該模式有利於教師完成泛讀課堂教學中的重難點任務，還能選擇性完成一些兼顧任務。由於學生在課前已完成知識性內容的自主學習，教師在課堂不再贅述，相當於延長了課堂時間，為學生探究式的課堂學習及知識內化提供了時間保證。

然而，在理性思考之後，泛讀教師會意識到"翻轉課堂"理念下的英語專業泛讀教學改革要獲得成功，有一個重要前提：學生學習習慣好，自控能力強。因為在"翻轉課堂"中，學生自主學習教學微視頻的課前環節對課中環節的教學效果有直接影響。獨立學院英語專業泛讀教師的教學對象普遍是自控能力弱、學習習慣不夠好的三本學生。若在泛讀教學初期就大量採用"翻轉課堂"模式，其效果未必優於傳統課堂。對自覺性欠缺的學生，如採用傳統課堂模式，教師在課上反覆強調重難點內容，督促學生多做強化性練習，大部分學生還是能掌握一定知識和技能；若全採用"翻轉課堂"模式，讓學生課前自主學習教學微視頻，對大部分三本學生將是極大挑戰。由於學習自覺性弱，缺乏教師監督，這類學生很少能自主完成教學微視頻的認真學習。教師在課堂不再強調知識性內容，僅展開探究式的篇章學習。學生課前對基礎知識都沒掌握，課中環節的知識內化就成為一紙空談。這樣的泛讀"翻轉課堂"，教學效果會大打折扣。

"翻轉課堂"模式較適用於英語專業的語言文化類課程，如：英語精讀、高級英語、英美文學、英語國家概況等。這類課程"如果僅以講解和記憶知識點為教學程序則失去了教學意義。"而泛讀的課型特色是通過大量閱讀實踐，提高學生的閱讀效率。在有限課時內，進行大量計時閱讀訓練十分必要，這是泛讀教學的基本任務。學習自覺性不足的三本學生更需要泛讀教師在課堂加強計時閱讀訓練，在大量閱讀實踐中及時給予他們閱讀策略和學法的指導。盲目照搬國外"翻轉課堂"模式，重探究型學習，輕閱讀技能訓練及學法指導的做法是不妥的。

(三) 獨立學院英語專業泛讀教學的改革方向

　　獨立學院英語專業泛讀教師應瞭解"翻轉課堂"的教學新理念，但不必急於依賴或照搬該模式來提高學生的學習興趣和培養自主學習能力。在泛讀教學初期，教師可以傳統教學為主，但需在備課上更下功夫：在課堂導入環節，充分利用網絡資源，結合時事熱點，設計與教學主題聯繫緊密又有一定思想性和趣味性的內容作為引入，引起學生的閱讀興趣。在泛讀課堂教學中，將篇章閱讀理解作為首要任務，進行大量計時閱讀訓練，指導學生綜合運用閱讀技巧解題。在閱讀理解講評時，不只是核對答案，更要結合閱讀材料，多提問。在完成泛讀教學基本任務和重難點任務後，教師再抽出適當課堂時間完成一些兼顧任務：提出啟發性問題，組織學生開展合作型、討論型等多形式的學習，增強互動性，營造活躍的課堂氣氛。此外，教師還可結合閱讀材料，穿插相關背景知識的介紹，配以製作精良的課件，提高學生的學習興趣，拓寬學生的知識面。除應試型的閱讀訓練，教師還需補充適量欣賞性閱讀材料，尤其是故事性強的文章或短篇小說，往往最能引起學生的英語閱讀興趣。當學生對英語閱讀產生興趣，自己就能完成長度是教材文章幾倍的短篇小說閱讀，英語閱讀的自主性得到增強。

　　"第二語言得理論認為，學習和提高外語能力的重要方面是充分利用課外時間進行應用性的實踐練習，課堂內教學與課堂外實踐練習的比例至少應該為1：4。"為在有限課時內保證學生的閱讀量，泛讀教師應將閱讀訓練延伸到課外，開展"零課時"教學："一種建立在以學習者自主學習理論基礎上的英語教學新模式。"教師在學期初向學生推薦英文簡易讀物，要求學生根據自身實際，每學期至少完成一本英文簡寫版小說的閱讀。該閱讀任務在課外進行，不占課堂時間，故稱為"零課時"閱讀教學。為有效監控學生課外閱讀的完成情況，教師可將"第一課堂"教學與學生"第二課堂"活動有機結合，有計劃地開展和第一課堂教學內容同步的第二課堂活動，如英文讀書報告會、英文書評大賽、英語短劇表演等，在培養學生英語閱讀興趣的同時，實現泛讀教學設計的整體優化。

　　在科技迅速發展的今天，把網絡學習融入泛讀教學不失為一種有益嘗試。在完成傳統課堂教學任務後，泛讀教師可在課外作業布置時適當增加學生自主閱讀訓練、詞彙或文化背景知識學習等網絡在線學習任務，教師在線答疑。這種課堂學習和網絡學習相結合的方式被稱為"混合式學習"，它是"學習資源、學習環境、學習風格和學習方式的混合體，是學習方法在教學中的提升，這種提升改變了學生的認知方式和教師的教學方法"，既保證學生在教學中的中心地位，又發揮教師在教學中的主導作用。當三本學生逐步適應"混合式學習"，在英語閱讀上從"要我讀"變為"我要讀"時，表明學生已具備較強的自主學習能力。到那時，泛讀教師再將基於課堂教師引導學習基礎上的學生課後網絡學習逐步轉變為課前學生自主學習教學微視頻的"翻轉課堂"模式，時機更加成熟，教學效果也會更好。

四、結語

"翻轉課堂"源於美國,風行全球,其本質是知識學習在課外,知識內化在課內。它是"適應科技發展的必然趨勢,克服傳統課堂的弊端,最大化地照顧學生的學習風格。"高校英語專業課程改革需要更新的教學理念,但更要考慮學生學情。就獨立學院英語專業泛讀課而言,照搬"翻轉課堂"模式在現階段並不可取。建議泛讀教師先培養學生良好的學習習慣,再選取適合"翻轉課堂"的教學內容試點。在獨立學院英語專業泛讀教學改革中,"翻轉課堂"不會徹底取代傳統課堂,而是將其與傳統課堂結合,二者相互影響,在提升教學效果和教學質量上發揮積極作用。

參考文獻

[1] 範立彬,楊春俠."翻轉課堂"模式在高校英語聽力教學中的應用[J].長春工業大學學報,2014,35(4):57-58.

[2] 王素敏,張立新.大學英語學習者對翻轉課堂接受度的調查研究[J].現代教育技術,2014,24(3):71-78.

[3] 賀文秀."翻轉課堂"教學模式在大學英語教學中的探索與應用[J].內蒙古財經大學學報,2015,13(3):130-132.

[4] 趙興龍.翻轉教學的先進性與局限性[J].課程與教學,2013(4):65-68.

[5] 關史森.翻轉課堂在泛讀教學中的應用性研究[J].校園英語,2015(9):33-34.

[6] 高等學校外語專業教學指導委員會英語組.高等學校英語專業英語教學大綱[M].上海:上海外語教育出版社,北京:外語教學與研究出版社,2000.

[7] 李建華.大學英語泛讀教學存在的問題及解決辦法[J].大學英語,2008,5(1):228-230.

[8] 張翼,孫金愛,王曉瑩,張哲,屈明坤.基於翻轉課堂理念的英語國家概況課教學實證研究[J].海外英語,2015(1):126-129.

[9] 李倩,孫迪民,蔣華.大學英語第二課堂教學培養模式探索與實踐[J].大學英語教學與研究,2013(1):94-96.

[10] 胡寶菊."零課時"教學改革使因材施教變成現實[J].科技視界,2014(13):207.

[11] 宋洪波,孔荃.混合式學習模式在高職英語口語教學中的應用研究[J].大學英語教學與研究,2015(2):56-58.

[12] 萬光榮.英語專業課堂實施翻轉教學模式的七大理由[J].英語廣場,2015(5):22-24.

Analysis on the Popularity of "Flipped Classroom" in Teaching of Extensive Reading for English Majors in Independent Colleges

Lin Ying

(*English Department of Education, CISISU, Chengdu, Sichuan, 611844*)

【Abstract】 "Flipped classroom" has become popular in teaching reforms recently. With its inversion of traditional teaching procedure and a better teaching efficiency, "flipped classroom" has been widely applied in teaching reforms, including reforms of courses for English majors in Chinese colleges. By a rational analysis on the popularity of "flipped classroom", however, it is believed that not all courses for English majors in Chinese colleges are suitable for "flipped classroom". For instance, the teaching of extensive reading for English majors in independent colleges is an exception. In conclusion, classroom teaching reforms should be based on students' studying level rather than copy the overseas "flipped classroom" model blindly, which is the right way to reforms of classroom teaching.

【Key words】 flipped classroom; teaching of extensive reading; independent colleges

《高等學校英語專業英語教學大綱》指導下的本科英語專業畢業論文多元化設計

四川外國語大學成都學院翻譯系　譚　瑤[①]

【摘　要】本科畢業論文是實現本科人才培養目標的重要教學環節，畢業論文的寫作是對學生綜合素質的檢驗。本文以《高等學校英語專業英語教學大綱》（以下簡稱《大綱》）為指導，從分析英語專業學生畢業論文撰寫的現狀出發，倡導根據市場需要以及學生的能力、需求和興趣，提出英語專業畢業論文多元化設計方案，從而更加切合《大綱》對複合型外語人才的培養需要。

【關鍵詞】《大綱》；英語專業；畢業論文；多元化

一、引言

《高等學校英語專業英語教學大綱》（以下簡稱《大綱》）2000 版中明確指出："畢業論文是考察學生綜合能力、評估學業成績的一個重要方式。畢業論文一般應用英語撰寫，長度為 3,000～5,000 個單詞"。多年來，中國大部分高校的英語專業學生都一直沿用這一畢業論文撰寫形式，然而，這種單一的撰寫形式，無法在真正意義上實現《大綱》提出的培養"具有紮實的基本功、寬廣的知識面、一定的相關專業知識、較強的能力和較高的素質、面向 21 世紀的複合型外語人才"的目標。尤其是在社會主義市場經濟的今天，眾多英語教學專家都倡導根據市場需要以及學生的能力、需求和興趣而提出了多元目標要求。各高校英語專業在多元化教學改革和課程設置等方面

[①] 譚瑤，女，碩士，四川外國語大學成都學院副教授。研究方向為教育學，比較文學。

都進行了大量研究，取得了一定成就。但在本科英語專業畢業論文這一領域的研究還甚少。為了更好地結合《大綱》中對學生創新能力的培養和某一複合專業的知識"即英語專業學生畢業後可能從事的某一專業的基礎知識"的獲取，本文將從分析學生畢業論文撰寫的現狀出發，提出多元化的畢業論文設計方案，從而更有針對性地完成對學生的能力培養，使畢業論文真正對學生有所裨益。

二、畢業論文撰寫現狀

根據《大綱》制定的有關原則，畢業論文寫作既在於培養學生的綜合運用能力、正確的治學態度和科學的研究方法，又著重強調學生的獨立見解和創新意識。然而，近年來，隨著高校的不斷擴招和學生人數的增加，英語專業學生的水平也參差不齊。大多數學生只是為了"完成任務"應付了事，畢業論文撰寫也就流於形式。存在的問題主要表現在以下四個方面。

（一）學生思想不夠重視

由於大多數高校的論文撰寫工作都是在四年級階段進行，學生在這一時期要忙於準備英語專業八級考試，有的還要進行考研復習，大多數學生又面臨畢業求職的事宜，使得原本非常重要的畢業論文撰寫成為了學生在思想上最不重視的項目。很多學生沒有把論文寫作當成一個很好的學習和鍛煉自己綜合能力的機會，而是錯誤地認為自己畢業後並不專門從事學術研究工作，無需撰寫學術論文。所以，他們大都為了能順利拿到畢業證而對論文撰寫敷衍了事。

（二）論文選題單一

影響選題的主要因素有三個，分別是：個人興趣、佔有資源和所學課程。從《大綱》的英語專業課程設置來看，作為專業知識必修課的英美文學課時量最大，占四學期，其他高年級的課程如筆譯是三學期，語言學只有一學期。很多學生認為寫翻譯類的畢業論文需要中英文功底都強，而語言學的知識廣泛深奧，自己都是一知半解，這也就直接導致了大部分學生的論文選題都和英美文學作品有關，尤其是一些歐美名著，造成論文選題單一乏味。還有的學生雖然想結合自身興趣選題，但迫於佔有資料和寫作時間有限，往往也就隨大流，別人寫什麼自己就跟著寫什麼了。

（三）語言質量不高

由於學生的專業水平參差不齊，英語語言知識有限，論文中出現英語表達不通順、語病很多的情況，許多學生到了大四都還"不具備寫論文的能力，知識的廣度和深度不夠，缺乏分析判斷能力和組織能力，語言表達上也有困難"，更有甚者直接使用翻譯軟件將漢語機械翻譯為英語以此來完成論文撰寫，導致畢業論文整體寫作水平下降。

(四) 缺乏創新性

雖然互聯網的迅速發展為學生的資料收集提供了便利，但這同時也帶來了一個更為嚴峻的問題。很多學生不知道如何從中篩選、吸收自己需要的知識，而是完全照搬、照抄。抄書、抄筆記、從網上抄襲的現象十分嚴重。結果導致大多數本科畢業生參加工作後僅能應付本職工作，在本領域內缺乏創新、開拓和改革的實力。

三、傳統論文選題多元化

《大綱》要求畢業論文要"文字通順、思路清晰、內容充實，有一定的獨立見解。"單一的側重文學的選題模式顯然無法展示學生的獨立見解和創新意識。選題作為論文撰寫的第一步尤為重要，因此論文寫作指導教師應給予學生充分的引導。然而，很多教師對畢業論文的選題認知也比較單一和局限，其實教師可以結合《大綱》的課程設置和自身學校的開課情況，從英美文學、西方文化、語言學、教學法、翻譯學、商務英語以及其他類等方面指導學生選題，從而能更好地結合學生的興趣愛好，提高學生撰寫論文的積極性，以期不斷提高畢業論文質量。英語專業本科畢業論文選題可以包括：

① 英美文學（國別文學研究和地域文學研究、英美文學的文化研究、作品分析、文學主要流派研究、作家研究和文本分析以及中外比較文學研究等）；

② 西方文化（英美加澳新等西方主要英語國家文化以及與漢文化的比較研究、文化與外語學習、地域文化研究）；

③ 翻譯學（翻譯理論與實踐探討、譯本研究以及名家名著翻譯作品對比研究、中外翻譯比較等）；

④ 語言學（語言學一般理論的研究及語言學研究，如語言研究、文字研究、詞彙研究、短語和句子研究、語篇研究、語言與文化等）；

⑤ 教學法（英語教學法、測試學等方面的研究以及學生學習策略的研究）；

⑥ 其他類（商務英語、國際貿易與實務、旅遊與旅遊管理等）。

四、增加多元化實踐設計

近年來，全國各級各類院校都提出建設多層次、多元化教學目標體系，滿足學生個性化學習需求。通過多元化的撰寫形式設計，既能夠使每個學生意識到畢業論文是對學生四年專業知識學習和運用能力的一個綜合檢驗，也能夠根據學生不同的興趣愛好、專業方向和將來的就業打算有針對性地幫助學生更好地完成畢業論文撰寫，順應市場需求，從而更加切合《大綱》對複合型外語人才的培養需要。

（一）翻譯實踐設計

英語專業（翻譯方向）的畢業論文可以採用"翻譯實踐設計"方式進行。"翻譯實踐設計"由翻譯實踐和實踐研究報告共同構成。翻譯實踐是學生運用所學翻譯理論知識與技巧，提高翻譯能力的重要手段。這一畢業論文的設計形式能使對翻譯感興趣並立志於從事翻譯工作的學生將課堂理論和翻譯實踐相結合，學生既能完成畢業論文又能適應將來市場經濟用人單位的需求。

1. 選題原則

對翻譯源文本的選擇題材不限，可以是文學類、科技類、商務類等，源文本為英語材料，字數為3,000~4,000詞，翻譯文本內容必須積極健康，必須是完整獨立的文本或者內容相關的一組文本。指導教師在源文本難度的把握上要考慮學生的專業基礎和實際水平，不宜太難或太簡單。源文本原則上應是此前沒有譯本，如果已有譯本，選取該文本時應註明並闡述再譯的理由，並獲得導師的同意。

2. 實踐階段

翻譯實踐設計可以分為以下六個階段：

源文本選擇階段，指導學生選擇合適的源文本或給學生指定源文本。

譯前準備階段，包括源文本閱讀、工具書選擇、參考書選擇、翻譯理論與技巧的指導等。

翻譯實踐階段，擬定翻譯實踐工作日程安排，完成對源文本的翻譯工作。

譯文評估階段，教師對所指導的譯文提出意見，寫出評語。

報告撰寫階段，學生用中文撰寫翻譯實踐報告。對自己的整個翻譯過程進行總結、反思和梳理。

3. 論文呈現

翻譯實踐的畢業論文主要包括源文本和譯文以及翻譯實踐報告。翻譯報告暫定用中文撰寫。字數不少於2,000字。報告的正文基本內容應該包括翻譯準備工作（對源文本介紹和分析、資料收集和翻譯工具等準備）、翻譯過程總結（翻譯難點與翻譯理論或方法的應用）、翻譯體會總結

（翻譯啟示、教訓和待解決的問題）。源文本和譯文可作為附錄出現在報告最後，當然翻譯報告必須是學生基於自己的翻譯實踐而形成的報告，所以翻譯實踐部分的原文和譯文與翻譯報告部分應具有內在的邏輯。

（二）教學實踐設計

英語專業（教育/師範方向）的畢業論文可以採用"教學實踐設計"方式進行，"教學實踐設計"由教學實踐和實踐研究報告共同構成。這一畢業論文的設計形式能使立志於從事英語教學的畢業生充分發揮自己的專業知識和技能特長，甚至能夠走出校門就走上講臺。

1. 選題原則

選題要緊密結合畢業生將來可能就業的中小學課堂教學實踐，有利於解決學生本人在今後的教學實踐中遇到的具體問題。指導教師可統一規定教學實踐的教材和課文，學生也可根據自身的就業需要自行選擇。總之選題必須符合教學實踐的內容要求，學生經過自身努力能夠在規定時間內獨立完成。

2. 實踐階段

教學實踐設計可以分為以下六個階段：

啟動階段，通過教學調查、學習有關資料確定自己的教學實踐對象和選用教材。

分析階段，通過查閱相關資料，運用科學的研究方法分析自身的教學實踐相關問題。

教案設計階段，根據提出的問題設計一個能運用於實際課堂的教學方案。

實施階段，通過課堂教學具體實施該教學方案。

評估階段，由指導教師對學生的課堂教學實踐實施情況及結果進行評估。

報告撰寫階段，用英語寫出正文 1,000 詞左右的實踐報告，具體分析教學實踐中所使用的教學方法，實施過程中的原材料處理和教學效果等。

3. 論文呈現

教學實踐的畢業論文主要包括實習教案和實踐報告兩個部分。其中實習教案應該全部用英語撰寫，有至少 2 學時的教學內容，除了電子教案還應包括課堂使用的 PPT 和相關教具；實踐報告應針對自己在該教學實踐過程中的所有階段進行總結分析，字數不少於英語 1,000 詞。此外，相關的資料還應該包括至少兩次的課堂教學錄音或錄像，兩次教學研討記錄和教學日記，以及兩次的聽課記錄。

（三）商務實踐設計

英語專業（商務方向）的畢業論文可以借鑑"翻譯實踐設計"方式進行，由商務合同翻譯實踐和實踐研究報告兩部分組成。將翻譯的選題內容定為商務合同，擬通過畢業生進入公司企業開展相關外貿業務，檢驗其在商務場合的語言運用能力。商務合同源文本中英文皆可，英語商務合同字數為 3,000~4,000 字，中文商務合同字數為 5,000 字左右。這一畢業論文的設計形式能充分反應學生的商務知識和運用商務英語翻譯理論知識和技巧準確翻譯國際商務與國際貿易業務的商務文件資料的能力，讓學生在畢業後能盡早勝任國際商務與國際貿易業務等相關工作。總之，商務實踐的具體實施步驟可參照"翻譯實踐設計"進行，此處不再贅述。

(四) 導遊實踐設計

英語專業（旅遊方向）的畢業論文可以借鑑"教學實踐設計"方式進行，"導遊實踐設計"由導遊詞和實踐研究報告共同組成。學生需選擇本省 4A 級以上景點兩個，收集相關資料和知識並獨立撰寫英文導遊詞各一篇，每篇字數在 400~600 詞。同時，學生要把做好的導遊詞進行錄音或錄像，邊講邊錄，最後教師點評，學生根據實踐寫出相關報告，報告用英語撰寫，字數在 2,000 詞左右。具體實踐步驟可參照"教學實踐設計"進行，此處不再贅述。這一形式為今後畢業生直接走上導遊崗位打下了基礎。

五、結語

按照國家教育部的規定，大學畢業生要撰寫畢業論文並通過答辯才能獲得學士學位。各高校在保證畢業論文質量的前提下，更應積極推進論文撰寫的改革與創新。誠然，多元化的英語專業畢業論文設計也對高校相關的論文指導教師配備、論文寫作課程設置，以及整個論文指導小組的分類指導和答辯等相關領域提出了更高的要求。但是，我們可以欣慰地看到英語專業畢業論文多元化的設計既加重了專業優勢的砝碼，也為今後學生的就業和學術研究增強了實力。雖然目前相關的實踐設計和方式還遠不完善，並有待進一步論證檢驗，但它無疑能充分體現《大綱》中指出的"培養這種複合型外語人才是社會主義市場經濟的需求，也是時代的要求。"

參考文獻

[1] 高等學校英語專業教學指導委員會英語組. 高等學校英語專業英語教學大綱 [M]. 北京：外語教學與研究出版社，2000.

[2] 李萍. 英語專業學生撰寫英語論文常見錯誤評析 [J]. 成都大學學報：社科版，2003 (3)：87-90.

[3] 穆詩雅. 英語專業畢業論文寫作 [M]. 北京：外語教學與研究出版社，2002.

[4] 張春芳. 近 30 年國內英語專業畢業論文寫作研究 [J]. 江蘇工業學院學報：社會科學版，2011 (1).

On the Diversified Designs of Writing Bachelor's Degree Thesis for English Majors Based on the Syllabus

Tan Yao

(*Department of Translation and Interpretation, CISISU, Chengdu, Sichuan, 611844*)

【Abstract】 Writing a Bachelor's Degree thesis is one of the important teaching processes. It also proves the mutiple qualifications of the college students. This essay analyzes the current situations in which the English majors write their theses. In addition, based on the Syllabus (2000), the author proposes the diversified designs of writing Bachelor's Degree thesis for English majors according to the market demands and the students'ability, needs and interest to meet the requirments of cultivating compound foreign language talents.

【Key words】 Syllabus; English majors; Bachelor's Degree thesis; diversification

高校法語基礎階段詞彙教學的方法與實踐

四川外國語大學成都學院法語義大利語系　袁乙榛[①]

【摘　要】《高等學校法語專業基礎階段教學大綱》在詞彙方面對法語專業學生在第一學年和第二學年有明確的要求，本文在簡單分析法語詞彙教學和研究現狀的基礎上，著力闡述在實際教學中總結的五大詞彙教學法和三大輔助配合教學法，以利更好引導學生，培養學生的詞彙自學能力，並優化詞彙教與學的方法，為後期的高年級法語學習打下紮實基礎。

【關鍵詞】法語基礎教學；詞彙教學；方法與實踐

一、法語詞彙教學研究現狀

語言學家威爾金斯曾經說過："沒有語法人們就不能表達很多東西，而沒有詞彙人們則無法表達任何東西。"由此可見，詞彙對於語言表達的重要性。中國出版的第一部法語詞彙學著作是由梁守鏘編著的《法語詞彙學》（1964年），這本書也為後來中國對法語詞彙的研究做出了巨大的貢獻。法語教學經過近半個世紀的發展，一些專家學者對法語詞彙教學進行了一定的研究，但多數集中在單純的法語詞彙研究和二外法語詞彙教學的研究，或者通過第三語言特別是英語來研究法語詞彙教學。而筆者主要是透過課堂，借助實際經驗，對法語初級階段的詞彙教學法做一個闡述。

我們知道掌握一定數量的詞彙有助於提高一門外語的表達能力和閱讀、寫作水平。詞彙量越大，法語學習的效果肯定會越好。就拿初級階段法語專業學生必須經過的專四考試來說，無論是在聽力部分還是閱讀和寫作，詞彙量大的同學得分相對較高。比如，在聽寫的時候碰到生詞

[①] 袁乙榛，女，碩士，四川外國語大學成都學院助教。研究方向為基礎法語教學。

querelle，對比那些完全沒有見過此單詞並且毫無印象的同學來說，認識 querelle 的同學顯然會遊刃有餘。由此可見詞彙對於語言學習的重要性，對學生來說詞彙是學習法語的一只"攔路虎"。同時對於老師來說，詞彙在教學中也是塊"硬骨頭"。記憶效率不高，缺乏詞彙知識的講授，與文化常識的斷裂，教法單一重複缺乏創新等一系列問題都造成了當今法語詞彙教學容易出現的"費時低效"的局面。所以，筆者汲取了一些前輩們研究的詞彙教學方法，再結合自身在實際教學中總結的方法，擬探討如何在初級階段克服詞彙教學困難，更好地帶動學生自助學習法語詞彙。

二、法語詞彙教學內容

法語基礎階段主要設置語音語調、語法、詞彙和書寫的課程，通過大量的聽、說、讀、寫練習，要求學生掌握語音語調，掌握詞彙類型及基本用法。根據法語教學大綱要求，在結合本校的實際情況上，我們要求學生第一學年掌握大約 3,500 個詞彙，其中熟練掌握的需達到 2,500 以上。第一學期的教學內容主要包括語音、語法和詞彙三個部分，針對詞彙教學，我們主要依託北外和上外的教材，應熟練掌握的詞彙為 1,000 個。第二學期應進一步鞏固詞彙，並擴大詞彙量，一學年應達到總共 3,500 個單詞的詞彙量。另外除了對每篇課文後的詞彙進行擴展和講解，每週還需布置 3~5 篇課外閱讀，圍繞著相同或是相關的主題，保證學生每週平均掌握 200 個以上新單詞。

要完成教學大綱規定的詞彙學習任務，不能靠單一的方法進行教學，如此大的詞彙教學任務，必須結合語境和詞的內涵和外延的不同特點，採用合適的教學方法。以下是根據教學實踐和前人的經驗總結出的一些可以在法語詞彙教學中運用的方法。

三、法語詞彙教學的方法

（一）常用法語詞彙教學方法

1. 近反義詞法

近反義詞法在我們年幼學習母語時就已十分常用，並且簡單有效。比如，法語詞彙教學中，在講到動詞 entrer（進入）的時候，很自然地需要講到它的反義詞——sortir（出來）。老師可以站在門口做出進來和出去的動作，並配合這兩個詞語反覆加強學生的記憶。這樣一來，通過一個詞，我們就能記住另外一個生活中常用的詞彙。

再者，說到近義詞。比如 parler（說），那麼我們就可以找出他的近義詞——dire（說），然後再稍作解釋，parler 強調說的結果，而 dire 重在表明說的具體內容。比如：Je parle avec mes amis（我和我朋友們說話）；Je dis que je les aime（我說我愛他們）。通過實際列子，告訴學生兩者區別，並舉一反三。總之，老師可利用最基本的近反義詞讓學生擴充基礎詞彙，並在課堂反覆練習，加強記憶。

2. "家族"法

顧名思義，"家族"法就是根據一個詞找到他的詞根並根據詞根把整個同根詞找出來，從而通過給出的單詞找到其相應的名詞、動詞、形容詞和副詞，不放過"家族裡"的每位成員。比如，chanter（唱歌）是一個動詞，老師在講到的時候就可以擴展到兩個名詞形式 le chant（唱）和 la chanson（歌曲），同時也可以用上述的近義詞比較法進行比較，兩個單詞作為名詞的不同意思。前者是"唱"這個動作的名詞形式，後者為由"唱"轉變為"歌曲"以後的名詞形式。為了加強學生的記憶，我們也可以和中文進行對比，la chanson（歌曲）這個詞語在中文中也直接音譯成了香頌，並且在生活中也常常見到，所以舉出典型簡單的例子，讓學生更加容易理解和記憶也是一個不錯的方法。總而言之，在用到這一點時，可和學生互動，啓發學生找到整個家族的常用詞形。

3. 比較法

這個方法多用於名詞和動詞之間相近詞語的解釋。比如，在看到 chercher（尋找）的時候，自然要提到 trouver（找到），前者強調尋找的過程而後者強調尋找的結果。顯而易見，此時理論上的比較是不夠的，因此老師可以設計一個語境，讓學生來區分。比如，昨天我的錢包丟了，我找了一個晚上但是都沒找到。這個句子中就用到了兩個"找"，前者"找個一個晚上"是強調過程，顯然應該用 chercher，後者"但沒找到"是說明結果，故用 trouver 才正確。所以具體哪個"找"對應法語中的哪個單詞不僅需要老師舉例引導，還需學生們在實際列子中自行悟出。由此可見在實際教學中，往往一個簡單生動的例子可以省去一大段枯燥的中文解釋。

4. 配詞法

這個多用於短語的學習，比如在給到一個單詞 aller（去）的時候，我們需要把和這個詞語常用的初級搭配或固定說法告知學生。比如 on y va（我們走吧），tout va bien（一切都好）等。在講解的同時，老師不應該局限於給出搭配，還應該給出生動具體的例子，或是模仿生活帶入新學的短語。就拿 tout va bien 舉例，可逐一詢問學生，讓學生理解其實際意義。再比如單詞 le coup（擊，打），我們就可以擴展出這個詞的一些基礎常用搭配：un coup de foudre（一見鐘情），在引入短語前可以告訴 la foudre（雷電，閃電）這個詞的單個意思，再配上一些語境，然後讓學生猜。比如，有一個漂亮的男孩看到一個漂亮的女孩，然後他說：Oh la la, elle est trop belle, j'ai le coup de foudre（天啦，她太漂亮了，我對她一見鐘情）。這樣的話題本來就對學生有吸引力，再加上舉例說明，學生很容易記住這個短語。再比如短語 un coup de main（一臂之力），老師可與學生互動，設計出需要幫助的情景，然後引導學生自覺說出"一臂之力"這個詞語，最終把法語相應的短語掌握到手。配詞法的運用有助於提高學生脫離單個詞的"中文解釋束縛"（因此，筆者也堅持在初級階段的後期教學中，用法語解釋法語單詞或短語，因為這一點涉及的內容不是今天要談的主要內容，所以在此略過），加深對法語語言本身的理解。

127

5. 重點動詞法

眾所周知，在語言的學習中，動詞是一個難點。那麼在每篇課文結束以後需要抓出重點動詞從搭配和用法上進行詳細講解。我們這裡拿 demander（要求，請求）來舉例。

Demander qch（要某物）

demander à qn qch（向某人要某物）

demander à qn de faire qch（請求/要求某人做某事）

再比如 apprendre（學習，得知，教）：

Apprendre une langue（學習一門語言）

Apprendre une nouvelle（聽說一個消息）

apprendre à faire（學做……）

apprendre à qn qch（教某人……）

apprendre à qn à faire（教某人做……）

大家可以看到光是這些基本的搭配就有這麼多，讓初學者一下子很難接受，恐怕也只是老師在臺上一廂情願地講，而學生在臺下茫然失措了。所以筆者在教學中，會合理安排節奏，每講完一個重點單詞就會讓學生活學活用，自由發揮，再接著講第二個單詞。其次，搭配的講解不能局限於理論，同樣需要給學生創造情景，把理論用於實踐中。比如，老師可任意挑選學生課桌上的文具用品，用 demander qch à qn 向學生發起對話，讓學生明白這個單詞在實際中的用法，最終讓學生主動地用這個句型反覆練習，任意地指出班上一位同學想要另外一位同學的某物件。這樣就涉及兩個"人"和一個"物"，看似加深了難度，實則幫助學生理清了思路，明白 demander 的具體用法，從而達到舉一反三的效果。

(二) 其他法語詞彙教學方法

需要注意的是，在所有的詞彙講解時，一定要大量舉例，因為僅僅講單詞不僅不利於學生的理解，更容易使課堂變得枯燥無味。因此，在使用以上五種方法的同時，需要配合以下實踐操作來提高學生的注意力。

1. 相關發散法

在講解詞彙的時候，應涉及相關法國文化常識和生活常識。比如，在講到 métro 時，可以向學生們發散一些知識，包括相關單詞、短語、溝通的常用說法。比如乘車怎麼說，要表達幾號線時怎麼說，地鐵票怎麼說，地鐵套票又怎麼表達，在這個基礎上也可以介紹巴黎地鐵的大致情況。筆者在法國留學期間也保留了很多有意思的物件，比如地鐵票、學生證、乘車時的錄音等，在課堂上我會充分利用這些物品向學生展現和盡量還原法國生活。比如利用多媒體播放乘車片段，讓學生自行找出有用的單詞或短語表達。有這些"神器"助力，很容易加深學生的印象，讓他們貼近法國人的生活，在激發其學習興趣的同時，也學到了基本的法國生活常識。在筆者個人的教學中，我覺得這一點很重要。老師有時需要充當"會講故事的"人，能夠結合學生所學，擴展發散到實際生活中。筆者發現學生在聽老師"講故事"的時候更認真，並且積極性更大。通常學生們還會有一些發散的問題，這時候老師只需甄別相關的好問題，把握課堂主線，選擇性地回答即可。

2. 游戲教學

學習語言基本上來說是"枯燥"的，特別是在初級階段，自學能力不夠，大多數靠老師的引導，很容易形成填鴨式教學，老師在講臺上口沫橫飛，而學生在下面一片神遊，所以在詞彙教學中，老師應該要善於把握課堂節奏，可以根據單詞設計一些有趣的游戲。比如，在碰到表示顏色的單詞 rouge（紅色）時，老師可用之前的相關發散法，把生活中常用的顏色詞都告知學生，如 jaune（黃色），bleu（藍色），blanc（白色），noir（黑色），vert（綠色）等。然後讓學生短時間內先自行記憶，再以小組為單位，老師從教室隨意抽取不同顏色的物品，並詢問"Quelle est la couleur（什麼顏色？）"然後看哪個小組搶答的快。也可以讓學生用至少三種顏色描述自己身上的顏色。比如"我的衣服是紅色的，我的褲子是藍色的，我的頭髮是黑色的"這樣一來，不僅可以加深學生的理解記憶，並且營造了良好的學習氛圍。根據筆者自身教學經驗，每次課堂游戲和分組比賽都是學生最開心，並且最積極展示自己的時候。

3. 遺忘法

掌握詞彙免不了與遺忘作鬥爭。一方面受母語影響，我們已經根深蒂固地習慣一些表達方式方法。比如中文說某人好紅，這個紅其實是出名、受歡迎的意思，單從字面講法語中對應的紅是 rouge，可是這個單詞在法語中僅僅單純表示顏色的紅，並沒有出名的意思，說到"出名"這個詞語，初級法語通常用 connu、populaire 或 célèbre 來表示。所以學生不能簡單地一對一直接把這個詞放進語境中來表達一個人有名氣。因此，我們必須盡量拋棄母語的表達習慣，嘗試用法語的思維模式來學習單詞。

另一方面，單詞的記憶是一個不斷重複的過程，德國心理學家艾賓浩斯（H. Ebbinghaus）研究發現，遺忘在記憶之後立即開始，並且遺忘的進程速度分佈不均勻，最初的遺忘速度很快，以後逐漸變慢，根據艾賓浩斯記憶曲線，我們觀察到在學到知識後的第一天，如果不採取復習措施，那麼能夠記憶的基本就只剩下原來的25%。比如今天記住了100個單詞，可是到了明天也許只有25個我們還能記得，其他的都忘記了，再到後天甚至只有15個能記得了，可見這是個長期的不斷重複的行為。因此，在法語詞彙教學中，教師應該組織學生及時復習，在學習新詞彙的時候帶入以前的詞彙進行反覆練習，掌握遺忘規律，從而真正將法語詞彙放到學生自己的詞彙庫中。

四、結語

詞彙教學是大學法語教學的重要環節，在實際教學中，學生才是絕對主體。在遵循教學大綱要求的前提下，一方面法語教師必須結合學生特點，根據五大教學法和三大配合法來設計課堂，盡量做到生動具體、實際有趣。另一方面還需引導學生，根據艾賓浩斯記憶曲線克服記憶難關。同時，肢體語言也是教學中的一個重要組成部分，每位教師都應該"拋棄"生活中的自己，在課堂上"表演"知識，讓法語詞彙跳出來、活起來。一位教育學家曾經說過，教學最好的方法就是學生最喜愛的那種方法。所以在法語基礎詞彙教學中，教師應該攜手學生共同攻克詞彙這一"攔路虎"，主動地激勵學生積極地參與法語詞彙教學中，並在學生參與的過程中，讓學生掌握到單詞學習的方法，以便更加容易地學習法語單詞。

參考文獻

［1］夏波. 零基礎法語精讀課詞彙教學研究［J］. 黑龍江科技信息，2011.

［2］陳建偉. 英法詞彙互借及其在法語詞彙教學中的作用［J］. 重慶科技學院學報，2008（11）.

［3］程依榮.《基礎法語》及法語教學詞彙研究的發展——紀念《基礎法語》發表三十週年［J］. 法國研究，1984.

［4］程依榮. 法語詞彙學的淵源和現狀［J］. 法國研究，1990.

［5］魯長江，李志清.《大學法語教學大綱·詞彙表》的說明［J］. 外語界，1992.

［6］杜莉. 試論現代法語詞彙的更新［J］. 中山大學學報：社會科學版，2000.

Method and Practice of Basic French Vocabulary Teaching of College

Yuan Yizhen

(*Department of French and Italian*, *CISISU*, *Chengdu*, *Sichuan*, 611844)

【**Abstract**】According to the requirements of College French Teaching Syllabus, starting from the vocabulary, focusing on the basic French teaching stage, the author tries to explain the five vocabulary teaching methods and the three assistant teaching methods, thus to better guide the students, to cultivate their self-learning ability and to promote them to pay attention to vocabulary learning. With language law, they could lay a good foundation to prepare for the latter part of senior french learning.

【**Key words**】french basic teaching; vocabulary teaching; method and practice

獨立學院外語專業聽力課程教學改革探索

四川外國語大學成都學院東方語系　張　穎[①]

【摘　要】聽力理解在人類交流行為中占據非常重要的地位，並且對其他語言技能的發展有極其重要的作用。因此，聽力能力的提高是外語教學需要著重考慮的問題之一。本文首先分析當前聽力教學存在的問題，在此基礎上結合獨立學院學生的特點，有針對性地提出聽力教學改進方法，以期對今後的獨立學院外語專業聽力教學有所裨益。

【關鍵詞】獨立學院；聽力教學；方法改革

一、引言

　　大學外語教學的根本目的是讓學生靈活運用目的語進行交流，而聽力理解又在交流過程中起著極其重要的作用。聽、說、讀、寫四種語言技能中，使用聽的時間是說的兩倍，是讀和寫的四至五倍（Rivers，1981），是使用最頻繁的技能。不僅如此，聽力能力發展對其他三種語言技能的發展也起到促進作用（Vandergrift，2007）。聽力教學可以說是語言技能教學的重中之重。專業外語類獨立學院肩負著培養能夠促進國際合作交流，可以服務經濟社會發展的人才的重任，辦學理念多為培養應用型人才。學生熟練、準確地運用各種語言技能是實現該理念的基礎。由此可見，聽力教學在獨立學院的外語教學中勢必占據重要地位。本文將分析獨立學院當前的聽力教學現狀，從中發現問題，擬從教師、學生、教學內容三方面著手探討聽力教學改革的方法。

[①] 張穎，女，碩士，四川外國語大學成都學院講師。研究方向為課堂研究，大學韓語教學。

二、當前聽力教學中存在的問題

(一) 教師教學層面

聽力理解的過程是一個複雜的認知過程，聽者要從聲音信號中獲取基本的語音和詞彙，通過語法知識構建句子的意思，再通過各句子之間的邏輯關係掌握整段內容的含義，有時還要超越字面意思，結合背景內容判斷話者的真正意圖。聽力教學就是要在有限的課堂時間內指導學生通過上述複雜的大腦活動達到正確理解聽力材料的目的。因此一堂成功的聽力課應該是節奏緊湊，學生略感緊張的學習過程。

但是當前聽力教學的現狀並非如此。在很多教師眼中，聽力課上起來頗為輕鬆。筆者也曾經聽過許多其他教師的聽力課，上課過程基本可以總結為一放錄音，二對答案，三講解。這是一種非常具有代表性的傳統聽力教學方法，這種模式把聽力理解行為誤當作技能訓練，且該模式也沒有體現教師的價值，甚至可以不需要教師參與，學生自學即可完成。傳統聽力教學模式沒有把聽力技能訓練作為教學重點，教師只針對某一題目進行講解，而不是教學生怎樣去聽，如何解決聽力過程中遇到的困難以便杜絕類似的錯誤發生。這種"頭疼醫頭，腳疼醫腳"的方法不能幫助學生有效提高聽力能力。除此之外，課堂活動單一乏味，很多聽力課堂沒有聽前預測、聽中練習等活動，只有聽後核對答案這一種聽力活動。長此以往學生覺得聽力學習機械枯燥，會逐漸失去學習興趣，喪失信心，使聽力學習陷入尷尬境地。因此，如何擺脫傳統聽力教學模式的束縛，以科學的理論為指導，探索出一種以訓練聽力技巧為核心，能使學生對聽力產生信心的教學模式是當前聽力教師需要解決的首要問題。

(二) 學生學習層面

筆者通過長期的聽力教學實踐總結出獨立學院學生在聽力學習方面的兩大問題。

首先，語言基礎知識欠缺。主要表現為語音發音不準確、詞彙量不夠、語法掌握不紮實。學生本身發音不準確，對於聽到的語音判斷多半有誤，如果聽力材料再出現連讀等其他語音現象，學生就很難聽出原詞。學生聽力能力提高受限的另一大因素是詞彙量有限。充足的詞彙量會讓學生對聽力材料中出現的詞組、慣用語甚至是俗語等感到熟悉，能迅速做出反應。而詞彙量不足直接導致聽力理解障礙。語法知識也是影響聽力理解效果的重要原因。語法直接體現句子內部以及各句子之間的各種邏輯關係，不同的目的語具有不同的語法結構及表達方式，如果學生不能對這些明顯區別於漢語的語法做出瞬間反應的話，即使能準確聽出語音和生詞，對聽力內容的理解程度也會大打折扣。

其次，聽力學習理念滯後。很多學生在聽力學習過程中沒有系統鍛煉聽力能力的意識，而是局限於聽懂材料本身。學生問題回答錯誤會改正，但是很少有學生去探究錯誤的原因，以及找出對策，避免同類錯誤再次發生。受應試教育的思想影響，更多學生的目的不是提高聽力能力而是如何通過考試。這就導致了一個奇怪的現象，學生注重應試技巧的鍛煉高於對能力的鍛煉。很多學生通過考試後便萬事大吉，存在一種得過且過的心理。

(三) 聽力材料層面

首先，大部分聽力材料沒有體現內容多樣性。筆者擔任過從大一至大四各個階段的聽力課教學。縱觀聽力內容，多以打電話、購物、交通、旅行等日常生活對話為主，主題較單一。而學生畢業後從事的領域多種多樣，單一的日常對話不能滿足今後生活和工作中的需要，鑒於此，聽力主題的選取也應盡量涉及多個領域。除日常對話，還應包括現代科技、社會、財經、文化、體育等各個方面。

其次，聽力內容以人造聽力材料為主，缺少真實性語言。從初級階段到高級階段聽力課採用的聽力材料多為發音標準，語速適中，幾乎不含有口語特點的話語。而真實生活中的話語在語調、語速、清晰度、句子的完整性以及干擾等各個方面都明顯區別於聽力材料的話語。學生曾跟筆者反應過，課堂上的句子都能聽懂，但是在和原語民交流時卻深受打擊，一個非常簡單的問句都要反應好長時間。這便是聽力材料中的話語和生活中真實話語脫節造成的。這種材料上的脫節產生的另一弊端是影響信息的輸出，即口語水平受限。模仿聽力材料出現的標準話語，很容易使學生輸出的話語也缺少口語特點。Porter and Roberts（1981）認為學生無法將課堂上掌握的技能熟練轉化到生活中的原因之一就是由輸入材料的不同導致。可見聽力材料中話語的真實性關乎聽力和口語兩種技能的發展與否。

三、聽力教學改進方法

(一) 教師教學方法的變革

第一，以科學的理論為依託，有效指導聽力教學。王華（2012）曾指出獨立學院教師接受繼續教育困難。而外語類獨立學院教師很多都是非師範畢業，外語教學理論水平整體不高。教師務必自力更生不斷學習理論知識並運用到教學中。外語教學發展到今天，教學方法及相關學習理論也在不斷發展。二語習得的各種理論、認知理論、ESA 理論、圖式理論、學習策略等很多成熟的理論都可以運用到聽力教學當中。例如，聽有關日常生活情景對話時，由於學生腦中存儲的與日常生活相關的圖示能夠幫助正確理解聽力內容，可以採用圖式理論教學。不同教學環節也可以採用不同的教學方法。聽前及聽後活動採用任務教學法，聽中採用互交式聽力，情景教學法等。既然聽力是一門綜合性很強的課程，單憑一種教學方法無法滿足教學上的所有需求，只有多種方法並存，融合各教學法的特點才能達到最佳教學效果。這就要求教師對這些方法都要有一定的瞭解，針對不同情況選擇不同的理論指導教學。

第二，創造真實的聽力環境，完善各聽力教學環節。由於獨立學院學生的特點，很多教師為使學生聽懂、增強信心，採用人造聽力材料。就是這份"好意"恰恰阻礙了聽力能力的提高。聽力教學的目標是提高聽力能力從而增強語言運用能力，聽力教學中就要盡量模仿真實生活中的"聽"。生活中的"聽"有幾點特徵，聽者對即將聽到的內容有一定的背景知識，帶著目的和期望去聽；對聽到的東西立刻做出反應等。要突出這些特徵，就要增加聽前活動環節，改善聽後活動。聽前活動的主要目的是通過各種活動讓學生合理推測即將聽到的內容，為學生提供相關背景知識。教師可以提供與聽力主題相關的圖片或視頻資料，拋出問題或引導學生展開討論，使學生對聽力內容展開預測。在這一過程中教師可以給出幾個關鍵詞，學生預測的內容可以是任何有助於聽力理解的要素，比如相關詞彙、句子以及文化背景知識等。聽後活動主要檢測學生對聽力內容的理解程度。應該從傳統模式中的單一核對答案發展為多種形式並存。核對答案是檢測學生聽力理解程度的最基本形式，但並不是最有效的。如果採用聽後復述、概括、開放及批判性討論的話，不僅能較好把握學生對聽力內容的理解程度還可以鍛煉口語能力。

第三，傳授並訓練聽力技巧。聽力教學的一大核心任務是教會學生如何去聽。學生以掌握的語言知識為基礎，借助各種聽力技巧才能充分理解聽力內容。

①做快速筆記。邊聽邊記是一種最基本的快速高效的聽力技巧。從筆者的經驗來看，很多學生雖然有意識做筆記，但是效果不佳。原因在於做筆記的方法欠妥。學生習慣於記錄完整的句子，剛寫前幾個詞整句話就已經讀完了。教師應當指點學生採用速記法。筆記的方式不限，可以是標準速記符號、字母縮寫、甚至是自創圖形或符號。用自己的方式把聽到的內容盡量快速全面地記錄下來。②把握主旨，找主題句。通常主題句出現在文章的開頭或結尾，但也有可能出現在句中或者不出現。聽主題句的同時還要注意關鍵詞，即使文章沒有主題句，也可以通過關鍵詞總結出文章的主旨。③通過已知信息推測未知信息。教師要讓學生充分發揮能動性，通過已知信息以及有用的線索聯想和推測。利用已聽到的文本信息推測後文；通過關鍵詞和話者的語氣、聲調猜測對話的氣氛和主題；聯繫上下文推測沒聽懂的內容等。學生還要對推測出的內容做出及時調整。不斷接收到的新信息能使學生判斷已推測的內容正確與否，整個聽力過程就是一個推測—判斷—推翻—再推測的過程。④利用文化背景知識判斷。任何聽力內容都不會脫離生活孤立存在，生活經歷以及各類常識能幫助學生對聽力內容做出正確判斷，有助於聽力理解。⑤找連接詞，判斷邏輯關係。在語篇聽力教學中更多地用到該技巧。找出連接詞，發現語篇線索把握語篇中各句之間的邏輯關係。例如，雖然、即使、因此、但是、總之等。

教師要傳授並有意識訓練這些技巧，教會學生如何聽。另外，學生本身也要進行自主訓練。

(二) 學生學習意識及方法的改進

第一，轉變聽力學習意識。引導學生不要把考試作為聽力學習的目標。聽力能力的提高有助於其他語言技能的發展，利於語言綜合運用，要從意識上重視聽力學習。

第二，加強自主學習管理，鞏固聽力技巧。教師和學生是教學活動兩大主體，不能把提高聽力能力的任務完全依賴於教學，學生作為知識的接受者，更要充分發揮能動性。葛健、陸萍（2008）中指出，獨立學院學生的普遍特點是總體學習基礎較差；部分學生自律性差，缺乏良好的學習習慣。筆者在長期的聽力教學中也發現，自主學習意識薄弱是獨立學院學生的一大短板。教師在傳授知識的同時還要慢慢滲透自主學習的重要性，不斷提高學生的自主學習意識，除課堂時間以外，結合上文提到的各種聽力技巧有計劃有目的地實施聽力學習。

第三，培養元認知策略。元認知策略能幫助學生規劃、管理聽力學習。包括制定學習目標及計劃，監控管理整個聽力過程，聽後反思評估聽力行為。聽力技巧屬於認知策略，元認知策略高於認知策略，是對認知策略的一種監控行為，如果學生能在聽前制定聽力目標，聽中執行並監控各種技巧，聽後評估反思聽力過程，那麼通過一定時間的訓練，學生聽力能力必定有大幅提高。

（三）聽力材料的創新

聽力材料的來源以教材為主，適當的課外材料能夠彌補教材內容體裁、主題較單一，人造語言材料與生活中真實的話語相脫節的局限。因此，材料創新主要從語言真實性和內容多樣性兩方面入手。低年級由於語音階段的特殊性可以適當接觸人造聽力材料，從中級開始要多接觸由生活中真實話語構成的聽力材料，到高年級完全採用新聞、紀錄片、訪談節目以及影視劇片段等材料教學。隨著互聯網的不斷發展，教師可以從專門的外語學習網站找到各種真實語言材料，以彌補教材的不足。隨著學生語言知識的不斷累積，聽力內容涉及的領域也要不斷拓展。從基礎的日常會話擴展為某些專門領域的語篇聽力。例如演講、學術報告、講座等。

四、結語

本文首先分析目前聽力教學的現狀及存在的問題，再結合筆者的教學經驗以及獨立學院學生的特點，從教學方法、學習方法以及聽力材料三方面對聽力教學方法提出改進意見。教學方法的變革是聽力教學質量提高的重要手段，學習方法的改進是從內因上解決聽力水平欠佳的根本途徑，聽力材料的創新是實現聽力教學實踐化的基礎。只有三者的有機結合，才能實現提高聽力能力，增強語言運用能力。

參考文獻

［1］包博. 剖析高校英語專業聽力教學的問題及改進方法［J］. 陝西教育，2008（9）：30-32.

［2］王華，侯向龍. 獨立學院師資隊伍建設現狀調查及對策分析——以某學院專職教師的問卷調查為基礎

[J]. 新西部, 2012 (12): 136-137.

[3] 侯志公. 高校日语听力教学的改革实践和创新研究 [J]. 山东教育学院学报, 2009 (2): 122-124.

[4] 杨洁. 高校英语听力教学中存在的问题与对策 [J]. 商业文化月刊, 2010 (7).

[5] 葛健, 陆萍. 高校独立学院的学生特点与教育管理思路探索 [J]. 山东教育学院学报, 2008 (6): 9-11.

[6] 王蕴. 英语听力教学与研究 [M]. 北京: 外语教学与研究出版社, 2012.

Approach to the Improvement of Listening Teaching in Independent College

zhang Ying

(Department of Oriental Languages, CISISU, Chengdu, Sichuan, 611844)

【Abstract】Listening comprehension plays a fairly important role in human's communication, and also has vitally important effects to the development of other language skills. Therefore, in the field of language education, the improvement of listening ability is one of the issues which need to be put more emphasis. This paper first analyzes the existing problems in listening teaching, and based on this, puts forward some corresponding measures for improvement of listening teaching in the light of the characteristics of independent college students. The authors deem it to be of help to the improvement of listening teaching in independent college in the future.

【Key words】independent college; listening teaching; strategy for improvement

對外經貿研究

從美國政局第三條道路的出現看個人主義的演變

四川外國語大學成都學院文化傳媒系　　張　偉[①]

【摘　要】個人主義是美國文化的核心，是美國價值觀體系的源泉，它對美國的社會、文化和政治都產生了深遠的影響。美國的個人主義並不是一個靜態的概念，而是隨著社會的發展，不斷地展現出新的內涵。本文試圖從三權分立的確立、兩黨輪流執政到"第三條道路"的出現這三個美國政局發生演變的重要時期來分析個人主義的演變。

【關鍵詞】個人主義；美國政局；演變

"God helps those who help themselves."（天助自助者。）是美國非常有名的一句諺語。它指出上帝只幫助那些重視個人奮鬥，實現個人價值的人，強調了人的自我價值和作用。這句話正好是美國個人主義的真實寫照。個人主義是美國文化的核心，是美國價值觀體系的源泉，它對美國的社會、文化和政治都產生了深遠的影響。

美國的政治結構從建立到現在僅有兩百多年的歷史，從 20 世紀 80 年代一直到現在，它一直是世界上最發達、最富有的國家，這很大程度上得歸功於其政局的穩定。美國的政治以其三權分立著名，在過去 230 多年裡，國家各權力機構雖鼎立平行、互不隸屬、互相獨立，各有各的管轄範圍，但又是一部"行之有效的機器"。立法、行政、司法三權分立使國家權力互相制約、互相制衡。美國的政治格局正是個人主義核心價值的體現。且 230 多年來的政治格局發展歷程，均圍繞個人主義這一核心價值體系的演變而不斷發展變化。

---

①　張偉，男，碩士，四川外國語大學成都學院講師。研究方向為美國文化，認知語言學。

一、早期個人主義與政治格局

　　美國的"個人意識"源自法國有關平等自由思想的理論。在進入啓蒙運動時期之後，一批思想家開始反對宗教宣揚的人與人之間存在與生俱來的不平等關係。德意志宗教改革的領袖馬丁·路德提出"唯信稱義"論，否定了教會在宗教信仰中的絕對權威，消除了控制世人精神生活的枷鎖，相信個人憑藉信仰就可以和上帝直接交流，從而提升了個人的自主意識，為個人主義的萌生奠定了基礎。五月花號事件後，"清教主義確立了美國個人主義的基本內涵，……個人主義源自清教主義的理性原則和對個人自主的追求"。在《獨立宣言》中，美國民眾強烈的個人意識和反權威的傳統得以彰顯：所有的人生而平等，上帝賦予他們不可剝奪的權利，其中包括生命、自由和對幸福的追求。美國在立憲之初，漢密爾頓和亞當斯等人認為政府是與個人相對立的，提出給政府的權力不必太多；政府的權力應當相互制衡，掌握政權的人不能長期執政，依據孟德斯鳩《論法的精神》提出立法、行政、司法三權分立，確立了美國立法至上、有限的行政權和司法獨立的政治結構原則，以防止政府像歐洲封建專制統治者那樣濫用權力，從而保證個人人身自由和財產的權利。更為有趣的是在1787年的制憲會議起草憲法時，制憲者們雖然已經強調政府的權力有限，公民享有的權利已經包含在內，但美國民眾依然擔心自己的權利得不到保障，要求把宗教自由、出版自由等相關自由權利列入憲法，並把此作為通過憲法的前提條件。最後，聯邦黨人不得不作出妥協，將現在稱為《權利法案》的第一至第十條修正案列入憲法，這才使憲法得以於1789年的第一屆國會上通過。美國三權分立政治格局的形成體現了早期個人主義對自由、平等的追求。

二、經濟個人主義與政治格局

　　內戰是美國史上政治制度一次非常重要的轉折點。英國著名學者維爾曾經這樣講到："從內戰到第一次世界大戰這一期間，就如同19世紀早期在英國那樣，可以經常並強有力地聽到在政府各部分之間要有'和諧'的要求。有人論辯說，現代社會的社會問題和經濟問題要求有負責的政府權力機關採取協調行動。而權力分立使這種協調行動不可能，它使責任模糊，直至完全消失。"在這一背景下首先得以擴張的是總統帶領的行政機關的權力，這使得為保證個人人身自由和財產權利而設立的三權分立面臨前所未有的挑戰。此時另一種權力制衡機制即兩黨制出現了。1800年，民主共和黨領袖杰斐遜當選為總統，同時隨著1804年漢密爾頓在與伯爾的決鬥中去世，以及聯邦黨因反對1812年戰爭而大失民心，聯邦黨逐漸消亡，民主共和黨連續24年占據了總統職位。美國歷史上出現了民主共和黨一黨統治的政治局面。雖然有三權分立，但只有一黨專政，獨享立法、行政和司法大權，這必然會讓美國民眾的權利失去應有的保障。這樣的局面顯然不是追求自由、平等的美國民眾所能接受的。此時，飛速發展的美國工業也催生了新的人文思潮。在思想領域這個時候出現了"社會達爾文主義"，把原本屬於自然界的"弱肉強食、適者生存"搬到了人類社會。這一思潮賦予了美國個人主義新的內涵：自由競爭、自我實現。個人主義進入經濟個人主義時代。美國著名政治學家梅里亞姆指出："這個理論認為，貿易有某些天然法則，運用這些法則將會給個人和社會帶來最大的福利。進步取決於實行自由競爭。自由競爭是經濟生活的偉大調整者，它保證適者生存，劣者淘汰。"美國是一個多元的社會，人們的經濟地位、政治信仰、文化背景、價值觀差異很大，利益的多樣化和多元性體現得十分典型。在美國民眾的政治生活中只有一個政黨，這種情況恐怕很難滿足每一個人，每一個群體的利益訴求。1828年，隨著杰克遜當上總統，由於其所持主張的不可調和，成立於1792年的民主共和黨分裂，一分為二為國民共和黨和民主黨。直到內戰前，聯邦政府主要由民主黨控制。1834年，國民共和黨和反杰克遜的勢力集合起來成立了由克雷領導的輝格黨。民主黨政府代表南方新興的種植園主，主張總統權威高於國會，同時反對以加重稅賦為代價的工業現代化。輝格黨的主張則反應北部工業資產階級及與他們聯繫較緊密的一些南部種植園主的要求，堅持憲法中規定的國會權威高於其他任何部門，同時大力支持工業現代化和經濟保護主義。1840年，代表輝格黨的戴威廉・亨利・哈里森將軍繼馬丁・範布倫成為美國史上第九位總統時，兩黨制從此誕生。然而，直到內戰結束，美國的兩黨並未形成輪流執政的態勢。到19世紀中期，隨著奴隸制問題的凸顯，輝格黨，其作為北部工商業者和部分南部種植園主的聯盟，再也無法維持其自身的統一，逐漸衰落下去。而同時各種政治勢力也面臨重組整合。在1854年，代表工業資本家的北部輝格黨人、自由土壤黨人以及其他廢奴主義者組織聯合起來，成立了共和黨，並且將黨的價值奠基於"個人自由""國家團結"。經過分裂和改組，民主黨完全成為南方奴隸種植園主階級的代表。1860年，共和黨在總統選舉中獲勝，林肯當選總統。這時，南部奴隸主決定進行武裝叛亂，1861年，內戰爆發。從內戰開始，美國出現了共和黨連續執政24年的政治局面。1884年，民主黨競選總統獲勝，從此開始了兩大黨輪流執政的歷史，標誌著美國現代兩黨制正式形成。兩黨制的出現有利於通過社會中兩黨力量的對立及其循環，避免政治和政策的極端性，保持國家重大問題決策的民主性，從而保證民眾個人和利益集團的利益最大化。兩黨輪流執政的出現體現了經濟飛速發展下經濟個人主義對自由競爭、自我價值的追求。

三、集體個人主義與政治格局

美國著名歷史學家小阿瑟・施萊辛格認為，美國歷史的發展具有週期性循環交替的特點。長期以來美國政治都由以象為黨徽的共和黨和和以驢為黨徽的民主黨兩個政黨一上一下輪流執政，大象穩重，毛驢倔強。冷戰結束以後，世界進入了新的格局，美國政局也發生了重大變化。其中影響最大的是，曾經交替支配和管理美國社會經濟政治的新自由主義與新保守主義呈日益接近甚至混同的發展趨勢，既不同於傳統自由主義，又不同於傳統保守主義的溫和務實的"第三條道路"漸成美國經濟政治上的主流。在1996年的美國大選中，克林頓積極明確地表明了自己的"中間立場"，提出的競選綱領既體現了民主黨傳統的寬容性，又體現了共和黨關於解決社會嚴重問題的部分主張，從而獲得了民主黨、部分溫和共和黨派人士以及婦女、黑人、老年人等廣大中下層選民的支持。2014年，明尼蘇達州民主農工黨對外聯絡主席埃里克在接受《21世紀》記者採訪時指出：兩個黨派的信條已經有所變化。回顧歷史，民主黨在南北戰爭時是支持奴隸制的，林肯和他所在的共和黨希望廢奴。而現在情況恰恰相反，民主黨希望人人機會均等，譬如黑人可以有投票權，而共和黨在這方面卻相對比較保守。兩個黨派雖然還是以各自政黨利益為重，不過他們在民眾面前還是力圖樹立一種以國家利益為先的形象。共和黨和和民主黨的立場都會向中間集中，而不是像以前處於兩個極點，雖然分歧還是會繼續存在下去。美國政局"第三條道路"的出現說明美國的個人主義新的一個時期，即集體個人主義時期的成熟，這是美國社會更加成熟的表現。集體個人主義出現於20世紀早期，當時由於經濟個人主義的盛行，工業巨頭們肆無忌憚地壟斷國家財富，並借此開始掌握國家政治權利，這時不少思想家主張廢除舊的個人主義，擔心普通個人權利會受到侵害，造成社會的不穩定。於是政府開始干涉經濟，通過反壟斷的法律，致力於為每個人創造均等的權利和機會。從集體個人主義的出現到成熟我們可以看到一個看似和個人主義相對立的觀念的重要作用——公共責任觀念對個人主義觀念的制約和平衡：兩個黨派在追求各自利益的同時，必須要考慮公共利益和整個社會的幸福。公共責任觀念並不是美國社會的新產物，它的出現可以追溯到美國早期殖民時期。1630年，清教徒約翰·溫斯羅普在塞勒姆港舍舟登岸之際，宣讀了一篇題為《基督仁愛之楷模》的布道書，以之為建立"山巔之城"的原則，"吾輩必須團結如一人，我們必須建立兄弟般的感情……"，"吾輩務須互悅互愛，為他人設身處地，有愉同歡，有哀同舉，同勞作，共患難，視他人為手足，待全民如一體。"在清教徒看來，"對公眾的愛護必須支配所有私人利益……這是一條根本原則，即特定個人的所有權不能在公眾權益遭到破壞的廢墟中存在。"從這些例子可以看出，一開始美國價值中就不缺少公共責任觀念。必須指出的是："集體個人主義強調的依然是個人的重要作用，推崇的依然是個人的創造精神，只是要求個人參與到社會和集體的活動中去，通過協調合作的方式來體現自身的價值。"

總的來說，個人主義在美國歷史上的地位無論是在過去還是在將來都是不可取代的，它形成了美利堅民族獨有的文化，是美國文化的價值核心。隨著美國社會和經濟的發展，美國政治格局的變化體現了個人主義的演變，但無論怎麼變個人主義的核心內容不會變化，這種觀念一定會被傳承，並影響著一代又一代的美國人。

參考文獻

[1] 呂其昌. 試論美國政局長期穩定的原因 [J]. 國際論壇, 2011 (3)：66-69.

［2］魏曉紅，李清源.從清教主義到美國文化［J］.河南師範大學學報：哲學社會科學版，2008（5）：23-26.
［3］［英］M. J. C. 維爾.憲政與分權［M］.蘇力，譯.北京：三聯書店，1997.
［4］［美］梅里亞姆.美國政治思想［M］.朱曾汶，譯.北京：商務印書館，1984.
［5］呂其昌.試論美國政局長期穩定的原因［J］.國際論壇，2011（3）：66-69.
［6］崔斌箴，王海青.論美國的個人主義政治文化和公共責任［J］.山東教育學院學報，2001（5）：36-38.
［7］張孟媛.美國個人主義的清教源流［J］.美國研究，2009（3）：116-126.
［8］端木義萬.美國社會文化透視［M］.南京：南京大學出版社，1999.

A Study on the Evolution of Individualism Based on the Appearance of the Third Route in American Political Situation

Zhang Wei

（*Department of Culture & Communication*，*CISISU*，*Chengdu*，*Sichuan*，611844）

【Abstract】 Individualism is the core of American culture and the fountain of American value system, which brings a great influence on American society, culture and politics. Individualism is not a static conception, and it displays new connotations with the development of society. This article is to analyze the evolution of individualism based on the three important stages (the foundation of separation of powers, two-party system and the appearance of the third route) of the evolutionary American political situation.

【Key words】 individualism; American political situation; evolution

基於生態視角的傳統出版業轉型與發展探索[①]

四川大學經濟學院　李月起[②]
重慶工商大學馬克思主義學院　丁　亮[③]

【摘　要】 在傳統媒體與新興媒體融合發展的新時期，尤其是新媒體的迅猛發展，使得傳統出版業發生了渠道、市場結構、產業結構、產品導向等變革。本文認為傳統出版業應該創新產業結構、拓寬信息傳播載體和建立有利於出版業生態發展的市場結構，並提出了明確中長期戰略發展規劃、打造生態出版業產業園區、對主導產業生態重組的建議。

【關鍵詞】 生態視角；傳統出版業；轉型；發展

近年來，國內一些專家學者對出版業的生態發展轉型做了很多研究，俞濤、厲亞、王道平（2008）認為出版生態化是出版業可持續發展的必然選擇，要實現出版生態化，出版觀的生態化是先導，出版多樣性是基礎，出版服務的生態化是核心，出版生態鏈的健康是保障。張歆、鄭笑眉、張琛（2010）從產業生態的視角探討了數字出版產業的可持續發展策略，並在此策略的指導下借助產品生命週期理論和 AISAS 理論分別為電子閱讀器生產廠商和數字出版商提供了發展策略。巢乃鵬、袁光峰（2012）認為，國家需要轉變傳統的出版規制理念和方式，為出版業在媒介融合背景下所進行的戰略選擇提供體制的保障。徐曉宇（2014）提出，要對應新聞出版業存在的問題進行改革，重新確定出版方針，明確改革目標。戶豔領、席增雷（2014）列舉了新聞出版產業所面臨的環境問題，最後對新聞出版業的綠色生態發展之路進行了對策探索。白林（2015）認為，在

[①] 　此文為重慶市教育委員會人文社科研究項目"新媒體視閾下重慶大學生媒介素養教育對策研究"（14HKS12）的階段成果。

[②] 　李月起，男，重慶工商大學助理研究員，四川大學經濟學院博士研究生。主要研究方向為中國經濟改革與發展、輿論與傳媒素養教育。

[③] 　丁亮，男，重慶工商大學馬克思主義學院碩士研究生。主要研究方向為馬克思主義基本原理。

媒介融合時代，以數字技術為共同基礎將各種媒體串聯起來，深刻改變著人們獲取信息和閱讀的方式，改變了整個傳媒的生態環境。程忠良（2015）提出在媒介融合時代，出版業可持續發展要有戰略佈局，需要四個意識，即戰略意識、數據意識、用戶意識和生態意識。綜上所述，國內對於出版業生態轉型已經有初步的研究，本文主要針對出版業生態轉型中面臨的結構轉型提出對應的解決措施和發展方向。

隨著時代發展與社會演變，"生態"已經逐漸滲透及覆蓋到其他學科領域。生態平衡的含義也相應延伸為人、物、環境等之間的有序運轉與動態平衡機理。在黨的十八大報告中，中國首次提出了"五位一體"的新提法，除了經濟建設、政治建設、文化建設和社會建設外，首次將"生態文明"提到了更高的戰略層面，旨在加大自然生態系統和環境保護力度，促進社會和諧發展。在由工業文明向生態文明轉型的過程中，產業生態轉型也被認為是保證經濟增長方式由粗放型向集約型轉變，實現經濟、生態、社會可持續發展的重要途徑。

2014年8月，國家提出了加快傳統媒體與新興媒體融合發展的戰略。在媒介融合過程中，傳統出版業的產業結構不斷優化，出版業與廣播電視、電信的價值鏈結構從橫向聚合與縱向一體化相互交織的結構，逐步演化為橫向一體化結構。由於扁平價值鏈結構的影響，不同的文化產業類型在融合競爭更加激烈。在文化產業中佔據一席之地的出版業，在新媒體技術影響下，呈現出規模經濟和範圍經濟不斷增長的特點，具體表現為企業規模不斷擴大、產品形態不斷增多。這些是媒介融合背景下出版業產業演化的基本規律。在此基礎上，如何實現傳統出版業的生態、健康發展，是值得研究的新問題。

一、傳統出版業面臨的新形勢與挑戰

伴隨著國家經濟發展進入新常態，個性化、多樣化消費成為主流，在文化產業發展領域將出現大眾文化消費引導文化產業升級、文化跨界融合推動傳統產業升級、大眾創業、萬眾創新激發文化創意發展的局面。互聯網和大數據對經濟發展的影響加深，新產業、新業態、新商業模式不斷湧現，根據2012年國家統計局會同相關部門修訂的《文化及相關產業分類》中，出版產業是文化產業中非常重要的類型。出版產業有廣義與狹義之分。其中廣義出版產業具體是在不同的載體上生產出版產品、複製和傳播以及提供出版服務，進而滿足人們精神需求的出版門類的總稱，其載體橫跨信息業、傳媒業、複製業和服務業等多產業的交叉性產業。而狹義的出版產業在傳統意義上以紙介質為載體，如今包括這些紙質內容的對應電子形式。本文中採用狹義的概念，出版形式包括圖書、報紙、期刊和電子出版物等。在媒介競合時代，傳統出版業面臨以下形勢與挑戰。

(一) 傳統出版業"渠道"發生變革

一是收入渠道的拓寬。數字技術革命改變了傳媒業的盈利模式，許多傳統出版業在向電子出版轉型過程中,不斷發展出綜合型的業態。比如華龍網在強化"內容"的同時,發展地產、教育培訓、汽車等系列綜合板塊,打開了盈利空間。二是隨著數字和網絡技術的滲透,內容傳輸渠道得以拓展。各種媒介傳輸渠道發生了質的變化,媒介原專用渠道轉變為通用渠道。在出版業,以往受到出版渠道的限制,許多內容無法得以出版,但在媒介融合時代,報紙、圖書、期刊等傳統出版媒體都建立了起自己的電子出版平臺,出版渠道大幅度擴大,而內容數量卻沒有相應的跟上,渠道的拓展使得內容稀缺開始凸顯。

(二)市場結構與產業結構的變革

傳統出版業以前的市場結構更多體現為壟斷性特徵,競爭性壟斷演進。但目前,傳統出版業面臨的競爭呈現出多元態勢,從內容、包裝、傳輸、操作、終端都存在競爭。產業結構朝著橫向一體化發展。在媒介融合時代,出版、電信、廣播電視等內容的包裝、傳輸、操作、終端等橫向環節融合發展。產業價值鏈環節進一步拓寬,傳統出版產業與廣播電視業、電信業在深度融合,各個行業之間通過優勢和特點互補,彼此滲透和過渡到對方的領域。例如傳統的出版產業,在媒介融合時代涉及網絡出版、數字出版,而其中的網絡設備製造環節、網絡營運環節、軟件開發環節等成為新增的價值鏈環節。在出版產業與其他產業融合過程中,以往紙質圖書、期刊等紙質印刷物為主要的信息載體。隨著網絡終端的普及,出版產業實現了基於電信網絡技術的無紙化流通。正是由於載體的多元化,促使了出版產業、廣播電視業等橫向聯合的過程。由於載體的限制打破,出版行業產業價值鏈延長。

(三)產品導向向生態導向的變革

在傳統的出版業,更多追求利潤的最大化,市場佔有率、產值等是重要的衡量因素,因此,總印數、總印張數、利潤等往往成為盲目追求的指標。出於對單一經濟利益的追求,企業在出版圖書、期刊等過程中,往往忽視產品使用中或使用後以及生產過程對環境的影響。基於這種無目的、低效率的生產觀念,出版物結構失調,產生了大量的文化垃圾,缺乏目標的重複出版盛行。長時間發展,亦會形成出版資源退化、質量下降、過度包裝、庫存積壓等惡性後果,破壞整個出版行業的健康發展。

二、出版業生態轉型的結構調整

生態產業突出特徵是實現資源的有效永續循環利用。在傳統出版產業中,很大部分出版物的生命週期是傳統出版者生產、讀者購買及閱讀、舊書收藏或者報廢的直線型模式,這種生產模式對資源耗費大、難以持續。出版產業生態化的核心則是出版服務的生態化,按出版物生態設計的要求，應根據基於生命週期評價的出版物分類，針對不對類型的出版物，選擇不同的載體，從而實現滿足讀者閱讀需要與減少對環境破壞和資源浪費的平衡。在媒介融合新時代，面臨經濟新常態下，傳統出版行業必須進一步調整自身產業結構，打破傳統的商業模式，加快出版業產業鏈的生態化調整，打造、完善、豐富出版業生態產業鏈，在出版物生命週期中貫穿生態意識，實現出版業的生態化轉型。

（一）創新產業結構，拓寬信息傳播載體

如前文分析，在媒介融合新時代，新媒體對傳統出版業的收入渠道、內容傳輸渠道、市場結構及產業結構都產生了深刻影響。傳統出版業應以此為契機，創新產業結構，拓寬信息傳播載體。以往，傳統出版業重點生產的內容為紙質圖書、報紙和期刊、音像製品等產品，生產這些產品需要依賴於有形的物質資料，產品銷售方式也存在單向度特徵。隨著微博、微信等大眾社交軟件的普及和使用，過去縱向信息傳播渠道變得多元化，消費者接受信息的渠道也更加多元，如消費者可以通過各門戶網站，如騰訊新聞、搜狐新聞、新聞頭條、聯合早報等新聞客戶端瞭解最新的資訊。這種電子傳輸渠道最大限度地限制了資源的無端浪費，而且能夠確保信息更加及時、準確地抵達消費者。針對這種特點，傳統出版集團應該整合互聯網優勢，在"互聯網+"的發展背景下，在選擇信息載體時，根據目標受眾的特點，將自身需要提供的內容，與受眾感興趣的問題，如生活服務、商品服務、旅遊導向等整合起來，通過文字、視頻、音頻、圖片等多種形式，通過網絡平臺等多渠道發送給讀者。中國對於出版類企業，尤其是新聞出版集團的內容有著一定的要求，這正如一座飛機的引航，大方向由國家相關部門審定和把握。對於這個飛機的"機翼"，則可以借助互聯網整合一些盈利模式，在大力發展數字出版等新媒體產業的同時，突破傳統媒體單一的資源消耗性生產模式，開拓新理念，完善出版業產業結構的生態轉型，實現信息資源的可持續利用。

（二）建立有利於出版業生態發展的市場結構

基於產品生命週期理論（product life cycle），在已經出版的紙質出版物中，相當高比例的出版物可以循環週期性使用。據國家廣電新聞出版總署統計，在各類學生教科書中，課本消耗的紙張占全部圖書的44%以上，使用週期僅為半年至三年，沒有達到書本完全使用週期。中國《中華人民共和國義務教育法》第四十一條也對於循環使用圖書、避免造成浪費做出了鼓勵性的政策，即"國家鼓勵教科書循環使用"。但是在現實生活中，教科書的循環使用非常低，這其中就有出版商與市場的利益博弈、使用習慣等多重因素的影響。因此，相關主管部門應該從更大層面鼓勵、提倡循環使用教科書，從減少資源浪費、生態環保的角度加大宣傳力度，從大家的意識層面著手做工作。與此同時，出版商自身應該扭轉經營理念，在生產經營中貫穿生態視角，著眼長遠發展，以做"百年老店"的心態構建新的市場結構。其次要創新出版業商業模式，由於傳統出版業過往盈利模式單一，致使惡性競爭明顯，出版物水平參差不齊，市場缺少活力，出版商只管盈利，不

145

管質量，這違背可持續發展的生態理念。在新媒體時代，出版商應該建立完整的出版物生態產業鏈。例如，嘗試在自己的門戶網站上開闢類似"孔夫子舊書網"等增值平臺，實現對自身出售的紙質書籍的舊書維護、回收、以舊換新、書籍交換等服務，通過不斷完善自己的出版產品和售後服務，不斷提升顧客售後服務的滿意率，從而提高整個出版業的市場活力與生態發展目標。

三、媒介融合時代出版業的生態發展方向探索

媒介融合作為新聞傳播發展史上一次突破性的變革，將會塑造出新的傳媒時代特徵，對於中國出版業而言，如何把握好媒介融合時代的本質特徵，拓展出符合時代要求的生態發展思路，將是中國出版業在未來一段時間需要關注和解決的重大現實問題。出版業應根據生態發展的目標，制定自己的發展戰略，在政府主導的情況下，充分發揮企業的主觀能動性，堅持在"節約資源、不破壞生態環境"的原則下進行可持續發展，調整發展戰略，開創新的戰略佈局。

(一) 明確中長期戰略發展規劃

企業戰略規劃要結合自己經營特徵與經營實際，圍繞生態發展的思路，並在發展規劃中通篇貫穿生態理念，並由此制定目標，按階段、有步驟實施。企業作為市場的細胞和重要組成部分，在大眾創新、萬眾創業的良好環境下，出版業在完成產品導向向生態導向變革的同時，必須拓寬自己的贏利點，保持增長速度，不盲目追求過去的利潤最大化，制定年度增長目標，逐漸適應企業穩增長的可持續發展"新常態"。

(二) 對主導產業生態重組

過去出版業的經營業務比較單一化，企業應首先進行產業結構調整，建立自己的產業生態系統。每個出版集團首先要有自己的主導產業，例如傳統的圖書業、報紙業將圖書、報紙作為自己的主導產業，以此為基礎，強化自身的品牌建設，拓展自己的業務渠道，但一定要堅持自身的發展規劃，堅持可持續發展的發展思路，不盲目擴張，充分利用自身優勢以及市場的作用，完成資源的有效配置，不能一味以行政手段來配置資源，要進一步完善現代企業管理制度。其次，加快出版業的內部資源整合，促進資源共享，提高工作效率，增強企業核心競爭力。

(三) 打造生態出版業產業園區

產業集群化是產業生態系統演替的一種趨勢，也是提高產業競爭力的有效途徑。出版產業也應由傳統的分散性產業經濟向集約型經濟轉型，建立生態出版產業園區，將大部分出版企業以及其他相關企業集中在園區，有利於資源的統一分配利用。園區可充分利用這一優勢，活化、用好

邊緣效應，促進各企業之間的信息、經驗、人才交流，以及內容資源等的多層次、高效率利用，促進園區企業的內容創新、管理創新、服務創新、營銷創新。

　　總之，出版業的生態轉型符合新時代的時代需求，同時需要政府大力支持，制定出版業可持續發展的科學評價體系，充分發揮市場在資源配置中的決定性作用，圍繞主導產業進行生態重組，建立出版業生態園區，延伸出版業生態產業鏈，加強出版物的循環利用，通過多渠道、多方位加快出版業的生態轉型和發展，提高中國出版業在國際上的綜合競爭力。

參考文獻

[1] 俞濤，厲亞，王道平. 出版生態化是出版業可持續發展的必然選擇［J］. 出版科學，2008（6）：43-47.

[2] 張歆，鄭笑眉，張琛. 衝擊與共贏——基於電紙書對出版業影響分析的電紙書產業策略研究［J］. 國際新聞界，2010（8）：99-104.

[3] 巢乃鵬，袁光峰. 媒介融合時代中國出版業的戰略選擇［J］. 出版發行研究，2012（2）：17-21.

[4] 徐曉宇. 新聞出版業體制改革面臨的問題及對策［J］. 新聞傳播，2014（4）：24.

[5] 戶豔領，席增雷. 基於生態視域的新聞出版產業可持續發展研究［J］. 中國出版，2014（10）：18-21.

[6] 白林. 媒介融合理論對圖書出版的啟示［J］. 編輯之友，2015（1）.

[7] 程忠良. 新媒介環境下出版業可持續發展的四個意識［J］. 出版發行研究，2015（4）：25-28.

[8] 姜兆軒. 媒介融合時代出版業的產業演化與競爭優勢研究［D］. 長沙：湖南師範大學，2012.

[9] 厲亞，俞濤. 生態出版與出版物的生態設計［J］. 出版發行研究，2009（12）：25-28.

[10] 溫寶，秦潔雯. 教材循環使用政策的實施與發展探討［J］. 出版與印刷，2010（2）：20-24.

[11] 厲亞，俞濤，賀戰兵. 出版產業生態轉型的對策研究［J］. 理論探索，2012（12）：5-9.

[12] 孫江莉，俞濤. 利用邊緣效應促進科技出版創新的探討［J］. 出版科學，2009，17（3）：62-64.

Exploration on the Transformation and Development of Traditional Publishing Industry Based on Ecological Perspective

Li Yeuqi

(*School of Economics, Sichuan University, Chengdu, Sichuan, 610065*)

Ding Liang

(*School of Marxism, CTBU, Chongqing, 400067*)

【Abstract】 In the new era of convergence development between traditional media and new media, and the rapid development of new media, the traditional publishing industry has been changed in the ways of channel, market structure, industrial structure and product orientation. This paper argues that the traditional publishing industry should innovate the industrial structure, expand the information dissemination vector and establish the market structure which is conducive to the development of publishing industry. It puts forward a clear strategy for the development of long-term planning that is to build eco industrial park, and to restructure ecological industry.

【Key words】 ecological perspective; traditional publishing industry; transformation; development

新型城鎮化：推進路徑的思考與探討

四川大學經濟學院　白佳飛[①]　馬永坤[②]

【摘　要】 新型城鎮化是信息化背景下中國現代化建設的歷史任務，同時也是內需的最大潛力所在。傳統城鎮化雖然實現了人口在城鎮空間上的快速集聚，但是城鎮化進程中的高消耗、高擴張所帶來的"城市病"及社會失衡等問題難以避免。新型城鎮化道路是以市場主導、城鄉統籌、信息技術支撐、基礎設施完善、產城互動、規模與結構合理、資源集約、充分就業、文化繁榮、生態文明與社會和諧等為基本特徵的城鎮化路徑。在國際經濟環境發生重大變化，中國經濟面臨下行壓力的新形勢下，選擇好路徑，加快推進新型城鎮化無疑是重大的戰略抉擇。

【關鍵詞】 新型城鎮化；推進路徑；經濟發展

　　沒有工業化和城市化，任何國家都不可能跨入中等收入國家之列；沒有朝氣蓬勃的城市，任何國家都不能跨入高收入國家之列。恩格斯也曾指出，科學、合理分工的城市可以進一步放大原來的生產力。理論與實踐已經充分證明，城鎮化已成為拉動經濟增長的重要動力。截至2012年，全國共285個地級市，368個縣級市，1,570個縣（自治縣），19,881個鎮，已初步形成以小城鎮為基礎、中小城市為骨幹、大城市為中心的多層次城鎮體系。傳統的以經濟發展為中心目標、以地方政府為主導、以規模擴張為發展方式、以物質資本大量投入為驅動的城鎮化模式已不可持續。而新型城鎮化被賦予了保持經濟增長、產業結構轉型、解決"三農"問題、區域協調發展等重要功能。在新的時代背景下，對新型城鎮化的推進路徑進行系統思考和探索，將具有重要的現實的意義。筆者以為，新型城鎮化道路是以市場主導、城鄉統籌、信息技術支撐、基礎設施完善、產城互動、規模與結構合理、資源集約、充分就業、文化繁榮、生態文明與社會和諧等為基本特徵

[①] 白佳飛，男，1985年9月生，陝西佳縣人，四川大學經濟學院博士生。主要研究方向為房地產經濟、項目管理、土地資源利用等。

[②] 馬永坤，重慶警察學院，西南財經大學博士後。主要研究方向為中國經濟改革。

的城鎮化路徑。

一、新型城鎮化：經濟轉型發展的戰略抉擇

在不同的發展階段，中國採取了不同側重點的城鎮化發展戰略：①改革開放前，中國實行了封閉式的計劃經濟模式，農業在二元分割體制下為工業及城市提供支撐。當時的城鎮化建設，試圖通過工農產品"剪刀差"的原始累積方式來支持城鎮化；同時，重工業的畸形發展，城鎮化與工業化、農業現代化呈現低水平的不均衡發展。②改革開放以來至20世紀末，在市場經濟背景下中國的經濟得到快速增長，實現了由農業大國向工業大國的轉變，城市規模不斷擴大，但城鄉二元結構問題突出。③21世紀頭十年，當時中國的城鎮化以科學發展觀為指導，出現全面加速的趨勢。十年間，中國的城鎮化率年均增長10.04%，相比1978年、2000年的城鎮化率提高了28.7%。2010年，中國的工業占GDP比重超過41%，進入了工業化的中後期階段，但城鎮化的發展明顯滯後於工業化。④"十二五"開局以來，如何摒棄粗放增長的傳統城鎮化模式、統籌城鄉發展、發揮城鎮化的潛力等成為中國實現科學發展及可持續發展的重要戰略抉擇。這樣，中國的城鎮化便進入由傳統城鎮化向新型城鎮化轉型的重要關口。

城鎮化是經濟社會發展的必然趨勢，同時也是工業化、現代化的重要標誌。改革開放以來，隨著中國經濟的快速發展和工業化水平的提高，特別是，黨的十八大提出走新型城鎮化道路，中國的城鎮化進程進入了前所未有的加速發展階段。由此，中國的城鎮化進入了轉型升級的新時期。在中國轉變經濟發展方式、實現跨越式發展、著力推進全面建成小康社會的背景下，新型城鎮化作用凸顯。事實上，中國的新型城鎮化是指隨著經濟體制的改革，推動大量農村人口走向城鎮化，並與經濟社會的可持續發展互為因果的。"十二五"發展規劃中提出，推進城鎮化需要穩步推進農村人口向城鎮轉移。這樣，便能以現有城市為基點較快達到一定的城鎮化水平，實現較高的城鎮化率。

二、新型城鎮化：突破中等收入國家陷阱

截至2013年年底，中國人均GDP為6,629美元，已進入上中等收入經濟體①。但是，對進入

---

① 世界銀行2010年的標準：低收入經濟體為1,005美元或以下者；下中等收入經濟體為1,006~3,975美元；上中等收入經濟體在3,976~12,275美元；高收入經濟體為12,276美元或以上者。詳見：趙鵬. 工薪家庭有望成中產群體後備軍 [EB/OL]. http://epaper.jinghua.cn/html/2013-06/14/content_1996966.htm.

"中等收入陷阱"[1]擔心日益加重。在此背景下,新型城鎮化肩負著助力中國跨越"中等收入陷阱"的使命。

首先,新型城鎮化是中國經濟保持持續健康發展的強大引擎。據預測,在經濟增速放緩的趨勢下,由於城鎮化的推動,中國 GDP 每增長 1%,就會在城鎮新創造 130 萬～170 萬個就業崗位。截至 2013 年年底,中國常住人口城鎮化率 53.7%,戶籍人口城鎮化率只有 36%左右,不僅遠低於發達國家 80%的平均水平,也低於人均收入與中國相近的發展中國家 60%的平均水平。隨著城鎮化水平的持續提高,更多的農村剩餘勞動力將通過城鄉之間的自由遷徙,在城市謀求更多的工作機會,享受城市規模化的公共服務。城鎮消費群體的增加和消費水平的提升,也會產生巨大的內需,也將對經濟健康發展提供持續動力。

其次,新型城鎮化以人為本,強調公平發展,化解社會問題。據統計,中國約有 2.34 億農民工及隨遷家屬,教育、就業、醫療、養老和住房等城市保障體系未能對這部分人群實施有效覆蓋。同時,農村留守兒童、婦女和老人問題也日益凸顯,這些都給中國經濟社會健康發展帶來風險。公正是社會的一種基本價值理念,也是社會主義本質的重要內涵。新型城鎮化道路,是以社會公正為價值導向,突破二元經濟結構的藩籬,實現城鄉統籌發展,努力實現鄉鎮居民公共服務的均等化。也就是說,新型城鎮化建設是以城鄉群眾的全面、協調、可持續發展為重要目標,在促進一部分農民職業轉變的同時,也造就了新一代的職業農民。以城鄉人民群眾安居樂業和各項權益的公正性保障來促進城鄉居民從職業到素質的全面發展。

最後,新型城鎮化更加強調內涵式發展,解決發展質量不佳的問題。在當前中國嚴峻的生態形勢下,新型城鎮放棄傳統的粗獷和外延式發展,更加強調城鎮發展的整體協調性、低碳綠色和內涵式發展。《國家新型城鎮化規劃(2014—2020 年)》中所提及的發展原則"四化同步,統籌城鄉""優化佈局,集約高效""生態文明,綠色低碳""文化傳承,彰顯特色"等城鎮化發展原則,無不是更加強調新型城鎮化發展的質量問題。

三、新型城鎮化:推進路徑及對策

新型城鎮化是一個內涵深邃、外延廣袤的系統工程,涉及經濟社會發展的方方面面。因此我們必須在新的時代背景下,尊重社會主義市場經濟和城鎮化發展各種規律,因勢利導地有序推進。

---

[1] "中等收入陷阱"由世界銀行在 2007 年發布的《東亞經濟報告》提出,是指當一個國家的人均收入達到中等水平後,由於不能順利實現經濟發展方式的轉變,導致經濟增長動力不足,最終出現經濟停滯的一種狀態。"中等收入陷阱"的核心內涵是"經濟增長滯緩""社會問題叢生"和"發展質量不佳"。

(一) 新型城鎮化是城市主導的城鎮化

在推進新型城鎮化的進程中，應以市場為主導，政府起引導作用，避免走傳統城鎮化模式中政府"說了算"的路徑。從城鎮化運作的科學性看，新型城鎮化是在遵循客觀規律的前提下，有計劃地將政府的主觀能動性與市場機制相結合，積極建立農村人口有序流轉、城鄉利益協調發展的城鎮化。因此，在新型城鎮化建設中應協調好政府與市場的關係，體現政府引導、市場在資源配置中起決定性作用。這是因為，市場機制是在經濟規律作用下實現資金、勞動力等生產要素向特定地區匯集，進而形成"城鎮"。城鎮化便是經濟規律、市場機制發揮作用，配置社會資源的過程。毋庸諱言，在城鎮化推進過程中還會出現市場失靈和市場缺損以及若干的社會問題。這就需要進一步發揮政府的作用，通過卓有成效的規劃，為市場機制發揮資源配置中的決定性作用和正能量營造環境、搭建平臺。

(二) 新型城鎮化是城鄉統籌的城鎮化

城鄉統籌的內涵要求在新型城鎮化的推進過程中，不是"見城不見鄉"，而是通過城鎮化的發展，解構二元經濟體制，有效解決農村和城市所面臨的雙重問題，達到一舉兩得的效果。新型城鎮化的持續推進，必將創造大量的就業機會，對解決農村勞動力過剩、促進農業集約節約經營，增強農村發展活力，促進城鄉統籌發展產生重要影響。同時，有序推進農業轉移人口的城鎮化重點在於促進生產要素在城鄉之間合理、有序流動。當前最緊迫的任務是解決好"促進約1億農業轉移人口落戶城鎮"，推動戶籍制度改革，制定差別化的落戶政策，逐漸拆除城鄉之間的"籬笆"，避免土地城鎮化超前於人口城鎮化。在此過程中，重點解決好農民的土地問題，在城市轉戶農民社會保障政策沒有徹底落實和解決之前，需謹慎處置轉戶農民的土地問題。農村土地制度改革既是城鎮化推進過程中的重點難點，也是機會所在。中國許多地方政策在此方面的創新，為城鄉統籌推進戶籍制度改革提供了強大的制度引擎，如成渝地區的土地制度改革，很好地解決了城鎮化過程中"地"和"錢"的問題，既解決了城鎮發展的空間問題，也解決了城鎮化過程為"新市民"提供公共服務"錢"的問題。

(三) 新型城鎮化是信息技術支撐下的城鎮化

隨著互聯網、雲計算等新一代信息技術的發展與融合，政府機關公共服務的能力極大增強了，使得公共服務均等化成為可能。國家"十二五"規劃綱要中提出，到2015年中國的城鎮化率將由目前的47.5%上升到51.5%。為了進一步促進新型城鎮化的建設及節能、環保理念的推進，各方面逐漸認識到信息化的重要性。相對於農村而言，城鎮是一個開放、複雜的系統，是一個人流、物流、信息流的集散地。經過三十多年改革開放的發展，中國的城鎮化已經進入加速發展時期，但是城鎮化的水平及質量仍落後於經濟社會發展水平，其根本原因在於城鎮經濟發展和設施建設的技術含量低,依靠信息技術及科技創新是提高城鎮化水平與質量的必然選擇。信息技術應服務於城鎮的基礎設施建設與經濟發展,通過技術集成與示範促進城鎮基礎設施建設水平、城鎮管理水平的提高。當代信息技術的迅速發展不斷豐富著城鎮基礎設施的技術手段,並在一個全新的高度上提供了一個解決信息問題的新途徑。例如,污水處理手段的創新、清潔能源、防範PM2.5等各種應用技術的開發等為城市環境的改善提供了新的可能。

(四) 新型城鎮化是基礎設施完善的城鎮化

城市的生命力最重要的依託是基礎功能,基礎功能主要依靠的是完善的基礎設施。基礎設施決定一個城鎮所容納的人口量和產業承載能力。完善的基礎設施,包括交通、通信、水電氣供應、排水與管道系統、各種公共服務設施等,能夠讓城鎮居民享受比農村居民更多的便利條件與服務,促進農業人口向非農業人口轉移,加速城鎮化的進程;同時,完善的基礎設施也是防範"城市病"、增強城市內聚力和輻射力的關鍵。可以從供給與需求兩個方面分析基礎設施與城鎮化的關係。因為,人口的增加必然帶來需求的增加,可以將基礎設施投資需求的函數視作城鎮化水平的函數。隨著城鎮化水平的提高,城鎮人口的增加,基礎設施投資需求也相應增加,並且這種需求的增加幾乎與城鎮化水平的提高是同步的。

(五) 新型城鎮化是城鎮規模和結構合理性的城鎮化

當前,中國的城鎮化處於全球平均水平,同時城鎮發展的規模與結構不盡合理,個別大城市過度膨脹,中小城市則發展動力不足。國內地區間的差距也較大,北京、上海等東部省市的城鎮化水平已經接近發達國家水平,而西部省市則處於國際中等偏下的水平。中國的城鄉二元結構開始延伸至城市內部,形成鮮明的戶籍與非戶籍的二元結構,使得中國未來城鎮化表現為城市內部轉移人口的市民化與農村遷徙人口的城鎮化的雙重特徵。中國的城鎮化已經開始由工業拉動的"土地擴張型"向市民化推動的"品質提升型"的方向發展。城市規模該大則大,形成城市在資源配置上的規模效應;城鎮之間應該形成一種網格化的城市群落。新型城鎮化道路要求的城鎮體系,應該是特大城市、中心城市、大中小城市、衛星城鎮以及眾多小城鎮相互依存,規模適度,結構合理,內生力和輻射力共振的網絡化城鎮體系。

(六) 新型城鎮化是產城融合的城鎮化

在新型城鎮化的推進過程中,要注重"產城融合"。既要彌補城鎮化滯後於工業化的"欠帳",又要避免在推進城鎮化的進程中出現產業的"空洞化"。傳統的觀念認為,工業地產投入期長且回報率低,這就使得過去城鎮化過程中,很多地產商或其他投資者傾向於商業地產的開發。然而,商業地產的開發受當地政府相關政策的影響,包括土地指標的落實、產業配套,均帶有明顯的行政色彩。對於城鎮化建設,真正能直接創造價值,為地方帶來稅收及就業,甚至引領整個園區產業發展的還是工業地產的開發。產城融合便是工業地產開發的重要方向，地方政府在開發一個產業園時，不但要考慮產業的發展，而且還要更多關注綜合商住功能及其與產業功能的融合。產業園區、城市"樓宇經濟"是承載城市產業職能的重要集聚平臺，其在改善投資環境、促進產業升級及區域經濟發展等方面有著重要的輻射、示範作用，是新型城鎮化和新型工業化同步推進的重要實現形式。城鎮產業和業態向園區和樓宇集中，並依託園區和樓宇進行集約型資源配置，以此拉動與之相匹配的新城建設與人口的集中，這是一種更加快速體現規模效應的新型城鎮化路徑。在產業發展上，還應注重做大產業鏈的擴張與延伸，增強產業配套的吸引力，形成產業集群。同時，還應按照新城區建設的要求，加快金融、物流等生產性服務業的發展，在核心城區和老城區"退二進三"，完善基礎設施、生活配套服務等，實現由單一功能產業區向現代綜合功能區的轉換。

（七）新型城鎮化是資源集約的城鎮化

中國雖然地大物博，但人均資源匱乏，尤其是土地資源。2005—2011年，全國城鎮建設用地從727萬公頃[①]增長到983萬公頃，增長35.7%；城鎮人口規模由56,157萬人增加至69,079萬人，增長23.01%，明顯低於土地城鎮化增速。資源集約的城鎮化強調的是人口的非農業化，注重非農業人口及非農產業在特定區域的匯集。城鎮是現代文明的產物，是經濟社會發展到一定階段的成果，城鎮數量的增多及集約化水平的提高都是社會進步及科技發展的結果。同時，高度現代化的城鎮生活及其所產生的推動力又是促進生產力發展的重要推動力。在推進新型城鎮化的進程中，要防止城鎮"攤大餅"式的外延擴張，注重城鎮內涵式和集約型發展。城鎮的本質是集聚，其一切功能都是為了集約化及為提高生產服務的效率服務。城鎮的資源集約化程度越高，其自我更新的能力就越強。然而，城鎮的資源集約化客觀上要求與經濟社會的發展相一致，是一個動態發展的過程，同時還需要與相對靜態的城鎮服務功能及基礎設施能力的提升相適應。

（八）新型城鎮化是充分就業的城鎮化

在城鎮化進程中，社會經濟能否快速發展，實現城鎮人口的充分就業是關鍵因素之一。新型城鎮化不僅僅將農村人口從戶籍上變為城鎮居民，而且將傳統農民轉變為城鎮職工或者是職業化的農業工人，否則就是"被城鎮化"，或者是"偽城鎮化"。在推進新型城鎮化的進程中，美麗城鄉僅僅是一個方面，城鄉人口的充分就業直接影響著經濟發展和社會穩定，關係到城鄉居民的切身利益。城鎮人口增加能為社會生產提供豐富的勞動力資源，這是促進經濟發展的關鍵因素。相反，城鎮人口增長超過經濟的吸納能力，帶來的是勞動力供大於求，失業率大增，則對經濟和社會進步發展產生不利因素。因此，在積極推進城鎮化、促進農村人口轉化為城鎮人口的過程中，

---

① 1公頃=10,000平方米。

如何有效地提高城鎮人口就業增長，平衡勞動力供需關係，實現勞動力資源優化配置，提高勞動生產率，促進經濟發展和勞動就業，是當前乃至今後城鎮化要研究和解決的經濟和社會問題。

（九）新型城鎮化是文化繁榮的城鎮化

文化是城市的靈魂，人是一種文化的存在。這就需要將文化元素、文化脈絡等融入城鎮建設與規劃之中，建設文化氛圍濃鬱的城鎮化。我們必須看到，西方國家的文化根基在城市，而傳統東方文化的淵源在於農業文明。在推進新型城鎮化的進程中，不僅要促進城鎮的現代化，而且要將具有中國特色的文化精髓在其中發揚光大。黨的十八大提出尊重自然、順其自然等"天人合一"的理念，讓城市融入自然，勾勒出了新型城鎮化文化發展的藍圖。新型城鎮化是中國現代化的重要載體及推進器，標誌著中國由鄉村文明向城鎮文明的轉變。現代工業文明追求標準化，而這容易導致城市建設的千篇一律，使得城市發展缺少文化特色與個性。理論與實踐證明，在推進新型城鎮化的過程中需要有中國特色文化的弘揚與凸顯。著名作家馮驥才曾指出："任何城市的文化都是一定地域人們審美累積的結果。"因此，新型城鎮化實踐，應視為一種富有個性的文化重塑與成長的過程。尤其是，不能把新型城鎮化演變成一種"鋼筋+水泥"的"造城"運動，在城鎮現代感中潛隱著中華文化的缺失。

（十）新型城鎮化是生態文明與社會和諧的城鎮化

黨的十八大要求把生態文明建設融入經濟建設、政治建設、文化建設、社會建設的各方面和全過程，努力建設美麗中國。新型城鎮化應該首先貫徹"美麗中國"建設思想。從本質上來說，城鎮化是人類的一種生產和生活方式，具有工具性的某些特徵，其本身具有強大的作用力，並具有正、負效應。這就需要對城鎮化的負面作用進行限制，在生態文明的基礎上推進城鎮化便是其重要內容之一。在生態文明建設的基礎上推進城鎮化建設，使得城鎮化的速度與規模與生態環境的承載力相適應，始終保證安居樂業、人口、產業、自然、社會與生態環境相適應。城鎮化與生態文明建設的協調發展，重點在於整體規劃人口、環境等，促進城鎮化與生態文明兩個系統各自及整體功能的最優，使得生態文明建設與城鎮化相互促進，在功能、速度等方面相互促進、相互完善。十八大報告指出："要把資源消耗、環境損害等納入社會經濟發展評價體系，以體現生態文明的目標體系。"在新型城鎮化的推進過程中，誠如習近平同志所說的那樣："既要金山銀山，更要綠水青山，說到底，綠水青山就是最好的金山銀山。"生態環境是人類生存最基礎的要素。基於生態環境、生態文明對城鎮化的審核與調控，是保證新型城鎮化科學、合理發展的重要內容之一。新型城鎮化具有多方面的內涵，通過生態文明調控新型城鎮化，並進一步促成兩者的融合具有強烈的現實緊迫性。我們可以將生態現代化、智慧城鎮化等作為生態文明與新型城鎮化相結合的重要路徑，這對當前中國生態環境危機背景下的新型城鎮化建設有著重要意義。

我們更要看到，城鎮化是社會經濟發展的過程與結果。因勢利導地推進新型城鎮化需要政府職能部門與市場機制協同配合，優化城鎮管理，促進社會和諧。城鎮特色是城市競爭力的象徵，同時也是城市管理水平和社會和諧的綜合體現。提高城鎮管理績效，促進城鎮的社會和諧，塑造良好的城市品牌形象，不但可以提高城市品位，而且還能更好地發揮城鎮功能。在推進新型城鎮化的進程中，我們要以建設中國特色社會主義的歷史視野和戰略高度來認識、思考、謀劃城鄉的協調發展，始終按照有利於促進和實現社會和諧來統籌考慮各類城鎮的建設、發展和管理，以解決人民群眾最關心、最直接、最現實的利益問題和民生工程為重點，著力發展社會事業，促進社會公平正義，建設和諧文化，完善社會管理，增強城鎮創造活力，實現社會建設、經濟建設、政治建設、文化建設和生態文明建設的互動和諧。

參考文獻

[1] 世界銀行. 2009年世界發展報告：重塑世界經濟地理 [M]. 北京：清華大學出版社，2010：24.

[2] 胡繼全. 中國新型城鎮化發展研究 [D]. 重慶：西南農業大學，2005.

[3] 國家統計局. 中國統計年鑒 [M]. 北京：中國統計出版社，2013.

[4] 倪鵬飛. 新型城鎮化的基本模式、具體路徑與推進對策 [J]. 江海學刊，2013（1）：87-94.

[5] 李成華. 科學發展觀指導下的新型城鎮化戰略 [J]. 求是，2012（14）：35-37.

[6] 仇保興. 新型城鎮化：從概念到行動 [J]. 行政管理改革，2012（11）：11-18.

[7] 羅沙. 社會藍皮書：中國城鎮化水平2018年將達60% [EB/OL]. http://news.xinhuanet.com/fortune/2013-12/26/c_118726966.htm.

[8] 新華社. 國家新型城鎮化規劃（2014—2020年）[EB/OL]. http://www.gov.cn/gongbao/content/2014/content_2644805.htm

[9] 楊繼瑞. 促進城鄉土地優化配置 [J]. 資源與人居環境，2009（14）：20.

[10] 張紅利. 中國傳統城鎮化的反思和新型城鎮化的內涵要求 [J]. 生態經濟，2013（11）：83-85.

[11] 馬曉河，胡擁軍. 中國城鎮化發展的歷程、面臨問題及其總體佈局 [J]. 改革，2010（10）：30-45.

[12] 李強，陳宇琳，劉精明. 中國城鎮化"推進模式"研究 [J]. 中國社會科學，2012（7）：82-100.

New Type of Urbanization: Advance Thinking and Discussion of The Path

Bai Jiafie   Ma Yongku

(*School of Economics, Sichuan University, Chengdu, Sichuan, 610074*)

【Abstract】 New type of urbanization is a historical mission of China's modernization under the background of informatization, is also the most potential of domestic demand. Although traditional urbanization has realized the rapid convergence of population on the urban space, in the process of the urbanization of high consumption, high expansion brought about by the "city disease" and social imbalance problems such as those difficult to avoid. A new path of urbanization is the market leading, urban and rural areas as a whole, information technology support, perfect infrastructure, city interaction, scale and reasonable structure, resource intensive, full employment, cultural prosperity and ecological civilization and social harmony of the basic characteristics of the urbanization path. Considering that Chinese economy is facing downward pressure and major changes in the international economic environment, choosing a good path, accelerating the new urbanization undoubtedly is a significant strategic choice.

【Key words】 new urbanization; promote path; economic development

淺議新常態下的保障性住房投資機制

四川大學經濟學院　耿穎強[①]

【摘　要】保障性住房建設不僅僅是社會保障的重要組成部分，從投資角度看更是房地產業乃至宏觀經濟調控的重要手段。不同時期、不同地區的房地產形勢決定了不同的保障性住房建設投資機制和運作模式。在中國經濟社會進入新常態的大背景下，保障性住房建設投資也必須適應新的形勢和任務，準確把握供求關係，充分發揮市場在資源配置中的決定性作用，研究符合時代特點的投資機制，變單一的投資建設模式為建設、回購、回租三一體投資模式，才能實現帕累托最優，提高公共資源利用效率。

【關鍵詞】保障性住房；投資；機制

　　保障性住房建設從來都是房地產市場的有機組成部分。二者之間天然存在對立統一關係，縱觀中國保障性住房建設二十多年的歷程，無不與房地產市場的大形勢息息相關。房地產市場的起步從房改開始，某種程度上就是住房保障制度改革的嬗變。1998 年以後，隨著房地產市場的起起落落，保障性住房建設投資也經歷了從缺位到迴歸、從起步到強化、從單一的政府投資建設到多元化投融資建設等不同的發展階段，逐步形成了富有中國特色的保障性住房建設投資機制和各地區不同的模式。保障性住房建設不僅為房地產市場的健康發展起到了促進作用，同時也成為不同時期整個宏觀經濟調控的有力工具。

　　2012 年以來，中國經濟在國內"三期疊加"和國際金融危機的雙重影響下，GDP 增速首次降到 8% 以內，2013 年為 7.7%，2014 年進一步回落至 7.4%，經濟增長目標不再"保 8"，步入以"區間論"為標誌的"新常態"。隨著經濟增速的回落，中國房地產市場在經濟下行壓力、貨幣適度從緊以及歷次調控政策的持續疊加影響下以更大的幅度下滑，投資增速顯著放緩，銷售面積和銷售額同比大幅下降，70 個大中城市中大多數出現"量價齊跌"態勢。商品住宅庫存大量累積且

---

① 耿穎強，男，四川大學經濟學院博士研究生。研究方向為中國經濟體制改革。

同質化嚴重，許多房地產企業面臨資金鏈斷裂的危險。

由於房地產關聯行業極多，對國民經濟的影響主要集中在以下四個方面：一是對鋼鐵、建材等中低端製造業的影響，使本來就相對過剩的產業形勢更加惡化；二是對銀行金融業的影響，房地產泡沫破裂極有可能引發系統性金融債務危機；三是對就業的影響，大量失業會進一步抑制社會總需求；四是對政府財政支出的影響，房地產市場的下滑直接導致土地價格大幅回落，使以土地出讓收入為支撐的地方財政更加捉襟見肘，而地方政府債務風險又會導致以投資為主要引擎的宏觀經濟層面雪上加霜。

保障性住房建投資屬於大民生範疇，投資力度一直在不斷加大，體現了各級黨和政府對社會保障及民生工作的高度重視。同時不斷加大的保障房投資在房地產業乃至整個宏觀經濟運行中一直發揮著調控器的作用，在不同的時期起到了不同的作用。在中國經濟進入新常態的大背景下，如何更好地發揮保障性住房建設投資在調結構、穩增長、惠民生、化風險等方面的作用，具有特殊的現實意義。

一、保障性住房投資的主要理論依據和國內研究情況

（一）馬克思主義經濟學關於住房保障問題的闡述

由於時代的局限性，馬克思在《資本論》中很少直接涉及住房保障問題，但在其他相關文獻中也提到過，衣、食、住是人的第一需要，應該從國民收入分配和再分配的角度滿足這些需要。這就為政府作為保障性住房建設投資的主體提供了理論淵源。恩格斯關於住房問題的研究相對較多。他認為，"住房缺乏現象是機器大工業發展的必然產物……一方面，大批農村工人突然被吸引到發展為工業中心的大城市裡來，另一方面，這些舊城市的佈局已經不適合新的大工業條件和與此相適應的交通，街道在加寬……工人住宅卻在大批拆除。於是就突然出現了工人以及以工人為主顧的小商人和小手工業者的住宅缺乏現象。"馬克思主義經濟學認為，住房問題的產生有兩個方面的原因，一是勞動力成為商品並大規模向城市轉移，二是住房作為商品同樣也遵循資本主義生產方式的普遍規律，必然隨著資本有機構成的提高出現相對過剩。這樣就出現一方面大量住宅賣不出去，一方面廣大低收入者買不起甚至租不起房子的現象。恩格斯認為，要從根本上解決工人住房問題，"重新實行個人對自己住房的個人所有權，是一種退步"，而應該通過公有住宅來解決。在恩格斯1847年撰寫的《共產主義原理》中提到了在建立無產階級政權之後應當"在國有土地上建築大廈，作為公民公社的公共住宅"。關於住房租賃，恩格斯認為是一種普通的商品交易過程。他指出，對住房這種"消耗期限很長的商品就有可能把使用價值零星出賣，每次有一定的期限，即將使用價值出租"。

列寧接受了恩格斯關於解決住房問題的觀點，主要有三方面，一是通過公有住宅來解決住房

短缺問題的；二是不會毫無代價地分配住宅，"把屬於全民的住宅租給單個家庭就要徵收租金，又要實行一定的監督，還要規定分配住宅的某種標準"；三是承認個人可以擁有部分產權，這在1919年俄共（布）第八次代表大會所通過的黨綱中有所反應。

（二）薩繆爾森的公共產品理論

所謂公共產品，是指"其效益涉及一個人以上的、不可分割的外部消費效果。相比之下，如果一個物品能夠被分割，並且其中的每一部分能夠分別通過競爭賣給不同的人，而對其他人沒有產生外部性，那麼這種物品就是私人物品"。公共產品具有與私人產品顯著不同的三個特徵：效用的不可分割性、消費的非競爭性和受益的非排他性。效用的不可分割性好理解。非競爭性是指許多人可以同時消費同一種物品，某一個人的消費不會減少他人的消費數量。非排他性是指物品或服務在消費過程中產生的利益不能被某個消費者所專有。介於公共產品和私人產品之間的屬於準公共產品，保障性住房應歸於準公共產品的範疇，在產權上屬於公共產品（經濟適用房等有限產權除外），但在分配上存在著競爭性，在使用上存在著排他性。西方經濟學認為，公共產品是解決市場失靈的主要手段之一，政府可直接負責公共產品的提供和生產，也可根據公共產品的不同屬性和特徵，實行政府主導下的多元供給制度，這就使得政府承擔了對經濟活動進行規制、干預和生產的功能，用微觀經濟政策的調整來影響市場運行。

（三）凱恩斯經濟學和乘數理論

凱恩斯經濟學（或凱恩斯主義）是以凱恩斯的著作《就業、利息和貨幣通論》為思想基礎的經濟理論，認為經濟中不存在生產和就業向完全就業方向發展的強大的自動機制，生產和就業的水平決定於總需求的水平，對商品總需求的減少是經濟衰退的主要原因，主張國家採用擴張性的經濟政策，通過增加需求促進經濟增長。乘數理論是凱恩斯主義宏觀經濟政策的重要理論依據之一，凱恩斯認為，總需求不足導致的經濟增速放緩可以通過投資來彌補，而在經濟下行時期，私人投資會更加謹慎，只能靠政府增加公共投資來解決。根據乘數理論，增加政府投資或支出能夠使總收入和就業成倍數增加，從而起到減輕經濟波動、促進就業水平提高的作用。基於投資乘數理論，凱恩斯主張在經濟下行時，政府要加大財政支出，實行積極的財政政策，政府支出主要包括政府購買和轉移支付。"政府購買是指政府對商品和勞務的購買，轉移支付是指政府在社會福利、貧困救濟和補助等方面的支出"，對保障性住房的投資實際上兼具了以上兩種職能，因而歷來都是宏觀調控的主要工具之一。

（四）國內學界對保障性住房投資的理論研究情況

目前，國內學者運用公平效率理論、供需平衡理論、國家干預理論等對住房保障制度改革的研究已經很多，尤其對融資、建設、管理等方面的研究已經非常深入。如：王祖繼（2008）認為，進一步完善保障性住房的投融資機制是保障性住房建設可持續的重要前提；施昌奎認為政府要排解民間資本對建設和經營保障性住房的不確定性，拓寬融資渠道，增加障性住房房源，並建立市場退出和政府接盤機制；王琨認為要通過金融創新、機制創新、管理創新提高保障性住房建設和營運的效率。但對投資機制的研究還有所欠缺，往往使各級政府在利用投資槓桿時目標不精準，方向不明確，不是一刀切，就是一哄而上，造成資源浪費，甚至對宏觀經濟造成負面影響。如果對中國保障性住房建設投資十幾年來的實踐進行深入分析就會發現，保障房投資的關鍵問題不是如何融通更多的資金，而是如何有效利用資金，也就是如何建立有效的投資機制問題。科學有效的投資機制不僅能發揮資金的最佳效用，而且能夠吸引更多的社會投資到保障性住房建設中來，不僅能夠促進房地產業健康發展，而且能夠成為整個宏觀經濟的加速器或調節器。

二、保障性住房投資對宏觀經濟的影響和意義

由於住房是人類生存的基本需求，又具有使用期限長、價值大的特點，因而在家庭消費和家庭資產中佔有重要地位，同時也使住房具有了保值增值的投資屬性。隨著經濟的發展，住房不僅在家庭財產結構中的比例不斷加大，而且還在家庭收入占據愈來愈重要的地位，進而對整個國民收入產生重大影響。保障房建設與投資是房地產業的重要調節器，其投資機制、投資模式、投資力度都會對宏觀經濟產生重要影響，在不同的歷史時期和宏觀經濟條件下具有不同的意義。

一是增長引擎，擴大內需。這是由房地產業在國民經濟中的地位決定的，房地產業關聯度高，帶動作用強，投資的輻射作用大，而保障性住房建設投資由政府主導，往往時間集中，投資量大，在經濟下行週期中曾起到過很好的刺激作用。

二是調整結構，預防過熱。當房地產業過度市場化時，又會導致市場供求結構嚴重失衡，房地產價格的高企會引導資金大量從實體經濟流向房地產，致使投機性投資盛行，產生泡沫，威脅宏觀經濟的健康運行。這時加大保障性住房建設投資能夠起到優化市場供求結構，遏制投機行為，確保房地產業健康發展的作用。只有房地產業的健康發展，才能避免經濟過熱和通貨膨脹，確保國民經濟持續健康運行。

三是調節分配，促進和諧。保障性住房建設滿足人們基本居住權需求，對廣大低收入人群來說，等於是提供了一項長期福利。因為住房需求一直是家庭支出的最重要部分之一，即使在房價收入比合理的國家和地區，住房消費也占到了家庭收入的30%左右，僅次於恩格爾系數，在房價存在泡沫時甚至高於恩格爾系數。因此不論是何種形式的保障房，只要解決了中低收入者的住房問題，從長期來看都有助於他們增強家庭的財富累積能力，從而調節社會各個階層收入分配，縮小貧富差距，促進社會和諧。

四是加大調控力度，轉變發展方式。房地產業並無多少科技含量，高房價不但使本行業在暴

利的掩蓋下更加粗放和低效，而且導致經濟增長過度依賴房地產市場的投資拉動，使其成為社會資本的"吸金池"，而那些科技含量高、創新能力強的產業卻因為初期利潤低反而得不到資金的支持。通過增加保障性住房供給，可以改變經濟增長過度依賴房地產市場投資，引導社會資金轉向戰略新興產業，推動產業結構優化升級，實現經濟發展方式轉變。

三、房地產業新常態與保障性住房面臨的突出問題

當前，在中國經濟發展步入新常態，經濟增長從高速轉向中高速，發展方式從規模速度粗放型轉向質量效率集約型，經濟結構從增量擴能轉向調整存量和做優增量，發展動力從傳統引擎轉向創新引擎，房地產業作為"國民經濟重要支柱產業"也出現了新的特徵：

第一，市場形勢開始逆轉，庫存增加，投資銷售出現雙下滑。經過十年黃金期的快速發展，從2014年開始，房地產市場增長勢頭嚴重受阻，11月份國家統計局公布的70個大中城市中，價格環比下降的達到67個，同比下降的68個，三、四線城市商品房庫存更加嚴重。隨著宏觀經濟增速換擋、房地產調控政策的效應累積以及行業競爭的加劇，大批房企被兼併或倒閉，而新房企註冊呈現下降趨勢，大多數城市商品房市場隔過"白銀時代"進入過剩時代，商業地產則因為電子商務的崛起出現更加嚴重的過剩。

第二，住宅產品結構不合理，同質化更加嚴重。多年以來，單一的價格層面競爭、以賣方市場為主要特徵的長期供給不足，使開發商忽視了質量、性能、服務等差異化需求，這是導致住宅產品結構性失衡的主要原因。而政策調整的滯後也起到了推波助瀾的作用，如發端於2006年5月的"90/70政策"十年沒調整過，在一些地方已失去了繼續存在的必要性，但還被作為規劃設計的前置條件執行著，致使中小戶型房源過剩；又如2010年的"限購令"又導致改善性住房需求在近幾年受挫。這些都導致了目前住宅產品同質化嚴重，且短期內不能通過市場消化。

第三，拆遷安置房的大量上市有可能對市場形成災難性衝擊。新型城鎮化建設和棚戶區改造是中國適應新常態、引領新常態的有力舉措，從經濟社會長遠發展來看利國利民。但由於各地歷史和發展現狀不同，許多地方在推動新型城鎮化建設和棚戶區改造過程中，出現了許多誤區。第一個誤區就是以"去農村化"為代表的大拆大建。由於這項工作起步於房地產業的黃金上升時期，過分放大了地方政府和群眾以及開發商對房地產升值的預期，因而在拆遷安置政策制定中，幾方博弈的結果是貨幣化安置很少而安置房建設面積過大且同質化嚴重。以鄭州市為例，近幾年城中村、城郊村改造和棚戶區改造力度很大。截至2015年6月，圍合區域（航空港區除外）內拆遷面積2.625億平方米，涉及210,242戶，793,781人。市政府出抬的安置政策中，一般按原自建房三層以下1∶1安置，三層以上不予安置，也有按人均110平方米進行安置的，這本身就是一個天文數字。在實際執行中，正是由於對房價的預期，安置房建設面積要遠遠大於政策規定，一些地方

是按原有自建房全部面積1：1安置，一些地方按人均140~180平方米進行安置，估計安置房總建設面積可達2億平方米左右，戶均900平方米。然而安置房戶型一般為三種，70平方米、110平方米、140平方米，即使都按最大戶型150平方米，每戶平均可得到安置房6套左右。如此多的安置房進入市場，無論對銷售市場還是出租市場都會產生難以駕馭的衝擊。同時還要考慮到以市場方式推動拆遷改造中的商品房開發部分。事實上，開發商介入拆遷改造的動力仍是商品房開發，一般是以配套出讓的形式以土地換安置房建設投資，一切都寄希望於房地產的升值上，這會使房地產過剩更加嚴重。

第四，保障房建設投資本身也存在結構性過剩和同質化的問題。正如前文所述，保障房投資一直被當作宏觀調控的工具使用，投資力度一直呈上升趨勢，這本身沒錯。但投資與建設的混淆一直是政策執行痼疾，不考慮實際需求，片面追求政績，一窩蜂、一刀切地搞建設是許多地方政府的通病。通過調研，一般除省會城市外的地級城市並不需要多少公租房，但近幾年都建了不少，個別縣級市城區人口才十來萬，也敢一次性開建上千套公租房、廉租房，房子建成後大部分無人問津。從2008年11月開始，為了應對國際金融危機，保障性住房建設被作為刺激經濟十大措施的第一項提出來。到2010年，中央財政直接投入保障性住房建設資金達742億元，各省市自治區配套資金達到1.3萬億元，其中青海、吉林兩省所需保障性住房資金規模超過了其當年財政收入，黑、甘、瓊、陝、藏、湘、新、皖、內蒙古九省區超過其當年財政收入的一半。如此巨大的資金投入，在當時確實起到了明顯的拉動作用。但以刺激經濟為主要使命的強投資作用實現以後，並沒有及時調整和優化保障房供給結構，以數量和面積為目標的建設投資機制被延續至今，使保障性住房結構性過剩問題突出，供需失衡與區域失衡疊加：有的城市過剩，有的城市依然短缺，或同城之內有的區域建成的保障房沒人申請，有的區域有人申請卻沒有房源。

四、保障性住房投資機制和主要路徑初探

在中國經濟社會新常態的大背景下，保障性住房投資對房地產業和宏觀經濟運行的影響更加深刻，某種程度上可以起到槓桿作用。投資機制科學有效，會使投資發揮乘數效應，促進經濟穩定增長、健康運行；投資機制不科學不完善，甚至出現失誤，則有可能成倍放大經濟中存在的問題，進一步增加不確定性，使經濟運行前景更為撲朔迷離。當前，對於保障性住房投資，應著眼整個房地產業和宏觀經濟全局，應研究相對科學、完善、有效的投資機制和投資模式。

（一）準確把握新常態下保障性住房投資的作用

從微觀經濟層面來講，保障性住房作為準公共產品，具有非營利性，並追求社會效益和福利最大化特點。因而，它是房價失控、市場失靈的穩定器。從宏觀經濟層面來講，保障性住房投資

是政府綜合運用財政政策和貨幣政策，以投資為手段對市場進行干預的加速器。當前國內外經濟形勢較為嚴峻，歐美市場冷熱不均，復甦緩慢，新興經濟體增長受阻且出現波動。國內形勢看仍處於經濟轉型期，傳統產業相對飽和，房地產業結構性過剩，戰略性新興產業還沒有出現新的增長引擎，過去引以為豪的製造業受到高端製造向發達國家回流和低端製造向低成本國家流動的雙重擠壓，增長乏力，小微企業、創新型企業受資金、技術的制約發展緩慢。因此準確把握投資需求和投資方向，保證投資活動的社會機能和功效得以最大限度的發揮，既要去庫存、又要擠泡沫，既要調結構、又要穩增長，既要惠民生、又要化風險是當前保障性住房投資的主要功能和任務。

（二）堅持各級政府在保障性住房投資的主體地位

根據馬克思主義經濟學的觀點，保障房投資是國民收入分配與再分配的有效工具，政府的責任不能缺位。凱恩斯主義也主張，政府在總供給大於總需求時，要通過擴張性財政政策增加財政支出。政府可以綜合利用經濟、法律、行政等手段籌集資金，或引導社會資金向保障性住房投資，但中央和地方政府的財政撥款應當是保障房投資的主要來源。財政支持要形成常態，才能通過政策和金融創新動員更多的社會資金投入。根據法律和有關政策，各級政府保障房資金缺口並沒有那麼大，如財政預算是多少，土地出讓淨收益的10%是多少，住房公積金增值收益有多少，只不過有些政策被選擇性執行了。以2014年為例，全年保障性住房總投資不過1萬億左右，而僅土地出讓金收入就達4.26萬億，其10%就幾乎能占到保障房投資總需求的一半左右。各地發展不平衡是事實，資金缺口大卻是個偽命題，而且越是保障房需求量大的地區，土地出讓收益越大。目前，以公租房為主要業態的保障性住房結構已經成為官方和學界的共識，但公租房的租金水平與投資成本明顯倒掛，加之公租房投資大、回報期長、收益率低、現金流差等特點，社會投資積極性不高，因此，以政府財政為主體就顯得尤為重要。

（三）建立以市場為導向的保障性住房投資機制

需求和供給是市場配置資源的晴雨表、方向盤，投資方向正確會取得正的乘數效應；投資方向不正確，負的乘數效應會導致災難性後果。當前房地產業新常態的主要特徵是景氣指數下滑、投資增速減緩、結構性過剩、泡沫化顯現，結合宏觀經濟運行態勢，房地產業形勢更加不容樂觀。"樓市正面臨痛苦的去庫存化階段，有效消化房地產市場庫存是一個現實問題，既關係到啟動需求，又關係到化解風險。"不難看出，去庫存化是房地產市場的當務之急。房地產業調結構，保障房投資依然是最重要手段，目的是要通過投資釋放市場的合理需求，遏制市場的投機需求，既要通過保障房投資拉動經濟穩增長，又要以精準的投資方向化解泡沫風險。這就必須建立以市場為導向的投資調節機制。

第一，認真清理地方政府的保障房建設項目債務，區分輕重緩急，合理安排投資。地方政府可根據財政資金規模，以財政資金為主，多元化投融資為輔，專門建立保障性住房建設投資基金，由專業的國有投融資公司運用產業政策、經濟槓桿和市場手段進行管理。對保障房建設已經過剩的地方，要堅決清理一批建設計劃；對已經開工的建設項目，要保障後續投資，避免爛尾，引發系統風險；對個別項目還要建立償債準備金，防範債務鏈條斷裂。

第二，加快保障房投資從建設向回購、回租方向轉移。要根據各地房地產業形勢，以"去庫存化"為主要目標，盡快制定公租房、廉租房回購標準、回購程序和回購價格形成辦法。對一些不適合回購的項目，可以通過回租的辦法解決。在回購、回租工作中要因地制宜，運用市場機制對項目的質量、功能、債權債務、法務等進行盡職調查，避免投資失誤。對一些項目本身優質但資金鏈面臨斷裂風險的，還可通過PPP等混合所有制方式進行投資，把它們全部或部分改造成保障性住房。

第三，重新啟動貨幣化補貼。本來貨幣化補貼和實物配租都是住房保障制度改革中政府投資的重要手段，但由於近年來地方政府土地財政需求和建設投資衝動，貨幣化補貼被淡化了。在當前"去庫存、擠泡沫"的新常態下，加大貨幣化補貼力度可以起到"去庫存化"與提振消費的雙重效果。鄭州市目前啟動了貨幣化補貼新舉措，對以往取得保障性住房購買資格的家庭，以實際審批的購買面積為準，每平方米補助800元，鼓勵其到市場購買商品房，應該說適應了當前房地產市場和宏觀經濟的要求。對一些商品房過剩，但公租、廉租房源不夠的地方，也可以制定租金補貼辦法，把政府有限的資金投入改善民生與刺激經濟雙贏的方向上去。

第四，堅決刹住行政事業單位以保障性住房名義建設自住型商品房的歪風。中國福利分房制度從1998年就已取消，這符合市場導向，但行政事業單位以經濟適用房等保障性住房名義建設自住型商品房的衝動不減，浪費投資資源，干擾市場秩序，引發新的不公，甚至成為權力尋租和腐敗之源，各級政府要依法依規努力糾正。但在行政事業單位自有土地上建設公租房的要予以鼓勵，並納入保障性住房建設投資統一管理。

參考文獻

[1] 馬克思, 恩格斯. 馬克思恩格斯選集：第二卷 [M]. 北京：人民出版社, 1972.

[2] 馬克思, 恩格斯. 馬克思恩格斯全集：第18卷 [M]. 北京：人民出版社, 1965.

[3] 列寧. 國家與革命 [M]. 中央編譯局, 譯. 北京：人民出版社, 2001.

[4] 保羅·薩繆爾森. 經濟學 [M]. 高鴻業, 等, 譯. 北京：中國發展出版社, 1992.

[5] 李萬峰. 新型城鎮化進程中的保障房建設 [M]. 北京：經濟科學出版社, 2014.

[6] 程大濤, 呂筱萍. 中國保障性住房建設研究 [M]. 北京：中國社會科學出版社, 2013.

[7] 邱道持. 保障性住房建設的理論與實踐 [M]. 重慶：西南師範大學出版社, 2012.

Extraction of affordable housing investment mechanism under the new normal

Geng Yingqiang

(*School of Economics, Sichuan University, Chengdu, Sichuan, 610074*)

【Abstract】 Affordable housing construction is not only an important part of social security, but also the important means of the real estate industry and the macroeconomic regulation and control from the investment point of view. The real estate situation at different times and parts, determines the different investment mechanism and operation mode of affordable housing construction. Under the background of our country economic society going into the new normal, affordable housing construction investment must also adapt to the new situation and task, accurately grasp the relationship between supply and demand, fully play a decisive role of the market in resource allocation, study the investment mechanism according with the characteristics of times, change the single investment construction mode into the construction, repurchase and lease back triune investment mode, to achieve the Pareto efficiency and improve the utilization efficiency of public resources.

【Key words】 affordable housing; investment; mechanism

隨機需求狀態的旅遊景區門票定價模型及應用

四川大學經濟學院　呂旭峰[①]

>【摘　要】目前景區定價方法所形成的票價結構，無法適應旅遊景區市場多元化的需求，建立適度開放的票價體系迫在眉睫。本文利用價格分歧理論、消費者剩餘等經濟學理論，針對旅遊景區市場的不確定性或隨機性的狀態，設定限制條件，構建出隨機需求狀態下的旅遊景區門票動態定價模型，從理論和技術上提供一種全新依據景區現行基準價和浮動幅度兩個因素，來解決門票合理定價的新思路和新方法。
>
>【關鍵詞】旅遊景區；門票定價；定價模型

一、問題的提出

　　隨著互聯網信息技術的發展，居民收入和生活水平的提高，旅遊市場快速增長，旅遊企業間的競爭日趨激烈。國內不同類型的旅遊景區基於互聯網平臺的營銷，已全方位直接或間接地面向終端市場，實行協同定價與比較定價並行，搶占國內外旅遊市場。國內景區既面臨政策環境和經濟發展的機遇，又面臨境外旅遊市場對客源的爭奪，如何有效提高增長點的發展問題。基於此，今年召開的全國旅遊工作會議提出：要以現代化、信息化為支撐，國際化為佈局，搞好旅遊產業轉型升級。同時景區要公布門票價格構成，對預約訂票給予一定的價格優惠，保持旅遊景區價格穩定。

　　旅遊景區投資主體具有多元性，旅遊資源的類型具有多樣性，景區門票價格的制定長期主要以單一定價法和整合修整定價法為主，票價結構無法適應旅遊景區市場多遠化的需求。要建立適

[①] 呂旭峰，男，湖北襄陽人，四川大學經濟學院博士研究生。研究方向為政治經濟學，旅遊經濟，移動互聯網經濟。

度開放的多種票價體系，必須以經濟學理論為武器，以智慧旅遊背景下相關信息技術為手段，進行全方位的統籌系統設計。從發達國家旅遊市場發展歷程來看，建立多種票價體系技術上必須依託行業數據的大量收集，對旅遊市場進行充分的預測，其工作量龐雜，工作要求相對較高，難度系數較大。為避開這個技術性問題，本文利用價格分歧理論、消費者剩餘理論等，結合中國旅遊市場的特色，特別是商業性旅遊景區的市場特徵，針對旅遊市場的不確定性或隨機性的狀態，分析其相關條件，構建隨機需求不確定狀態下的旅遊景區門票動態定價模型，從而希望從理論和技術上提供一種全新的解決旅遊景區企業如何依據門票現行基準價和浮動幅度兩個因素來制定門票價格的新思路和新方法。價格歧視有可能影響並導致社會福利降低，公益性旅遊景區原則應承擔更多社會福利問題，而商業性旅遊景區對此考慮較少，故本文限定商業性旅遊景區作為研究對象。

二、旅遊景區門票價格研究現狀

針對旅遊景區門票價格的研究，目前業內學者主要集中在影響價格制定的因素、定價方法、票價形成機制和景區門票漲價原因分析等幾個方法。從影響因素角度而言，景區門票價格受顧客選擇、資產價值和市場競爭多方面因素的影響。於濛（2004）從旅遊景點作為準公共服務產品角度，認為景區具有公共資源屬性，不能僅依據投入資金量、資源的需要，而要參照考慮客源市場、居民收入、旅遊消費支出意願和承受力等因素。李金昌（1990）認為旅遊景點作為一種自然資源，定價應既考慮自然資源本身的價值，即天然價值，又應考慮人類勞動所產生的價值，如景區維護、管理和擴建等相關費用。廣東省物價局調研組（2006）以資源價值、成本結構、客源市場、市場價格比較和社會效益五個因素作為門票定價的依據。上述影響因素要主集中在資源層面，從行為經濟學的角度對影響景區價格因素的研究較少。

從景區門票定價方法和類型上而言，目前研究較多的定價方法為：單一定價法、補充整修定價法、模型構建定價法等。龐林（2008）認為景區門票定價應兼具科學性與實用性，長期以來景區門票一般通過對比來確定價格，而欠市場考慮，並綜合消費者支付意願下，提出了條件定價法（CVM）。賈真真（2008）從經濟學和地理學的研究角度總結歸納了定價的主要方法、優點和缺點。其中單一定價法包括的有：邊際成本定價法、平均成本定價法、利潤最大化定價法；屬於補充整修定價法的有：二部定價法、社會邊際成本定價法；依據模型構建的定價法有：價格構成分析法、消費均衡定價模型、基於環境承載力的價格下限模型和基於閒暇約束的博弈定價模型等。這些定價方法優缺點不一，市場主體屬性各有異同，有的基於旅遊景區本身的資產構成、成本和利潤因素等對價格機制進行設計，價格制定方法單一，政府規則對社會福利有一定的要求；有基於景區和消費者二元主體因素考慮的模型複雜，對資源、環境和社會福利問題的兼顧較少。產生上述定價缺失的主要原因，就在於價格制定者沒有對旅遊景區類別進行細分，對市場型、公益型和混合型的旅遊景區缺少較為合理的區分。

從票價形成機制上而言，目前主要圍繞"國家公園論"和"經營權轉移論"兩個觀點來進行，且後者的研究漸成趨勢。徐彩球、賴明谷認為景區門票的制定應該實行分類指導，立足於公共資源之上的景區應該考慮其公益性、科普性、啟智性、教育性等，營利性質應弱化。而對於政府或企業商業投資類的項目，主要依據市場規律進行定價，市場調節價格。廣東省物價局（2006）根據不同的投資主體，將景區分為政府投資和商業投資風景區，實行政府定價、政府引導和市場調節價。

從經濟學角度看，雖然部分旅遊景區吸引物元素有相似或相近，但旅遊景區整體上具有沉澱成本特性、資源獨特性或短缺性，具備一定的自然壟斷和壟斷競爭條件，這些特性和條件決定了其具有規模經濟效益、範圍經濟效益和網絡經濟效益。加之旅遊需求的不斷變化、旅遊吸引物對產品的理念創新和旅遊信息技術的革新，自然壟斷向競爭壟斷不斷轉移，且有向寡頭壟斷和競爭結構等方面轉化的趨勢。

綜合起來看，目前景區門票價格從制定機制、方法及模型上，對時間環境的適應性研究較少。尤其對如何建立在現有既定的基準價格水平之下的旅遊景區門票價格浮動機制，優惠設限條件與門票價格的折扣之間的關係等的系統性問題缺少足夠的應用型研究，也相對缺少旅遊市場融入全球化背景下的景區門票價格充分市場化的指導與預見性研究。

三、價格歧視理論與方法

價格歧視，是一種以不同的銷售價格對相同的產品進行出售的企業行為。基本理論為：產品相同，在同一時期，針對不同的客戶，售價不同，這種企業行為的目的是為增加企業的利潤。當企業面對不同的需求群體，消費者不同的支付意願和邊際成本有差異時，兩種產品的價格邊際成本的效用不同，就被認為有價格歧視。歧視性高價一方面會對部分消費者進行掠奪，另一方面會使社會福利受到損失，加劇企業壟斷。但如價格歧視被靈活運用，將有助於增強企業的競爭力，順應消費者心理差異，滿足消費者多層次的需要。

依據價格歧視的高低，價格歧視可分三級，即一級、二級和三級價格歧視。

一級價格歧視（first degree price discrimination）的目的是為獲得全部的消費者剩餘，在學術界又被稱為完全價格歧視理論，即企業針對個體消費者可能支付的產品或服務的最大貨幣量來制定價格。沒有價格歧視的情況下，門票只存在一個額定的票面價格，也叫次優價格，客流產出量相對較少，以價格分歧來收取不同價格的門票，最低門票價格為邊際成本與需求曲線的交叉點，景區可以獲得較高的門票利潤。

二級價格歧視（second degree price discrimination）不及一級價格歧視嚴重，主要根據不同的消費數量段或不同的消費時間段對產品和服務進行收費，並以此來獲取部分消費者剩餘。每個消費者面對的門票價格是既定的，購買數量不同，提供的價格不同，價格差異也不同。批量折扣是二級價格歧視的典型例子。一、二級價格歧視不僅使產品或服務提供商獲取消費者剩餘並成功轉化為利潤。而且也實現了利潤最大化的要求，即均衡價格等於邊際成本的資源有效配置原則。

三級價格歧視（third degree price discrimination）是價格歧視的常見表現形式，對顧客群體分類更細仔，且群體間不同特徵明顯，但都具有較高的價格彈性。三級價格歧視對需求信息直接利用，而二級價格歧視則從消費者對產品或服務的選擇，來對消費者進行判斷選擇。

價格歧視實施的前提條件有三個，一是企業的市場影響力大到可以影響市場價格；第二，企業必須有易於區別的、對產品有不同需求彈性的消費者群體；第三，企業必須設置條件以免消費者存在套利行為，即消費者對於低價購入的產品沒有途徑再以高價轉讓賣出。

旅遊景區企業最基本的價格制定方法還是平均成本定價法及其變形，如邊際成本定價法、二部定價法等。這些方法操作起來簡單易行、直觀通俗、方便理解，目前仍在許多旅遊景區企業中應用。但這些方法運用的事後數據較多，導致滯後性較強，不利於企業營銷決策，對市場需求變化被動應對。同時，價格歧視理論定價時，旅遊景區的需求價格彈性存在較大差異性——不同季節不同景區，對於不同遊客的需要價格彈性有較大差別，理論上需求價格彈性都是可知量，但實踐上，要考慮需求價格彈性可能存在不經濟的因素。

四、隨機需求狀態下的景區門票定價模型

基於互聯網平臺開展的營銷活動景點不計其數，但仍在很多時候無法預估每個景區的需求狀況。因此，隨時或不確定的需求更能相對反應需求狀況，探討隨機需求狀態的景區門票定價模型有一定的現實意義。

（一）遊客購票累積概率分佈

OTA（在線旅遊代理商）的遊客訂票系統及景區自身的旅遊訂票系統記錄了遊客的基本資料。從遊客的訂票時間和對景區的選擇上，購票的累積概率分佈可以反應旅遊者群體的出行規律和喜好。按決定出行時間和距離出行日期的遠近分類，作者將遊客分為臨時出遊（即期）型遊客和遠期出遊型遊客；按旅途距離分長途和短途兩種。據歐盟旅遊可持續發展組織公布的有關數據顯示，組合後的遊客購票累積分佈曲線顯示，遠期出遊型遊客購票累積分佈曲線總體高於臨時出遊型旅客的購票累積分佈曲線，長途遠期出遊型旅客的購票累積分佈曲線處於最上游，臨時出遊型旅客購票累積分佈曲線處於下游，說明遠期旅行的遊客傾向於提前購票，距離越遠，購票的時間越提前，臨時型遊客恰恰相反。

(二) 旅遊景區成本性態

旅遊景區成本按景區正常運行狀態來分類，可分為營運成本和間接成本；按成本性態分類，分為固定成本和可變成本。平均成本定價主要依據前者，企業內部的財務管理則與成本性態分類緊密相連，有利於成本點和贏利點的預測。成本性態的核算管理是旅遊企業內部核算管理的重要一環，根據這一劃分，固定成本相對具有不可變性，可變動成本具有相對可變性，隨著客流量等因素的變化而變化。這種劃分方法的優點就在於把景區內的固定和變動特性的共同費用（如景點設施維修費、銷售宣傳費用、人員管理費等）有效區分，促使成本項目歸屬的可識別。

(三) 邊際生產成本

邊際生產成本，主要指旅遊景區每多接待一名入區遊客而額外產生的相關費用。在均衡狀態下，景區的邊際生產成本等於可變成本。邊際生產成本與遊客的數量直接相關，客人數量越多，邊際生產成本就越小，在達到景區擁擠點之前，邊際成本很低，大部分時間為零。布坎南在對俱樂部物品（club goods）進行研究時，關注到了一個十分直觀的日常現象：擁擠。擁擠所對應的"擁擠點"，從景區本身的角度來看，實際上就是對應各景區的額定遊客量，即對應於其建設、維護和資源環境保護等總成本的最佳遊客量。

(四) 隨機性需求

旅遊景區開展營運服務的載體是景區內可供遊客遊玩、體驗、欣賞、科普教育和增長知識的空間資源、產品或設施。成本性態中的固定成本和可變成本與景區的可接待遊客數量建立起聯繫。景區營運可以分為兩個時段，不同時段對應費用不同。第一時段指門票通過營銷系統售出前可接待遊客量發生的相關費用；第二時段指門票售出後，遊客在觀光遊覽或體驗的過程中單位遊客所發生的相關營運費用。從第一個時段來看，無論景區是否正常營運，門票是否售出，景區投入性設施每天都要發生折舊、景區日常維護費用和景區人員費用等，且會被攤分到景區核准承載量上，稱之為景區核准承載量的單位成本，包括景區融資、設施購置費攤銷等相關費用。在第二時段，景區門票售出後，景區的潛在收入變成了現實的實際收入。同時，圍繞客流進入景區，旅遊企業圍繞遊客開始了真正的服務營運，隨之產生的導遊費、索道纜車（如門票內包含）使用費、區內觀光巴士使用費等，稱之為邊際生產成本，邊際成本就是每多售出一張門票而發生的新增成本。

邊際生產成本與門票銷量直接相關。對於景區企業來說，最理想的狀態就是每天景區開門迎客時，景區經核准的最大承載量門票最大可能地被全部售掉，即景區滿負荷營運。近日國家旅遊主管部門公布的《景區最大承載量核准導則》對最大承載量作出概念定義，指在時間和條件狀態確定下，以景區遊客人身安全有保障為標準，以景區生態、資源、環境和諧共生為前提，在景區人與自然和諧共處的空間內，所承載或容納的最大遊客數量。但基於事實判斷或證明，景區這種

171

最大承載量全部售罄的可能性幾乎不會發生,這種概率出現的節點僅僅在於旅遊旺季峰值時期,大部分時期旅遊景區的資源會出現不同程度的閒置。

美國人吉姆·戴納(James D. Dana)在20世紀90年代從經濟學理論角度嘗試建立了影院的定價模型:$p=c+\lambda/\{1-F[e(p,q)]\}$,其中$c$為影院的邊際成本,$p$價格之下的可用座位的銷售累積概率為$y(p,q)=1-F[e(p,q)]$,單位座位售出的預期利潤為$(p-c)y(p,q)-\lambda$,於是得出,在競爭均衡狀態下,所有價格$p$必須滿足$(p-c)y(p,q)-\lambda=0$,由此得出上述定價模型。如果座位售出的可能性為1,即概率等於1,則事情屬於確定性發生。總需求量等於個人之和,即個人的總確定,意味著需求的總確定。如果概率小於1,說明座位有可能售後,也有可能不售出,隨機性較強,概率愈趨向於0,說明座位售出可能性愈低。不確定的個體決定了不確定或隨機性的總體。

(五)隨機需求的定價模型

景區門票與旅遊酒店的床位和電影院座位經濟性有較大程度相似,比如都存在資源的不可存儲性、前期固定投放成本較高等。景區承載量的單位成本又有其獨特性,隨著進入客流的增加,景區旅遊資源的利用率得到提高,分解到每個遊客的身上固定成本是遞減的。也就是說,對於一定時間內的景區,客流數量或者密度增加時,核載量內的單位遊客固定成本將減少。因此,景區的單位遊客固定成本不變是相對的。

基於旅遊景區固定成本的獨特性,旅遊景區定價的基本原則為門票價格首先應補償乘客的邊際(可變)成本,而後用於抵補旅遊景區的固定成本。通過對吉姆·戴納影院座位價格模型進行分析和觀點總結,景區最大承載量的固定成本、邊際生產成本已知,通過信息技術獲得的遊客購票的概率密度及累積分佈函數是可知的,便可推導歸納出:邊際生產成本與景區核定最大承載遊客固定成本之和的累積購票分佈函數取它的指數值,即為均衡狀態的景區門價格的定義。而累積購票分佈函數中含景區入園率與遊客提前一週之外的時間購票概率分佈,從而可以得到旅遊景區門票價格隨著遊客購票的累積分佈變化的定價模型:景區門票價格等於遊客的邊際生產成本加上景區核定最大承載量固定成本的$e^{-adaysexp[(days-k)/k]}\exp\{\delta e^{-adaysexp[(days-k)/k]}\}$倍,其中$a$、$k$為我們設定的係數,提前購票天數寫作$days$。該改進型價格模型適用於旅遊景區的遊客購票時確定價格。

對上述景區門票基於隨機需求的定價模型研究,在既有模型基礎上結合行業特徵進行改進設計,它具有明顯的三個明顯特點:全面綜合性、動態性和操作性。它的全面綜合性主要表現在景區的核定最大承載量的單位成本、邊際生產成本、購票的累積概率分佈等具有較強的全面性和綜合性;動態性則主要體現在定價公式與購票時間相關聯,門票價格受時間影響較大;操作性主要表現在該定價模式不涉及遊客需求、價格彈性等變量因素,避開了相關前提限制條件的約束,而利用提早購票時間變量下的遊客購票累積概率分佈之變量,較之具更有可行的操作性。在此需要補充的是,價格彈性理論依賴於確定的需求函數,預知遊客需求是使用價格彈性的前提,通過對未來隨機需求的界定進行計量,並用數學公式描繪出來,難度略大,實施較難。

五、隨機需求狀態下門票定價模型應用建議

　　景區門票定價從收益管理的角度而言，實現了財務目標的第一步，而最終的目標是通過價格的制定和收益管理系統達到景區營運的收益最大化。因此，一是在景區門票現在價格前提之下，對核定景區的承載量剩餘可用資源存量進行優化配置，對景區門票進行分時段的最優銷售分配，以求得最大化收益。分時段銷售，即把旅遊景區服務分為高峰期和非高峰期進行出售，以達到增加利潤，改善資源配置之作用。在高峰時段，旅遊旺季減少購買和使用，避免資源在高峰期過度利用而導致的邊際成本增大，避免超過景區核定承載量；在非高峰期則增加購買和使用，減少景區資源浪費。

　　二是根據旅遊景區自身特點，將消費者劃分為臨時決定（即期）型消費遊客和遠期性消費遊客後，要充分利用互聯網 OTA 平臺和旅遊企業自身的智慧旅遊信息化建設，節約交易成本，提升交易效率，實現門票銷售量和整體票價收入高於傳統定價時。

　　三是實證研究發現，以現行門票價格水平為衡量標尺，根據旅遊淡旺季、遊客即期遠期消費特徵等不同因素建立起來的價格是可行的，但旅遊景區企業仍要加大對市場的研究力度，深入採集並剖析成本數據。在使用多種價格體系的設計與應用時，要充分考慮旅遊景區市場構成的特點，充分意識到不同體系應用時的限定因素，注重訂票限制條件，保障景區門票價格多級化的實施。

參考文獻

　　[1] Stole L. Price discrimination and competition [M] // Armstrong M, Porter R. Handbook of industrial organization. North-Holland: Elsevier, 2007.

　　[2] 高洪業. 西文經濟學（微觀部分）[M]. 6 版. 北京：中國人民大學出版社，2014.

　　[3] 王洋. 最大承載量核定，為了遊客的安全 [N]. 中國旅遊報，2015-02-16.

　　[4] 周晶. 收益管理方法與應用 [M]. 北京：科學出版社，2009.

Tourist Attractions Tickets Pricing Model on Stochastic Demand Status and its Application

Lv Xufeng

(School of Economics, Sichuan University, Chengdu, Sichuan, 610074)

【Abstract】 Current pricing structure is unable to adapt to a wide range of tourist attractions market demand. It is imminent to establish appropriate and open fare system. In this paper, through the theory of price differences, consumer surplus and other economic theories, on the market state of uncertainty or randomness for the tourist attractions, we set restrictions and build tourist attractions tickets dynamic pricing model to provide new ideas and new methods of reasonable tickets pricing based on the two factors of current benchmark price and the floating rate theoretically and technically.

【Key words】 tourist attractions; ticket pricing; pricing model

草地流轉對草原畜牧業影響的分析研究
——以四川省阿壩藏族羌族自治州為例

四川大學經濟學院 周 莉[①]

【摘 要】草地流轉是牧區適應規模化、產業化的市場發展要求,是幫助牧民增收致富,調整牧區產業結構和經濟發展的一個重要手段。加快推進草地流轉,並對草地流轉的體制、管理與模式進行規範與創新是當前牧區草地流轉發展的關鍵點。本文通過對阿壩藏族羌族自治州草地流轉狀況的分析,強調在當前牧區經濟運行情況下,要實現畜牧業規模化與產業化的經營,進行草地流轉的必要性與重要性,並針對當前存在的問題提出建議與對策。

【關鍵詞】草地流轉;畜牧業;阿壩州

草原是中國面積最大的陸地生態系統,具有保護生態安全的屏障作用。草原是生產供應牛羊肉、奶、毛皮等畜牧產品的重要基地,是發展畜牧業的基礎。草原的健康發展決定著牧區經濟的可持續發展。保持草原牧區的繁榮穩定,對維護邊疆穩定和促進民族團結均起著重要作用。隨著中國城市化的加快、就業途徑的多元化及生態文明建設的需要,在全球變暖、氣候干旱等環境因素影響和過度放牧、採挖等人類不合理干擾下,草地退化嚴重,水土流失加劇,生態出現惡化,草原畜牧業的發展問題已引起高度關注。其中草原經濟發展所涉及的草地流轉問題,成為草原生態保護、推進畜牧業發展、實現規模化經營、促進產業結構調整、推動勞動力轉移、提高牧民收入的重要手段。

近年來,國內一些專家學者對土地流轉做了很多研究,但是涉及牧區草地流轉的文獻較少,尤其是關於阿壩藏族羌族自治州(以下簡稱阿壩州)草地流轉的研究處於空白狀態。蒲小鵬、師尚禮(2009)以甘肅省天祝藏族自治縣抓喜秀龍鄉南泥溝村為例,分析了草地資源流轉對高寒畜

[①] 周莉,女,碩士,西南民族大學助理研究員。研究方向為區域經濟,少數民族經濟。

牧業的影響，並從建立生態補償機制、拓寬就業渠道、加快良種化進程和獸醫服務體系建設、建立牧區困難戶保障體系、扶持草業龍頭企業等方面提出建議。張引弟、孟慧君、塔娜（2010）分析內蒙古牧區草地承包經營權流轉現狀與特徵，指出伴隨草地流轉出現租賃期短、草畜平衡對草地流轉限制等問題以及牧區草地流轉動因與東中部土地流轉不同、草地類型流轉程度不同的特徵，草地流轉價格低影響牧民增收、加大牧區剩餘勞動力轉移風險。寶興安（2011）提出草地流轉受到戶主受教育年限、畜牧業生產年限和牧戶家庭勞動力的影響。包烏日樂（2012）研究得出草原流轉之後各牧戶畜牧業生產效率和全要素生產率都得到提高，牧戶草原轉入意願顯著的影響因素是家庭畜牧業收入、承包草原面積以及從事畜牧業勞動力；牧戶草原轉入行為顯著的影響因素是戶主年齡、戶主文化程度、畜牧業收入、畜牧業政策及草原流轉市場發展程度五個變量。宋榮奎、吳豔、馮斌（2015）提出在經濟新常態下，金融支持草場流轉是瞄準牧區金融服務創新的一項重要舉措。聶薩茹拉、任曉晨（2015）對研究區域的牧戶草地流轉意願進行分析，找出影響流轉意願的影響因素，提出國家或地方政府可以適當控制草原流轉價格，引導牧戶自願流轉；開展職業技能培訓，提高牧民素質；增加牧戶家庭年收入，提高生活水平。綜上所述，國內對於牧區草地流轉已經有初步的研究，本文主要針對阿壩州草地流轉中實現規模化和產業化面臨的問題提出對應的解決措施和發展方向。

一、草地流轉的概念界定

本文所說的"草地流轉"，是指牧民所承包的草原經營使用權的流轉，指在草地承包期內，承包方以出租、轉讓、轉包、互換、入股及其他方式將承包草地的承包經營權轉移給第三方從事牧業生產經營的經濟現象。

二、草地流轉的意義

當前，現代畜牧業已進入了一個新的發展階段，原有承包過程中把草原按等級劃分，以及牧民小規模粗放式分散化的經營方式，已不能適應規模化、產業化的市場發展要求，成為影響牧民增收致富，制約牧區產業結構調整和經濟發展的一個重要原因。在這樣的背景下，草原流轉成為了實現草原規模化與產業化經營的前提，解決當前中國農村牧區草地利用細碎化及閒置的有效途徑，對草地資源的優化配置，草地利用效率的提高以及牧民增收和牧區經濟發展具有重大作用。

（一）有助於牧區生態環境建設

1984年全國牧區對草場與牲畜實行了雙承包；2009年，國家發改委推出《全國遊牧民定居工程建設"十二五"規劃》，兩項政策的實施逐步改變畜牧業的傳統生產方式和牧民的傳統生活方式，提高草原生產力，較大改善牧區社會環境。承包方式的出現提高了牧民的生產積極性，也進一步提高了草原載畜量。牧場牲畜量的增加導致草原植被過渡採食，進而加劇土地退化、沙化、氣候變化，草原生態環境出現惡性循環。隨著經濟的快速發展，日益惡化的草原生態環境，可利用草地資源的減少與牧民生活需求和不斷增長的人口之間的矛盾激增。

進行草地流轉，既加強草地管理，可以將退化草地連片後進行統一治理，降低載畜量，控制生態環境的惡化，也可以讓生產能力低、家中缺乏勞動力的牧民，將草地出租，增加經濟收入。

（二）有助於推進生產的專業化、標準化，提高草原畜牧競爭力

草地流轉後的草地連片，土地資源相對集中，可以在草地總量不變的情況下，降低成本，大幅度提高經濟效益，解決生產效益低下的問題，擴大畜牧業生產經營規模，形成特色產業結構，推進畜牧產品生產的專業化和標準化，提高市場競爭力。

三、阿壩州草地流轉的現狀

阿壩州所在的川西北牧區是中國五大牧區之一，位於四川省西北部青藏高原東南緣，是長江、黃河的重要水源涵養區、中國第二大藏族居住區，該區域也是四川草食畜牧業發展基地。阿壩州草原總面積452.2萬公頃（1公頃＝10,000平方米），占全州幅員面積的53.70%，其中可利用面積385.6萬公頃，占草原總面積85.30%。2014年，阿壩州畜牧業產值324,990萬元，占一產業產值的比重為57.46%；畜牧業增加值229,461億元，占一產增加值的比重為59.29%。全州涉牧企業有47家，州級以上畜牧產業化龍頭企業15家，涉牧加工企業27家，2014年加工產值達6.9億元；全州有工商註冊涉牧專業合作社492個，有成員數6,414戶，帶動農戶數3.21萬戶，2014年銷售收入3.19億元。現代草原畜牧業作為阿壩州的支柱產業和特色產業，其發展能夠快速促進農牧民增收，強力帶動經濟增長，有重要的戰略意義。

與畜牧業快速發展形成鮮明對比的是，阿壩州區域內的草地退化情況已制約了自身畜牧業和經濟的發展以及牧民收入和生活水平的提高。因此，如何有效合理的利用草地，防止其退化，已成為發展畜牧業的關鍵問題之一。2010年7月1日，阿壩州實施《四川省〈中華人民共和國草原法〉實施辦法》的變通規定，對草原承包經營進行了特別說明，並提出"在承包期限內，草原承包經營權在不改變使用性質的條件下，可以按照平等協商、自願、有償的原則，採取轉包、轉讓、互換、租賃、股份合作方式依法流轉。"

隨著阿壩州第三產業快速發展和城鎮化步伐的加快，特別是在阿壩九環旅遊幹線的發展影響下，離開牧區進入城鎮的牧民越來越多，從事旅遊業的牧民越來越多，為草地的流轉創造條件。

阿壩州紅原、阿壩、若爾蓋等純牧業縣通過租賃轉讓、大戶承包、合作經營等多種流轉形式，破解了當地畜牧業規模化發展的瓶頸制約，讓參與流轉的牧民通過外出從事勞務既掙得工錢，又掙得了土地租金，有效地增加了收入。

與農區的土地流轉相比，牧區的草地流轉的發展仍然相對緩慢，在規模和效益上還有較大距離。阿壩州牧區所處地區的海拔高、自然環境寒冷、基礎條件差，也是影響草地流轉的主要因素。當前制約阿壩州草地流轉的因素主要有以下三方面：一是傳統思想觀念的束縛。部分牧民習慣於傳統的草原放牧生活，不願將草場流轉出去；也有的擔心草地流轉後的生計問題。二是草場流轉機制不健全。草場的流轉缺乏市場機制，流轉形式比較單一，政府沒有進行有效引導和推動。三是牧民文化素質偏低，缺乏一技之長，草地流轉後再就業的能力較差。目前，草地仍然作為大部分牧民獲取收入的主要來源，來保證基本的生存需求。草場流轉緩慢，將嚴重影響牧民定居和勞動力轉移，進而影響畜牧業規模化和產業化發展。

以海拔 3,500 米的純牧業村——紅原縣安曲鎮哈拉瑪村為例。長期以來，受傳統生產生活方式、草場超載退化等問題制約，該村的畜牧業可持續發展受到影響。2009 年，哈拉瑪村啓動了"現代牲畜業草畜平衡"試點，針對草場不連片、草場退化嚴重等問題，開展聯戶草場置換。在以聯戶為單位，將已承包到戶的草場在聯戶內進行置換，置換草場 39 萬餘畝①，實現了牧民在置換的草場內生產定居，從根本上擺脫了傳統的遊牧生產生活方式。啓動草地流轉以來，天然草地植被覆蓋度從之前的 70%提高到 85%，緩解了草畜矛盾，遏制了生態惡化，改善了草地環境，促進生態步入良性循環，牧戶人均純收入由 2008 年度的 3,192 元增加到 2012 年的 6,959 元；牲畜出欄率由 18.7%提高到 23.9%。由此可見，加快草地流轉，將大大解放阿壩州牧區生產力，進一步提升畜牧業生產水平。同時，這也打破牧民對草場的依賴和束縛，延伸產業鏈條，降低牧戶勞動強度，為剩餘勞動力有更多機會從事第二、三產業創造條件，實現牧戶多種渠道增加收入。

四、對策及建議

(一) 通過培訓提高牧民素質，拓寬就業渠道

在草原流轉中我們不可忽略牧民的主體作用，我們需要將牧民從傳統思想觀念中解放出來，通過提高牧民素質，可以不斷消除傳統文化帶來的負面影響，改變束縛、制約草地流轉發展的傳統。這對於草地制度改革與發展，構建和諧的草地流轉機制具有重要意義，即有利於提高牧民收入，促進草原流轉市場的發展。政府須進一步加大力度辦牧區技術培訓學校，提高牧民對草地流轉發展的認識程度，通過推行畜牧業方面的教育，一方面給牧戶開展職業技能培訓，提高牧民適

---

① 1 畝≈666.67 平方米，下同。

應市場的能力；另一方面，通過政府調動各類技校、社會辦學等多種培訓機構，構建多形式、多渠道的培訓體制。要逐步形成牧區的職業培訓體系，不斷積極培養"有知識、懂技術、會經營"的高素質新型牧民服務，使新型牧民成為建設經濟發展新牧區的主導力量。

(二) 通過約束機制，激勵和完善草地流轉體制

全國人民代表大會於 2003 年頒布實施的《中華人民共和國草原法》(以下簡稱《草原法》)，為中國草原流轉提供了法律保障，使中國草原承包經營權的物權性質有了明確的定義，對草原流轉有了政策鼓勵。通過給予牧戶在進行草原流轉時優惠和激勵的政策，從而進一步增強牧戶積極參與草原流轉的意願。因此，我們一方面需要通過規範和完善牧戶草原流轉市場的流轉行為，建立健全草原流轉機制，促進建立和規範草原流轉市場的管理制度，使牧戶根據實際情況以更加合理規範的方式進行草原流轉。另一方面，通過對鄉村幹部和牧戶的教育培訓消除流轉市場化機制思想觀念上的障礙，使他們把草原流轉的好處認清看透，打破傳統思想的束縛，並在實際工作中讓牧戶在草原流轉市場化經營中得到實惠，實現牧民增收、畜牧業增效，促進牧戶積極參與合理化的草原流轉市場。草原流轉市場中的供求信息非常重要，可以給牧戶供求雙方提供及時有效的草原流轉供求信息，避免草原過度放牧，減少牧戶和草原資源的損失等情況，能夠對草原流轉起到合理化的推動作用。

(三) 規範草原承包經營權的流轉管理

草原承包經營權流轉形式存在多樣性和不規範性，需要預防出現四個方面的問題：一是為了獲取個人經濟利益，牧戶進行多次流轉一處草原且改變草原用途。二是為小集體村委會謀求利益，私自將草原使用權以荒地名義對外承包，實施非法的沙石開採或礦產開採。三是為了牟取暴利，草原流轉的受讓方流轉目的不純，進而完全改變草原用途。四是牧戶私自流轉承包經營的草原，無任何法律手續和合同依據。

在規範草原承包經營權流轉方面，應從五點措施加強管理工作。一是為流轉雙方提供規範流轉程序的服務，是各級政府草原行政主管機關為加強草原流轉的管理和服務義不容辭的職責和義務；對貫徹落實草原承包經營權流轉備案和監督檢查，糾正違反法律法規規定的草原流轉行為有著非常關鍵的作用。具體工作可由政府牽頭的草地經營權流轉監督管理服務中心負責。二是按照自願、平等、有償、協商的原則依法進行草原承包經營權流轉，流轉後的草原只能用於畜牧業生產且嚴禁改變草原用途。同時，對於沒有在相關部門辦理草地承包經營權證的草原，牧戶和村委會不得非法流轉，並就草地流轉承包經營權進行嚴格遵守，不得損害土地關係人的合法權益。獲得草地流轉承包經營期權的個人和集體應當具有從事畜牧業生產的能力，並要依法履行合理利用草原和草原生態保護建設的義務。三是為進一步建立健全草地的土地流轉市場，以轉讓、互換方式流轉承包草原者，必須到相關部門辦理草地承包合同和草地承包經營權證的變更手續；採取轉

讓方式流轉的應當向發包方和政府的草原行政主管機關備案。沒有實行承包草地的牧戶嚴禁對外承包經營權的流轉。四是當事人雙方在自願、平等、有償、協商的情況下，可以採取轉包、互換、轉讓、出租或者其他方式簽訂草地承包經營權，實現合理化流轉。五是可由政府按照市場機制來引導流轉的指導價格，並對草地流轉合同進行鑒證，及時糾正流轉過程中違反法律法規的行為。

（四）創新牧區草原經營權的流轉模式

由於牧區經濟發展落後，就業機會少，草地流轉市場中存在流轉價格偏低、侵害牧民權益、私下流轉和短期租賃等一系列新問題。因此，隨著國家生態建設政策出抬，在遵循自願依法原則的基礎上，通過優化畜牧業產業化結構和優化草原土地資源的配置，不斷提高經營主體生產效率，不斷降低承包經營權流轉成本費用，不斷採取因地制宜、多種形式、適度發展的草地規模經營的流轉模式。主要的措施有兩方面。一方面，從內部對草場流轉機制進行完善，包括：一是採取發展草場規模經營，實施不同類型的牧戶聯合經營型、政府租賃草場和生態家庭牧場型的創建。二是不斷改進草原流轉中的激勵機制和保護激勵形式，促進牧戶自覺且積極參與草地流轉承包。三是給予牧民和聯戶政策扶持。另一方面，從外部對流轉機制進行監督，包括：一是完善牧區草場承包經營權流轉的法律法規，規範和細化草場承包經營權流轉的各項報批文本表格和備案材料填報憑證。二是帶動人口轉移及城市化吸收牧民勞動力，以城鄉一體化建設為依託，以扶貧搬遷為依靠，改變牧民生產方式，逐步減少純牧業人口。三是通過加強草原監理部門的自身建設，全面貫徹落實草場承包經營權流轉的各項規章制度，促進牧區牧民遵守依法依規的辦事規程。四是依靠高校和科研機構，加強科技成果轉化和實用新技術運用，建設一批適合本地的有優勢、有特色、科技含量高、高附加值、市場前景好、輻射帶動能力強的畜產品生產基地和現代畜牧業示範區。

（五）建立健全牧區社會保障體系

草地流轉過程中堅持以人為本。政府應把牧民的利益作為一切工作的出發點和落腳點，為牧戶提供各種生活保障的產品或服務。從牧民群眾的根本利益出發謀發展、促發展，不斷滿足牧區群眾日益增長的物質文化需要，切實保障牧民群眾的經濟、政治和文化權益。從社會保險、社會福利、社會救濟和優撫安置等方面健全牧區社會保障體系，應從四個方面做好保障：一是完善牧民養老保險制度，建立以家庭牧戶為主，同國家養老、救濟扶助等制度相結合的模式，在明確規定牧區養老保險資金的籌集和繳納方式的基礎上，堅持政府組織引導和牧民自願相結合，推進牧民養老制度的建設，解決牧民失去草地保障的後顧之憂。二是完善新型牧民醫療保險制度，提高牧民醫療保障待遇，解決牧區群眾病有所治、因病致貧、因病返貧的問題。三是完善草場承包經營權流轉後牧民的失業保險制度，根據《草原法》等法律法規對牧區草場承包經營權流轉的收入進行合理的分配和再分配，健全牧區社保網絡系統，完善失業保險制度，對社會成員特別是生活有特殊困難的人們的基本生活權利給予最低生活保障制度。四是社會保障體系是反應一個國家和地區社會進步狀況的重要方面。社會保障的功能不僅在於解決社會發展過程中出現的各種問題，而且能夠為社會的低收入者和弱勢群體提供基本的保障，保證社會全體成員的基本生活能夠得到保障，這也是實現社會全面進步的一個重要體現。社會保障體系使經濟發展的成果能夠為社會全體成員共同享有。這說明建立健全的社會保障體系是實現社會全面進步的需要。

（六）優化牧區產業結構，扶持畜牧業龍頭企業

政府部門建立能夠有效實現涉牧企業小生產與大市場對接的扶持政策，推動現代企業帶動下的高效畜牧業產業化經營，是草地畜牧業發展的必由之路，也是草地畜牧業實現專業化、標準化、現代化的必然選擇。通過政府部門與市場運行的合理配置，培育一批具有規模效應和拉動作用的畜牧產業龍頭企業，充分發揮其主力軍作用，有效提高農牧業及農畜產品的競爭力，促進產業集聚，延伸產業鏈條，帶動產業轉型升級，進一步促進當地牧民就業的示範帶動作用。

參考文獻

[1] 蒲小鵬，師尚禮. 草地資源流轉對高寒畜牧業影響的初探——以甘肅省天祝藏族自治縣抓喜秀龍鄉南泥溝村為例 [J]. 草業科學，2009（9）：200-205.

[2] 張引弟，孟慧君，塔娜. 牧區草地承包經營權流轉及其對牧民生計的影響——以內蒙古草原牧區為例 [J]. 草業科學，2010（5）：130-135.

[3] 竇興安. 錫林浩特市牧區草地流轉問題研究 [D]. 呼和浩特：內蒙古農業大學，2011.

[4] 包烏日樂. 牧戶草原流轉行為研究——以錫林沽特市為例 [D]. 呼和浩特：內蒙古大學，2012.

[5] 宋榮奎，吳鼇，馮斌. 牧區草場流轉亟需金融支持——以青海省海南藏族自治州為例 [J]. 金融觀察，2015（6）：08-11.

[6] 聶薩茹拉，任曉晨. 牧戶草原流轉意願的研究——錫林郭勒盟為例 [J]. 商，2015（1）：96.

[7] 劉斌，陳濤，任朝明，吳賢智，熱果. 阿壩州高寒草原鼠害持續控制技術研究及效果評價 [J]. 草業與畜牧，2009（2）：42-45.

[8] 王懷棟. 內蒙古自治區新牧區社會保障體系的探討——以阿左旗為例 [D]. 北京：中國農業大學，2007.

[9] 姚洋. 土地制度和農業發展 [M]. 北京：北京大學出版社，2004.

[10] 李光明. 土地流轉——政府角色定位成考題 [EB/OL]. [2009-02-12] http://news.sina.com.cn/o/2009-02-12/080615150351s.shtml.

[11] 鄭華偉，張文秀，周福星，劉媛媛. 阿壩州草地退化中的牧戶行為分析——來自紅原和若爾蓋的調查 [J]. 新疆農墾經濟，2008（09）：9-14.

[12] 王春英，楊麗雪，於瀟. 牧民定居下的現代畜牧業發展現狀調查——以紅原縣為例 [J]. 西南民族大學學報：自然科學版，2013（5）：763-766.

[13] 馮立濤，郭建功，馬軍，丁建江，張勇娟. 淺議規範草原承包經營權流轉的管理措施 [J]. 新疆畜牧業，2012（9）：23-24.

[14] 張丹. 土地承包經營權流轉的綜合效用評析 [J]. 福建行政學院學報，2008（5）：89-93.

Study on the Effect of Grassland Resources Circulation on Grassland Animal Husbandry
—Based on the Case of Aba Tibetan and Qiang Autonomous Prefecture

Zhou Li

(School of Economics, Sichuan University, Chengdu, Sichuan, 610074)

【Abstract】 Grassland resources circulation is the requirement for the development of the pastoral areas adapting to the scale and industrialization of the market. It is an important means to help farmers increase their income, adjust the industrial structure and economic development of the pastoral areas. To accelerate the circulation of grassland, and to regulate and innovate the system, management and mode of grassland circulation are the key points for the development of grassland in pastoral areas. This paper analyzes the situation of grassland circulation in Aba Prefecture. In order to realize the scale and industrialization of animal husbandry, the necessity and the importance of grassland circulation are emphasized. And this paper also puts forward some corresponding countermeasures.

【Key words】 grassland resources circulation; animal husbandry; aba tibetan and qiang autonomous prefecture

其 他

傳統紙媒在媒體融合之路上的坎坷
——以某媒體重大突發新聞生產過程為例

四川外國語大學成都學院文化傳媒系　張小元[①]

【摘　要】媒體融合是大勢所趨，傳統媒體就此做了努力。比如，技術的融合，內容的融合，體制的融合，資金的融合等；有的還深入打通信息共採共用渠道，打通採編資源和採編隊伍使用渠道，重構內容生產流程。但是，傳統媒體的思維轉型，還有很長的路要走，我們選擇分析了一個"偶然"的個案來說明這個問題。

【關鍵詞】紙媒；媒體融合；新聞生產

關於媒體融合的必要性重要性大家都說了很多，甚至關於如何有效地推進媒體融合大家也說了很多。比如，技術的融合，內容的融合，體制的融合，資金的融合等；有的還深入打通信息共採共用渠道，打通採編資源和採編隊伍使用渠道，重構內容生產流程。顯然，我們的確已經做了很多。

我在這裡想說的是一個相對"空虛"一點的問題——傳統媒體的思維轉型。直接說，就是在媒體融合中，傳統媒體思維保持著它強大的慣性。這種強大的傳統媒體思維慣性很隱蔽，但是又決定性地影響著我們所進行的媒體融合。

為了直觀地說明這個"空虛"的問題，如何觸目驚心地決定著傳統媒體的新聞生產，我們選擇分析了一個"偶然"的，但意味深長的個案。

[①] 張小元，男，碩士，四川外國語大學成都學院教授。研究方向為新聞傳播，互聯網文化。

馬來西亞人質事件

北京時間的 2014 年 4 月 2 日晚上 10 點，馬來西亞 Singamata（沙巴）酒店遭遇一伙武裝人員襲擊，1 名中國上海籍女孩和 1 名菲律賓籍酒店女員工被劫持。事後，綁匪提出了約合人民幣 7,014 萬元的贖金要求。事發當時，正在休假的某報記者恰巧也在現場，以親歷者的身分向外界描述了當時的場景。某報所屬傳媒集團也成為全球首個獨家報導"上海籍遊客在沙巴被劫持"事件的媒體，某報記者在現場目睹事發全過程的相關報導引發了國際媒體的廣泛關注。

《某報》對該事件的報導流程分析

1. 微博滾動直播

4 月 2 日晚 10 點過，事件發生；4 月 3 日凌晨 1:09，某報官方微博發布了第一條新聞：

#突發#【2 名中國遊客在馬來西亞被綁架】北京時間 4 月 2 日晚 10 點過，本報記者在馬來西亞沙巴（Singamata）發來微信，稱旅遊團遭遇一伙武裝人員襲擊，2 名中國遊客和酒店員工被劫持，酒店方面稱，這一伙武裝人員為"菲律賓叛軍"，其劫持人員目的目前尚不得而知。

大致 15 分鐘之後，微博新聞繼續跟進，初步獲得了被綁人質的身分信息：

#中國遊客在馬被綁架#本報記者現場最新消息：目前經確認有一名中國女性和一名酒店員工被劫持，被綁架的中國女遊客叫高華雲（音），來自上海。

凌晨 2 點半左右，某報記者從現場傳來了警察正在錄口供的視頻新聞：

圖 1　微博報導圖

事發後，某報官方微博不間斷更新現場記者發回的最新報導，從凌晨 1 點到凌晨 5 點，通過微博一共發布 12 條新聞，現場圖片 15 張，視頻 1 個，地理位置示意圖 1 張。

4 月 3 日早上 7 點，某報開始就這一新聞事件再次進行跟進報導，從上午 7 點到夜間 10 點，一共發布新聞 9 條，手繪示意圖 2 張，照片 6 張；4 月 4 日，微博更新相關新聞兩條，沒有相關配圖。

2. 報紙全面跟進

在 4 月 3 日的報紙頭版，用顯著的大標題和大圖刊登了該消息，並在第二版"第一眼"欄目中，整版報導了事件的始末：

昨晚 10 點 30 分許，在馬來西亞某報記者現場直擊上海女遊客沙巴被武裝劫持。酒店方稱，劫持者為一伙持槍"菲律賓叛軍"，整個過程僅持續幾十秒。

文章以現場記者傳回來的圖片和信息為基礎，真實再現了事發的始末，按照時間推進的節點進行內容報導。同時，增加了相關連結、新聞背景、最新動態等消息，將馬來西亞所處的地理位置、領土紛爭、歷史演變等信息向讀者展示出來。另外，還將記者現場了錄製的視頻編譯為魔碼，方便閱讀紙媒的受眾掃描從而獲取視頻資源。

3. 報紙官網專題策劃

該報的網站，策劃了《中國遊客在馬來西亞被武裝劫持　某報記者現場直擊》的專題報導，一共發布 11 條新聞，1 個圖集，1 段視頻。

4. 新媒體輔助報導

對於新媒體的使用體現在兩個方面，第一是魔碼。在 4 月 3 日當天的報導中，將記者現場拍攝的視頻編譯成魔碼，以供讀者掃描。第二是移動閱讀終端。

一、成功之處分析

(一) 全球率先直播報導 國際影響巨大

在此次事件整個過程中，報社記者既是親歷者，也是目擊者和直播者。記者在保障自身安全的前提下，向報社發回現場的實況消息。報社後方經過嚴密審查和把關後，在事發後 3 小時左右通過報紙官方微博發布了全球第一條原創新聞。

新聞報導後，國際、國內媒體紛紛援引某報的消息密切關注此事件，所採用的新聞圖片和現場視頻也都是來自某報記者從現場發回的獨家資料。央視新聞頻道、中新社、上海東方衛視、福建東南衛視、鳳凰衛視、美聯社等上百家國內外主流媒體爭相與某報在沙巴的記者連線，通過微信語音和國際長途電話接收記者前方發報。某報在此次事件直播中帶來的影響力，大大突破了都市報的區域性，產生了全球性的影響。

從 4 月 3 日凌晨起，新浪微博上#中國遊客在馬被綁架#一整天都是最熱門的話題。就某報自身的移動新媒體渠道而言，截至 4 月 3 日 15 時，某報官方微博關於該事件的一組報導，總共被轉發、評論超過 10 萬次，總閱讀量超過 2,500 萬次；某官網關於該事件的新聞專題總點擊量超過 50 萬次；某報新聞客戶端關於該事件的新聞推送閱讀量超過 5 萬次。

(二) 親歷式突發新聞 搶占第一話語權

在此次事件的報導過程中，記者所處的環境和時間發展進程是同步進行的。記者既是新聞事件的當事人，也是現場的觀察家，還是對外發布消息的播報者。這種體驗式、親歷式的報導方式，讓每一條最新信息都能調動起受眾的好奇心和身臨其境的現場感。通過短時間內不間斷同步跟進，大大激發了媒介使用者的信息慾望，能夠使受眾保持對信息的緊張度。通過微博動態滾動式報導，能夠消除媒介使用者的信息溝，滿足受眾的求知慾和獵奇心理。如：

"#中國遊客在馬被綁架#某報記者現場播報：4月2日晚10:30許，我在房間裡聽見外面有急促腳步聲並伴有女性尖叫。晚11:20，酒店方要求所有遊客到餐廳集合點名。目前，現場有大約20武裝警察在各處戒備，護送遊客回去拿護照和物品。"

"據一名現場中國遊客稱，昨晚10點多，他們正在島上的Singamata酒店水屋休閒，突然一伙武裝人員衝進來，隨後聽見槍聲，現場所有人立即趴在地上躲避。據在現場的某報記者電話中描述，'有遊客聽見子彈從頭上呼嘯而過。'"

記者一方面依據自己親身經歷完成個人化敘事，一方面直接引用新聞人物語言，在保證新聞真實性基礎上，通過細節化的手法將新聞事件可視化，既抓住受眾的好奇心理，也牢牢掌控了原創新聞的第一話語權，有助於發揮傳媒輿論的導向作用。

（三）多媒體聯動 集群整合傳播

事發3小時後，某報官方微博開始密切關注事件進展，一直保持對事件進展的滾動播報。記者從前方傳回的口述、圖片和視頻，經過編輯精心整理後，不斷通過微博發布出去。凌晨3點39分，某報駐北京記者也第一時間聯繫中國駐古晉總領館，發回更多元的消息。及時、豐富的微博滾動直播一直延續到凌晨4點多，在整合所有一線消息之後，於早上7點多開始新一輪的不間斷滾動報導。另外，報紙也精心策劃專題版面進行更加深入詳盡的報導，4月3日、4月4日，連續兩天在"第一眼"欄目進行圖文結合的整版報導。同時，某傳媒集群後方團隊也積極在其官網和新媒體上打造專題報導。

此次突發事件的報導可謂是報紙新聞生產方式變革的典型案例。它充分體現了報紙在媒介融合時代下，網絡、新媒體、傳統報紙在新聞報導過程中的各司其職、相互補充、共同合作的格局。微博是第一時間發布消息的窗口，報紙是新聞信息的擴充和深度挖掘，網絡和新媒體是新聞形態的多元延伸，其背後正是多媒體聯動、集群整合傳播的理念指導。

二、不足之處分析

在某報對此次突發事件的報導中，原創新聞使其穩穩地搶占了新聞發布的第一話語權，成為了全球首家報導此次人質事件的媒體。然而這種優勢中伴隨著一種巧合，撇開首家發布這點優勢之外，連貫地看待報紙對此事件的報導，能從中看出不少問題。

（一）虎頭蛇尾

"突發事件從生成到完全消解，一般會經歷五個階段：潛伏生長期、顯現爆發期、持續演進期、消解減緩期和解除消失期。"在這裡，筆者從新聞報導角度出發，將前三個階段統一歸納為前期，後兩個階段為後期，從而考察某報在此次人質綁架事件報導過程中話語權和責任意識。事件發生之初，某報作為全球唯一一家能夠從現場直接獲取最新消息的媒體，展現出了責任意識。這一點從其微博不斷更新的滾動報導和當天及時開闢的報紙、網絡專題報導可以看得出來。但隨著事件進展，該傳媒集群卻沒有帶來受眾更多有價值的新聞信息，忽視了原創新聞的跟進式報導和話語權的全程掌控，這一點可以從其他媒體的後續報導中對比看出。

4月10日，該傳媒集群在其網站專題中進行了題為《菲律賓綁匪索要近7,000萬贖金》《被綁架的中國公民目前安全狀況如何?》的新聞報導，這也是該傳媒集群對此事件的最新一次報導。而對比其他媒體，新浪網的專題報導最新一條消息《馬方獲遭綁架中國女遊客最新照片 確信其仍活著》更新時間為4月15日，5月7日又轉引《新京報》消息發布了《馬來警方將調查中國經理遭擄與女遊客被綁關聯》的消息。5月31日，正在中國進行訪問的馬來西亞總理納吉布向國家主席習近平通報，此前在馬來西亞沙巴州被綁架的中國上海籍女遊客已經獲釋，馬方近期將護送其回國。新浪網及時援引來自中國廣播新聞網、新華社、人民網、中國新聞網等媒體的消息，在其專題的最新消息中進行5條跟進報導，網友在線評論累計達到近3,000次。5月30日、31日兩天，某報只通過官方微博發布了一共3條人質獲救的最新消息，5月31日的報紙新聞上發布了1條題為《上海女孩 大馬近兩月後獲救》的消息，而該網站專題報導的最新消息仍停留在4月15日，並沒有及時進行報網互動與更新消息，使得該專題報導成為一潭死水，沒有生機。可以看出，該傳媒集團並沒有將"全球首家率先報導"的優勢延續下去，開始報導時聲勢浩大，但是對於事件發展的結果或者原因追蹤等後續報導卻沒有給予同等重視，幾乎沒有原創性新聞的痕跡，也沒有密切跟進報導。

（二）技術一流 觀念脫節

我們已經邁入數字時代，電子計算機、網絡、多媒體技術在數字技術統領下在全球範圍內迅速得到大規模應用。大眾傳媒是數字時代下網絡技術和數字技術最主要的使用者之一，也是數字時代最大的受益者之一。任何一種媒介形態的信息內容，文字、圖片、聲音和視頻都可以經過技術數字化，數字化之後的素材和內容經過再次加工、組合、拆分、整合，最終形成多樣化的信息產品。作為傳統媒體，報社內部在適應媒介融合大趨勢的過程中，一直保持著對技術的重視和利用。2011年，某報整合多樣化的媒體資源，一方面加強網絡技術運用和建設，打造自己的網絡平臺；另一方面積極探索新媒體技術，加強移動閱讀終端的開發和維護，加強和新舊媒體的互動聯盟，初步構建了一個立體化的傳播格局。由此可以看出，報紙對網絡技術、數字技術的重視和開發。然而，先進的技術只是外殼，是一種手段，全媒體下的紙媒更需要從觀念上更新，才能最大限度地利用技術，做好媒介融合時代下的新聞生產。

從此次馬來西亞人質事件的全媒體報導中，不難看出作為全球首家報導該事件的媒體，某報卻沒能把握發揮主流媒體話語權的機會，在全媒體內容生產的過程中仍然暴露出問題。

　　首先，處理突發事件的應急意識有待提高。作為全球第一家報導該事件的媒體，這其中存在許多偶然性因素。事發後三小時，報社才通過微博發出消息，這期間排除掉記者用來保障人身安全和瞭解事件所需要的必要時間，剩下的時間報社內部花在哪兒了？對信息真實性的核實與把關？對事件影響力和報導價值的判斷？如若換成網絡媒體，也許一個小時、甚至半個小時就能報導出來。其次，對後續報導的忽視。馬來西亞人質事件有著複雜的政治因素、文化因素和廣泛的社會影響力，其性質可以劃歸為重大國際突發事件。對這一事件的報導，某報搶佔了第一話語權，引發了全球媒體的關注，獲得了更加廣泛的影響力和知名度。但是，隨著事件的進展日趨緩慢，報社對此事件的關注度也逐步下降，這其中既有事件本身性質的影響，也有報社後續跟進報導的松懈和主觀忽視，這也反應出報紙引領主流話語權的能力仍有待提高。

　　從某報對此次事件的報導，可以看出其在運用全媒體平臺進行整合傳播的用心和意圖，通過微博同步跟進、滾動直播；通過報紙進行信息擴充、背景連結；通過網絡、新媒體進行視音共享、受眾互動。通過數字技術形成跨平臺、跨媒體的報導方式，利用數字化終端，形成多層次、多類型的內容融合新聞。這固然是傳統媒體應對互聯網技術和新媒體挑戰的積極努力，但也暴露出一些技術以外的問題。面對互聯網和新媒體的激烈競爭，報紙究竟是"拼技術"，還是"做內容"？這也給研究紙媒轉型提供了一個機會，有必要以歷史的眼光、冷靜的態度思考報紙在主流化進程中和媒介融合過程中所面臨的問題。

參考文獻

[1] 潘知常，林瑋. 傳媒批判理論［M］. 北京：新華出版社，2002.

[2] 石磊. 新媒體概論［M］. 北京：中國傳媒大學出版社，2009.

[3] 許良. 技術哲學［M］. 上海：復旦大學出版社，2005.

[4] 尹鴻，李彬. 全球化與大眾傳媒——衝突·融合·互動［M］. 北京：清華出版社，2002.

[5] 曾國屏，等. 賽博空間的哲學探索［M］. 北京：清華大學出版社，2002.

[6]［法］讓·鮑德里亞. 消費社會［M］. 劉成富，全志綱，譯. 南京：南京大學出版社，2001.

[7]［法］福柯. 瘋狂與文明——理性時代的精神病史［M］. 孫淑強，金築雲，譯. 杭州：浙江人民出版社，1991.

[8]［加］馬歇爾·麥克盧漢. 理解媒介——論人的延伸［M］. 何道寬，譯. 北京：商務印書館，2000.

[9]［加］羅伯特·洛根. 理解新媒介——延伸麥克盧漢［M］. 何道寬，譯. 上海：復旦大學出版社，2012.

The Frustrations of the Traditional Print in the Way of Media Convergence
— Taking a Major News Production Process as an Example

Zhang Xiaoyuan

(*Department of Culture & Communication*, *CISISU*, *Chengdu*, *Sichuan*, 611844)

【Abstract】 Media convergence is the trend of the times. And the traditional media make great efforts for it. For example, the fusion of technology, content, system, capital and so on. Even, some of them get through the channels of the information collected & shared, some of them try to integrate the resources of reporters and editors, moreover, reconstruct the content production process. However, there is a long way for traditional media to practice in the transformation of thinking. We are analysing an "accidental" case to illustrate the problem as follows.

【Key words】 print; media convergence; news production

獨立學院實踐育人重要環節的創新實踐研究[①]

四川外國語大學成都學院東方語系　黃華憲[②]　朱素一[③]

> **【摘　要】**實踐育人是提高高等教育質量的必然選擇，在學校教育中具有不可替代的地位和作用，而獨立學院作為高等教育的重要力量，為保證其應用型高校定位的實現，更應重視實踐育人工作。本文以四川外國語大學成都學院為例，圍繞近年來該校在實踐育人重要環節方面的創新探索和實踐開展分析和研究，旨在進一步總結和優化獨立學院實踐育人工作的各個重要環節，為進一步推動實踐育人工作提供一定的參考。
>
> **【關鍵詞】**獨立學院；實踐育人；重要環節；創新實踐

黨和國家歷來高度重視實踐育人工作。《教育部等部門關於進一步加強高校實踐育人工作的若干意見》中曾經指出：各高校要充分認識高校實踐育人工作的重要性、統籌推進實踐育人各項工作和切實加強對實踐育人工作的組織領導。十多年來，四川外國語大學成都學院（以下簡稱川外成都學院）順應社會形勢發展，秉承校訓精神，重視實踐育人各個重要環節，進行了有益的創新實踐，基本形成了一套由第一課堂、第二課堂和社會實踐三大板塊，八個重要環節組成的課內-課外、校內-校外、國內-國外的有機、立體的實踐育人體系。通過搭建實踐平臺，廣泛開展實踐育人活動，豐富學生的實踐內容和體驗，著力培養學生的實踐動手能力和創新能力，不斷豐富和完善著學院的實踐育人格局。

---

① 本文系四川省 2013—2016 年高等教育人才培養質量和教學改革項目重點課題 "獨立學院實踐育人工作體系的構建與實踐" （項目編號：543）研究階段性成果之一。
② 黃華憲，男，碩士，四川外國語大學成都學院講師。研究方向為非通用語專業建設與教學管理、越南語言文化。
③ 朱素一，女，學士，四川外國語大學成都學院東方語系講師。研究方向為泰國語言文化、大學生創新創業指導。

一、校內實踐育人的創新實踐

校內實踐育人包括課內-課外實踐，即第一課堂和第二課堂的課堂教學實踐。學歸所用，教學實踐是理論教學和研究性學習的迴歸。獨立學院的人才培養具有特殊性，不是以培養學術性人才為主，而是以培養應用型人才為主。作為一所以語言教育為主的獨立學院，川外成都學院十分注重將課堂實踐教學貫穿於理論教學之中，使教學更貼近於實際運用，從而有效地培養學生的語言實際應用能力。

(一) 課內實踐育人

課內實踐育人分為人才培養方案的實踐教學設計環節、國內就讀階段的課堂實踐教學環節。

1. 人才培養方案的實踐教學設計環節

人才培養方案是高等院校關係到教育教學質量、人才培養規格、教學過程組織、教學任務安排的綱領性文件，是學校定位、辦學指導思想、辦學思路、人才培養模式、辦學特色和專業培養方向的重要體現，是組織和管理教育教學過程的基本依據。而在人才培養方案中如何以教學綱領性文件的形式確定實踐育人環節以及各環節的教學時數，則直接關係到實踐育人工作的有效開展和質量。

川外成都學院歷來重視加強實踐育人工作的頂層設計。在各專業人才培養方案的制定中，強調實踐育人的總體規劃和設計，並且定期進行修訂和完善，對實踐教學的內容、形式制定相應的教學目標、教學方案、教學要求，進一步加大實踐教學在教學計劃中的比重，以保證實踐性教學體系得以順利實施。

(1) 各專業人才培養方案的設計上都系統地規劃了實踐育人的各個環節，各專業都制定了本專業人才培養的重要課程的實踐教學大綱，並且堅持把社會主義核心價值體系融入實踐育人工作全過程，納入學校教學計劃，系統設計實踐育人教育教學體系，要求每一部分都佔有一定比例的學時學分，合理增加實踐課時和每課時的實踐環節比重，確保實踐育人工作全面開展。

(2) 根據專業實際和社會需求的變化，川外成都學院每學年都對人才培養方案的實踐教學環節進行創新調整。要求各專業在每學年初針對實踐育人的實踐教學設計做出具體規劃，第一學期末總結經驗，第二學期再次實踐和完善，如此循環，形成了一個良性的創新機制，並較好地與市場需求契合。

(3) 在學生社會實踐部分設計中，各專業各學期制定具體工作規劃，自查與學院督查結合，杜絕形式主義，本著以學生為主體、讓學生受益的原則，堅持與專業相結合的要求，切實深入地推動實踐育人工作。如川外成都學院每年寒假期間都會組織英語專業學生赴新加坡參加"春城洋溢華夏情"新春年貨會,擔任翻譯工作;與知名翻譯公司校企合作,以批次方式派出各語種專業學生參加各類翻譯活動;與相關生產和貿易企業合作,派出各語種專業學生到公司進行頂崗實習等。

2. 國內就讀階段的課堂實踐教學環節

課堂實踐教學是學校教學工作的重要組成部分,是深化課堂教學的重要環節,是學生獲取、掌握知識的重要途徑。

(1) 川外成都學院嚴格按照本科專業類教學質量國家標準對實踐教學的基本要求,加強實踐教學管理,提高實驗、實習、實踐和畢業設計(論文)質量。同時立足辦學定位和宗旨,結合專業特點和人才培養要求,分類制定實踐教學標準。增加課堂實踐教學比重,確保非師範類專業學生的教學實踐比重不少於總學分(學時)的25%、師範類專業學生課堂教育實踐不少於一個學期。在各專業開設的方向性課程上(如經貿××語、旅遊××語、科技××語、工程技術××語等),也提出了提高實踐教學比重的要求,以保證學生在課堂實踐中的主體地位。

(2) 實踐教學方法改革是推動實踐教學改革和人才培養模式改革的關鍵。川外成都學院一直把加強實踐教學方法改革作為專業建設的重要內容,重點推行基於問題、基於項目、基於案例的教學方法和學習方法,加強綜合性實踐科目設計和應用。強調教師的引導作用和學生的主體地位,激發學生參與體驗,強化學生的參與意識,鼓勵學生重視實踐參與的過程、不過分計較實踐參與的結果。在教師與學生的互動中讓學生體會到知識輸出的快樂和實踐的樂趣,讓學生在實踐中發現問題,在老師的引導下自主找出解決問題的辦法。如:學院很多專業的口語課程採取了課堂情景教學模式。在實踐教學中,改變傳統課桌擺設,教師創設條件,例如情景對話的模擬、預設日常情景,為學生創造更多口語運用的機會,讓學生參與做與思、論與辯、觀察、發現、研究和探索,改變以往的教學過程中學生被動接受知識的過程。學生成為認識主體和實踐主體,主動求索、探索、創造,成為掌握知識、發展能力和傳承創新的主要承擔者。

(3) 川外成都學院十分重視教學實驗室的建設。如已經陸續建成高規格的高爾夫專業仿真模擬實驗室、翻譯專業同聲傳譯實驗室、語音室和計算機實驗室等教學實驗室,還有一些其他的實驗室也在陸續的籌備建設中。這些實驗室有效地支撐了學院課堂實踐教學環節,對學生更好地鞏固知識、訓練能力起到了不可估量的作用。

(4) 川外成都學院高度重視實踐育人師資隊伍建設。以傳統教學為主的教學手段難以滿足應用型人才培養對教學提出的要求。加強實踐教學師資力量的培養是提高應用型人才培養的重要環節,也是對實踐育人隊伍建設的基本要求。為此,學院制定了激勵雙師型教師發展的政策,在實際工作中,為教師外出甚至出國見習和培訓、鼓勵教師報考各類職業資格證書、通過校企合作派出教師到相關企業進行見習等提供了良好的平臺。這些教師通過與社會和職業的緊密聯繫和瞭解,把社會需求和職業真實環境帶回課堂教學中,有力地促進了實踐育人工作的開展。

(5) 學院重視加強大學生創新創業教育,支持學生開展研究性學習、創新性實驗、創業計劃和創業模擬活動。校友趙海伶就是一個學院創新創業教育的成功案例，趙海伶同學畢業後回到青川，投身到家鄉建設中去，將家鄉的山貨通過網絡平臺賣到世界各地，因其良好的信譽和社會責任感被評為"全球十佳網商"。中央電視臺曾對她進行採訪和報導，並邀請她在2015年7月四川省大學生創新創業工作推進會上作主題交流發言。

（二）課外實踐育人

課外實踐育人即第二課堂實踐育人工作，第二課堂實踐是課堂實踐的延伸和擴展，其更加注重培養學生的綜合素質，如團隊合作能力、組織能力、協調能力、抗壓能力、人際關係處理能力、創新能力等。川外成都學院注重因材施教，提倡分流培養，結合學院的文化和資源，完善學院的實踐育人體系。多年來，川外成都學院課外實踐育人環節形成了由校級各類專業競賽、校園文化活動、各系部各專業的課外實踐活動、各類培訓活動等組成的有機體系。

1. 校級各類專業競賽

定期開展校園十佳外文歌手大賽、外語晚會、外國影視作品配音比賽、中外文朗誦比賽、演講比賽、翻譯比賽、英語口譯大賽等。這些專業競賽實踐活動讓學生參與有效的競爭，將學到的知識有效地輸出，進行實踐與自我展示。學生在實踐中全方位地展現自己的膽量、氣質、表達能力和語言的駕馭能力。在增強學生學習興趣的同時，這也給學校創造了一個充滿正能量的學習實踐環境。

2. 校園非專業性文化活動

組織校園十佳歌手大賽、校園舞蹈大賽、中文影視配音大賽、五四合唱比賽、"非常聲音"主持人選拔大賽、男生節、女生節、校園文化文化節、寢室文化節、團組織生活、新生拔河比賽、"3+2"籃球比賽等文化活動，通過校園文化活動育人。這些校園文化活動，給學生提供了全方位多角度展示自己的平臺，能夠讓學生在這些活動實踐中充分地發揮自我特長，因材施教，做到對學生分別指導，讓他們發揮展示，各有所獲，讓學生在這些活動中獲得追逐夢想的勇氣，鍛煉和累積實戰經驗，對他們以後走向社會，明確自己的就業方向有很大的幫助。

3. 各系部各專業的課外實踐活動

如英語旅遊系的導遊風采大賽，東方語系的"東方文化節"活動等。這些實踐活動以學生為主體，由學生集體策劃、集體籌備、集體協作、集體總結，有利於學生的參與度和綜合素質的提高。同時集專業性和趣味性於一體，讓興趣作為學生的導師，引導學生在玩中學、學中玩，能夠有效地提高學生的學習興趣和組織、執行能力等。可見，這些都是實踐教學的好載體。

4. 各類培訓活動

各類培訓活動是學生根據自身的興趣愛好和需求，由學生自主選擇增加一些課外學習內容，通過考試獲得一定的資格認證，如計算機等級證、普通話等級證、各類外語等級證、導遊證、翻譯資格證、人力資源師證書等。這些培訓讓學生開闊了眼界，學習到了除專業知識以外的技能，為學生以後的就業擇業增加了砝碼，也起到了一定的引導作用。

二、校外實踐育人環節的創新實踐

校外實踐育人即社會實踐活動。川外成都學院一直以來都非常重視系統開展社會實踐活動，與專業學習、就業創業相結合，制定學生參加社會實踐活動的計劃和規定。每個本科生在學期間分散參加社會實踐活動的時間應不少於 3 周；集中參加社會實踐活動的時間累計應不少於 7 周（每學期最後一週為學生的社會實踐周）。

（一）在校期間社會實踐

川外成都學院倡導和支持學生參加生產勞動、志願服務、翻譯實踐和公益活動，積極引導學生抓住重大活動、重大事件、重要節慶假日等契機和暑假、寒假時期，緊密圍繞一個主題，集中一個時段，廣泛開展特色鮮明的主題實踐活動。在學院的大力倡導和支持下，川外成都學院的學生參與社會實踐的熱情高漲，無論是志願服務和公益活動、各大競賽，還是寒暑假實踐活動、校企合作單位的實踐活動都積極參與，並且受到用人單位的讚賞。從國際非物質文化遺產節到中國農業博覽會，從《財富》全球論壇到世界審計組織理事會，從拉美峰會到地震災區，從北京奧運會到西博會，從綠色環保組織到關愛殘疾人協會，到處都可以看到川外成都學院學子的身影。他們積極熱情，以過硬的專業素質投入社會實踐中，踐行著"傳播世界先進文化，促進國際交流合作"的使命。

（二）寒暑假社會實踐和畢業實習

川外成都學院規定每個學生在學期間每個寒暑假都要參加一次系統的社會實踐活動，並以報告的形式上交實踐總結。學院對每一位學生的寒暑假社會實踐報告都加以整理和歸檔，對參與社會實踐優秀的團體和個人給予宣傳和表彰。並且每一位畢業班的學生都要進行系統的頂崗實習，實習結束後要上交實習報告文件，學院根據學生在實習期間的具體表現給予學分。

針對學生寒暑假、畢業班實習，各系結合學院總體要求、計劃和專業特點，對實踐周、畢業班實習都做了詳盡的安排，制定了"畢業生實習計劃""學生實踐周計劃"。分配指導教師，給全系各年級學生明確不同的實踐要求、下達實踐任務，學生們通過立足本專業、深入學校和企事業單位、參與志願者活動、走進社區等方式進行專業實踐活動和學習，通過社會調查、調研報告、實踐報告、實習報告的撰寫，在實踐過程中鞏固、加深並擴大所學專業知識，鍛煉觀察、分析、解決實際問題與培養獨立工作的能力。實踐結束後，指導老師對學生實際情況審閱並給定成績。學院對學生的寒暑假社會實踐和畢業班的實習環節做到了全方位的、有效的引導和監督，產生了良好的效果。

(三) 參與校外各類競賽

學院積極鼓勵學生參與校外各級各類專業、非專業的競賽活動，以實戰性的實踐活動樹立學生的信心，提高學生的積極性，提高學生的綜合素質。在學院的鼓勵和支持下，學生參與各大競賽熱情高漲，並且屢創佳績。如周珮璇榮獲法語演講大賽西南賽區總決賽第二名，紀洪梅、趙倩包攬 2014 中國西南地區韓語-漢語演講比賽韓語演講第一名和第二名，劉凱榮獲第五屆海峽兩岸口譯大賽西南區決賽一等獎，黃志翔榮獲第八屆中國人的日語作文比賽一等獎。

(四) 實習實踐基地建設

實踐育人基地是開展實踐育人工作的重要載體。學院非常重視實習實踐基地建設工作，建立多種形式的社會實踐活動基地，力爭每個系部、每個專業都有相對固定的基地。各系各專業也十分重視，根據專業特點和學生需求，動員全體力量，積極聯繫實習實訓基地。近年來，依照"事業化規劃、組織化推進、社會化運作、項目化支撐、特色化提升"的"五化"要求，讓學生在實習基地實踐的同時，又把實習基地的市場需求反饋給學校，既使得學生們在廣泛的社會實踐中經受了鍛煉，也使得社會實踐成為育人的"大課堂"。

學院先後與世界 500 強埃森哲、丹馬士成都分公司、UPS 運必送（深圳）有限公司、韓國 SK 海力士半導體（重慶）公司、都江堰市廣播電視臺、四川語言橋信息技術有限責任公司等多家企事業單位簽署校企合作協議，務實有效地全方位開展校企合作。

三、國外實踐育人環節的創新實踐

國外實踐育人主要通過各類國際合作項目，通過學生在外留學實現。川外成都學院堅持走國際化發展道路，先後與美國、韓國、泰國、越南等 10 多個國家的 60 餘所高校建立了國際交流合作關係。學院現已開設了適應各語種、不同層次的專升本、本升碩、專升碩、雙學位、雙文憑、交流生等留學項目 70 餘項，為各語種學生提供了廣闊的發展空間。學院常年在外留學學生達到 300 多人。

外語專業的學生在外留學期間的語言實踐和與就業對接的專業實習也是實踐教學環節的一個亮點。川外成都學院要求合作高校重視對學生實踐能力的培養，重視課堂實踐活動的設計，要求對方高校實行全外文授課，使學生在全外文學習的過程中都能夠鍛煉語言聽說能力，注重為學生提供課外實踐活動和校園文化活動的平臺；同時要求和鼓勵學生在國外就讀期間，積極參與各種校內實踐活動，提高語言能力和綜合素質，鼓勵學生在外留學的過程中積極參與社會實踐，鍛煉自己的綜合素質，記錄下自己的實踐心得體會。

四、結語

　　川外成都學院作為一所以語言類教育為主的特色獨立學院，在發展過程中，一直高度重視實踐育人工作，完善制度體系，順應市場對應用型人才的要求，堅持人才培養與市場需求相結合。在高等教育轉型大潮中，川外成都學院準確定位，以培養應用型專業外語人才為己任，堅持外語及相關學科協調發展，在實踐育人工作中不斷探索和創新，重視完善實踐育人各個重要環節，以制度為保證，以創新為動力，基本形成了具有自身鮮明特色的實踐育人工作體系，這對其他高校特別是獨立學院具有重要的借鑑意義。

參考文獻

　　［1］朱正偉，袁僑英，等. 加強高校實踐教學的探索與實踐［J］. 中國大學教學學報，2011（10）：66-67.
　　［2］花長友，韓寶平. 應用型本科院校強化實踐育人的思索［J］. 中國高等教育，2012（9）.

The Research on Innovative Practices for the Important Segment on the Pattern of Education Through Practice for the Independent Institute

Huang Huaxian　　Zhu Suyi

(*Department of Oriental Languages*, *CISISU*, *Chengdu*, *Sichuan*, 611844)

【Abstract】 The pattern of education through practice is an inevitable choice for the quality of higher education and it plays an irreplaceable role. Meanwhile, as a powerful force of higher education, we should attach more importance to the pattern of education through practice so as to set up application oriented universities. This essay takes Chengdu Institute of Sichuan International Studies University as an example. The essay analyzes and studies its innovative exploration and practices of the pattern of education through practice in recent years. It is aimed at summarizing and optimizing all the important segments of the pattern of education through practice and it also helps to promote this pattern for reference.

【Key words】 independent institute; pattern of education through practice; important segment; innovative practices

書　評

獨立學院必須走內涵式發展道路
——評尹大家教授主編《內涵式發展中奮進的獨立學院》

劉振天[①]

因工作需要，筆者較早地接觸到高校獨立學院，並對獨立學院瞭解較多，期間還發表過一些言論。眾所周知，獨立學院是中國高等教育的新生事物，誕生於世紀之交高等教育改革創新和大眾化的歷史浪潮中。當時，政府和高校為實現高等教育擴大規模的目的，充分利用高校優勢資源、社會力量參與，採取民辦形式（舉辦方投資、執照教育成本或略高於教育成本收學費）來開辦高校內部的"民辦二級學院"，此所謂有"民、獨、優"新體制新機制和新模式。一時間，獨立學院發展迅猛，到2004年已達到300餘所。由於獨立學院是個新事物新現象，雖然其辦學靈活、擴大了教育對象，緩解了民眾接受高等教育入學難等問題，但獨立學院發展過程中，還存在不少欠規範之處，主要是招生、收費、教學、管理等方面問題突出。歸結到一點，質量不高，結構不合格，過分計較經濟利益。因此，2004年年底教育部高等教育教學評估中心剛剛成立不久，教育部就委託評估中心大面積開展了對全國249所獨立學院辦學和教學質量的專項檢查工作。通過專項檢查，基本摸清了獨立學院家底，弄清了獨立學院辦學和教學中存在的問題和不足，提出了改進意見和建議。這次檢查，在獨立學院發展史上產生了重要的影響和作用。

與中國整個高等教育一樣，獨立學院也經歷了一個由外延擴張型發展到注重內涵式發展的道路。但與普通高等學校相比，獨立學院走內涵式發展道路，似乎更加緊迫，更加必要，也更加艱難。現在仍然有一些獨立學院尚未實現內涵式發展轉向，依然注重規模效益、外在形態建設，忽視質量。同時，在現有政策下，一些獨立學院準備轉型正式民辦高校，一些獨立學院準備繼續依託母體學院，還有一些在觀望等待。近期，國家根據經濟社會發展需要，提出地方本科院校轉型發展，即向應用型、技能型、職業型轉變。包括新建地方本科院校和獨立學院在內的高校，都將面臨轉型發展問題。

筆者認為，轉型發展是內涵式發展的必然要求。而內涵式發展，歸根到底是指以人為核心的發展，提升個人的素質，尊重人的主體價值。內涵式發展應貫穿於高等教育和高等學校辦學的全

[①] 劉振天，博士，教育部高等教育教學評估中心研究員，中國人民大學兼職教授。

過程。誰在這方面認識早、行動快、誰的辦學就會卓有成效，也就會在眾多的高校或獨立學院中樹立起自己的旗幟，占領發展的高地。以此觀之，四川外國語大學成都學院是這方面的先行者。該校在校長尹大家教授的帶領下，大膽探索獨立學院內涵式發展道路，總結內涵式發展經驗，解決內涵式發展問題。其所主編的《內涵式發展中奮進的獨立學院》就生動地再現了探索者的足跡，體現了內涵式發展和改革的成果。全書包括緒論和七個獨立章目，分別就內涵式發展的本質、內涵式發展模式下的辦學指導思路、師資隊伍建設、教學質量責任制、教學質量標準及評價、教學質量監控、教學研究和校園文化等進行了專題研究。正如筆者前方所指出的那樣，縱觀全書，貫穿的是內涵式發展的精髓和要求。它所展現的不是學校某一局部工作，而是全部工作；不是某一環節要求，而是全過程要求；不是某一個體需要，而是全員參與需要。此書做到了理論與實踐的統一，研究與探索的統一，領導與群眾的統一。內涵式發展是一種高標準、嚴要求的發展，這充分體現在學校目標設定、隊伍建設、質量監制、教學改革等實踐中。無疑不獨為成都學院所享用，其理論成果及實踐探究也為其他獨立學院及至高等學校帶來了有意義的嘗試和借鑑。

　　當然，筆者認為，內涵式發展，既是目標，又是過程，同時還是結果。筆者在一篇文章中提到，內涵式發展是高等教學本質論、價值論和方法的提升與重建。在這一意義上，《內涵式發展中奮進的獨立學院》仍然有許多問題需要研究，許多實踐需要深入探究。筆者期待成都學院、期待尹大家校長的更多理論與實踐成果。

《工程技術法語教程》評讀

羅順江[①]

隨著中國經濟不斷的發展和對外輸出，國內各大中小企業紛紛涉足國際市場。為此，企業需要人才，尤其需要既懂得工程技術又能講外語的人才。然而，在現實中，同時具備兩種才華的人並不多。這就為外語教學提出了新的要求：瞭解、學習專業技術，以更好地適應社會服務。

世界上有四十多個國家和地區講法語。中國的國際經濟事務過去、現在，以及將來都不可避免地會同上述國家和地區有交往。換言之，經濟的國際化呼喚大量懂業務的法語專業人才。為了培養他們盡快融入世界經濟大潮之中，好些高校的法語教學機構已經注意到課堂教學與實用性的關係。在未來的工作中，法語專業的學生勢必要在掌握外語的基礎上，兼學一定的工程技術知識，這樣才能更快、更好地工作。《工程技術法語教程》正是順應了教育改革大趨勢而編寫出版的，填補了教材方面的一個空白。

編著者沈光臨老師有著豐富的實踐經驗。他早年先後兩次被派往非洲，輾轉數個西非國家，前前後後共干了六年，從普通翻譯，干到總經理助理。然而，無論工作崗位如何變換，工作內容均圍繞著工程技術項目展開。無論為引進法國設備培訓當翻譯，還是項目談判員，他的工作內容都沒有離開工程技術的框架。可以講，如果沈先生早年在學校中就接觸相關知識，那麼起步也不會艱難。

早些年，不少法屬殖民地國家在獨立過程中得到中國支持，對中國非常友好，中國政府無償援建了很多工程項目。在這種背景下，有很多外語工作者去非洲。沈光臨作為其中的一員，亦有幸參與了在這些國家中的工作。由於人手緊張，他到任後第一天便被推向前臺，為轉口貿易項目當翻譯。坦率地說，對於交談的內容，他連中文都沒有概念，更別說法語了。雲裡霧裡的經歷後，他明顯感到大學所學的知識與工作實際要求存在距離。現在，作為教師的他，真切感受到教育模式需要改革。教育為生產建設服務，激活了沈光臨的夙願：結合個人經驗和工作需要，編寫一部工程技術法語教材。可以講，這也是《工程技術法語教程》的一大特點：材料真實、語言實用、主題寬泛。著者著重點在於培養學生實踐能力，拓寬工程技術知識，增強學生的實際運用能力。

外語學科——包括法語——是一門實踐性很強的學科，主要特徵就是注重實踐。目前一些高

---

① 羅順江，中國海洋大學教授。

等院校的法語專業在課程改革中，不可忽略地設置有實務課程。學生在提高法語理論和水平的同時，需要強化科學、工程技術專業知識和翻譯技巧。只有這樣，他們才能在未來的工作單位中做得更好。當然，普通高校的法語專業在教學過程中對專業技術性強的學科內容往往不能很好解釋、示範，工程技術翻譯的教學內容常常需要精通實務的翻譯人員協同指導。因為只有他們，才能更有效指導學生學習專業技術課程。鑒於此，一些有條件的學校會專門聘請有經驗的校外專家，實際講解這些課程。當然，如果能夠擁有像沈光臨這種雙師型的老師，那自然更好。

《工程技術法語教程》共分二部分：第一，主要介紹這一方面的一般性知識；第二，重點選擇介紹與法語國家合作項目較多的行業。全書32課，分別由不同主題構成，涉及土木、機械、動力、水電、儀表控制、產供銷、人事工資、財務管理等。每課又分五個部分：課文、註釋、詞彙、練習和閱讀。課文的選材主要由原始工作文件匯編而成，凸顯出文本的真實性、實用性、指導性。主題選擇有一定的針對性，對學生就業有相應的幫助。

法語專業的學生畢業後，大多承擔翻譯工作，其中有相當多的業務會涉及工程技術。因此，需要在教學中系統地、科學地介紹相關知識，尤其需要從語言運用的角度出發。作者在確定主題之後，圍繞課文展開講解，其中包括專業術語、縮略語等。為了加強知識輸入，作者介紹的方式也顯然多樣化：註解方式、法文註釋、中文譯文。作者在解釋詞彙時，有意識地通過語境解讀詞彙，因為特定的主題影響著詞義的選擇。練習強調實踐性，通過中法文互譯，可以累積翻譯知識。

概而言之，《工程技術法語教程》是一部好教材，適應了經濟國際化的需要、國際經貿的需要、工程技術走出去的需要，也適應了教學改革的大需要。我相信，學生在學校中掌握了相關知識後，能夠更快完成角色轉換，在工作崗位上發揮自己的才華。

國家圖書館出版品預行編目(CIP)資料

外語外經貿研究 / 楊繼瑞 主編. -- 第一版.
-- 臺北市：財經錢線文化出版：崧博發行, 2018.12
　面；　公分
ISBN 978-957-680-308-6(平裝)
1.外語教學 2.文集
800.3　　　107019766

書　名：外語外經貿研究
作　者：楊繼瑞 主編
發行人：黃振庭
出版者：財經錢線文化事業有限公司
發行者：崧博出版事業有限公司
E-mail：sonbookservice@gmail.com
粉絲頁　　　　　網　址：
地　址：台北市中正區延平南路六十一號五樓一室
8F.-815, No.61, Sec. 1, Chongqing S. Rd., Zhongzheng Dist., Taipei City 100, Taiwan (R.O.C.)
電　話：(02)2370-3310　傳　真：(02) 2370-3210
總經銷：紅螞蟻圖書有限公司
地　址：台北市內湖區舊宗路二段 121 巷 19 號
電　話：02-2795-3656　傳真：02-2795-4100　網址：
印　刷：京峯彩色印刷有限公司（京峰數位）

　　本書版權為西南財經大學出版社所有授權崧博出版事業有限公司獨家發行電子書及繁體書繁體版。若有其他相關權利及授權需求請與本公司聯繫。
定價：450 元
發行日期：2018 年 12 月第一版
◎ 本書以POD印製發行